孟祥宝 ◎ 编著

宋代名家诗词赏析

吉林出版集团股份有限公司

图书在版编目(CIP)数据

宋代名家诗词赏析 / 孟祥宝编著. －－长春：吉林
出版集团股份有限公司，2016.12

ISBN 978－7－5581－1812－8

Ⅰ．①宋… Ⅱ．①孟… Ⅲ．宋词－诗歌欣赏 Ⅳ.
①I207.23

中国版本图书馆 CIP 数据核字(2016)第 301218 号

宋代名家诗词赏析
songdai mingjia shici shangxi

作　　者　孟祥宝
出 版 人　吴文阁
责任编辑　汤　洁　金方建
封面设计　孙希前
开　　本　710mm×1000mm　1/16
印　　张　15
版　　次　2017 年 10 月第 1 版
印　　次　2017 年 10 月第 1 次印刷

出　　版　吉林出版集团股份有限公司(长春市人民大街 4646 号)
发　　行　吉林音像出版社有限责任公司
地　　址　长春市绿园区泰来街 1825 号
电　　话　0431－86012913
印　　刷　三河市南阳印刷有限公司

ISBN 978－7－5581－1812－8　　定价:35.00 元

前　言

　　宋末的方回说："宋铲五代旧习,诗有白体、昆体、晚唐体。"说宋初诗坛已经铲除"五代旧习",稍显夸张,但把宋初诗风归为三体,则颇为准确。

　　宋初优待文臣,且提倡诗赋,所以当时的馆阁之臣酬唱成风,编成了许多酬唱诗集。他们的诗歌主要模仿白居易、元稹等人互相唱和的近体诗,内容多写流连光景的闲适生活,风格浅切清雅。这方面以柳永、王禹偁等为代表,柳永创作了大量的慢词,不仅从音乐体制上改变和发展了词的声腔体式,而且从创作方向上改变了词的审美内涵和趣味,成为婉约词派的代表。王禹偁的诗歌继承和发扬了杜甫和白居易诗歌的写实传统,写了许多反映社会现实、充满忧国忧民情怀的诗篇。诗歌平易流畅,简雅古淡,有的长篇诗歌,叙写自己的遭遇和抱负,畅所欲言,挥洒自如,开宋诗散文化、议论化之先河。

　　欧阳修的诗对宋诗风格的形成起到了奠基性的作用。欧阳修作诗,力矫西昆体的不良诗风,提出"诗穷而后工"的诗歌理论,要求诗歌反映现实社会生活。他本人不少的诗文创作,都是涉及具体的社会问题有感而发的,还有不少诗表现个人的生活经历,或抒发个人情怀,这些诗多含有很深的人生感慨,所以与西昆体同类诗歌有着本质的区别。

　　欧阳修、苏舜钦等人的诗歌创作在艺术上还不够成熟,然而他们为革新宋初诗风作出了很大的贡献,为宋诗的继续发展开辟了道路。稍后的大诗人王安石、苏轼等人正是沿着他们的道路继续前进的。

　　在北宋的文学变革中,欧阳修是一个中枢式的人物,而苏轼则代表了这场文学变革的最高成就,宋文、宋诗、宋词都在苏轼的手里达到了高峰。苏轼一生经历两次在朝—外任—贬谪的过程,经历了顺境,历经了逆境,集荣辱、祸福、穷达、得失于一身。这种坎坷的人生遭遇,"身行万里半天下"的丰富阅历,使苏轼在诗歌方面取得了巨大的成就。苏轼才高学博,对诗歌艺术技巧的掌握达到了得心应手的娴熟境界,并以翻新出奇的精神对待艺术规范,纵意所如,触手成春。

在苏轼继欧阳修之后成为新的文坛领袖之际，宋代文学的发展也达到了高潮，其中宋诗的成就更是进入了巅峰阶段。北宋后期，苏门弟子相继崛起。黄庭坚、秦观、张耒和晁补之四人，被称为"苏门四学士"。

在苏轼周围的作家群中，黄庭坚的诗歌成就最为突出，他最终与苏轼齐名，二人并称"苏黄"。黄庭坚在文学史上之所以享有盛名，一是因为他是诗、词、文全才的作家，并有自己一套独到的文学见解；二是因为他被后人推为"江西诗派""一祖三宗"中的三宗之首，甚至被推为宋诗最高成就的代表。黄庭坚论诗，强调推陈出新，要求诗人志向高远，勇于创新，有自成一家、压倒前人的气势。

黄庭坚的诗词敢于独辟蹊径，冲破传统婉约词派的园囿，在"随俗"与"反俗"中，给词坛带来了一种清新之气。而最难得的是周邦彦，无论用雅语还是俗语，都能够化雅为俗，化俗为雅，使它们在一首词中融为一个整体，不显得突出碍眼。他的成就主要是融合诸家之长，使词这一体裁发展得更加精致。无论在艺术形式还是技巧方面都堪称北宋诗词的又一个集大成者，为后人提供了许多经验。

宋词是中国古代文学皇冠上光辉夺目的一颗巨钻，在古代文学的阆苑里，她是一块芬芳绚丽的园圃。她以姹紫嫣红、千姿百态的丰神，与唐诗争奇，与元曲斗妍，历来与唐诗并称双绝，都代表一代文学之盛。北宋的科举制度使文人得到了可以自由发展的空间，所以，在继承了唐代诗歌的基础上，在词的创作方面也达到了极高的水平，涌现了著名的王安石、范仲淹、苏轼、欧阳修等文学大家。本书收集编撰了北宋三个不同时期的大家作品，以供读者赏读。这些大家精品千百年来一直闪烁着夺目的光辉，许多名篇佳句，脍炙人口，千古传唱，至今仍然使人们从中得到无穷无尽的艺术享受。

目　录
北宋初期

晏　殊

欧阳修

范仲淹

苏舜钦

张　先

柳　永

王安石

北宋中期

晏几道

秦　观

苏　轼

北宋后期

周邦彦

贺　铸

黄庭坚

北宋初期

十一世纪上半叶，宋词走上了辉煌的星光之路。这些词人以众多的艺术圆熟、意境混成的典范之作，强化了温庭筠等花间词人开创、定型的抒情范式。以抒情为主的题材取向和以柔软婉丽为美的审美规范，这方面以晏殊、欧阳修、柳永、张先等为代表，柳永创作了大量的慢词，不仅从音乐体制上改变和发展了词的声腔体式，而且从创作方向上改变了词的审美内涵和趣味，成为婉约词派的代表。范仲淹开创了宋代豪放词派的先河，为以后豪放派的发展壮大奠定了基础。"豪放派"与"婉约派"并不是在宋初就达到巅峰的，他们只是开启了宋代词作风格的先河，为后人的创作提供了经验。

晏殊

晏殊(991—1055 年)北宋词人。字同叔,抚州临川(今南昌进贤)人。十四岁以神童入试,赐进士出身,命为秘书省正字,官至右谏议大夫、集贤殿学士、同平章事兼枢密使、礼部刑部尚书、观文殿大学士知永兴军、兵部尚书,封临淄公,谥号元献,世称晏元献。晏殊历任要职,更兼提拔后进,如范仲淹、韩琦、欧阳修等,皆出其门。他以词著于文坛,尤擅小令,风格含蓄婉丽,有《珠玉词》。亦工诗善文,现存不多,大都以典雅华丽见长。

木兰花·燕鸿过后莺归去

【创作背景】

宋仁宗庆历三年(1043),晏殊任同中书门下平章事(宰相),兼枢密使,握军政大权。其时,范仲淹为参知政事(副宰相),韩琦、富弼为枢密副使,欧阳修、蔡襄为谏官,人才济济,盛极一时。可惜宋仁宗不能果断明察,又听信反对派的攻击之言,致韩琦先被放出为外官,范仲淹、富弼、欧阳修也相继外放,晏殊则罢相。此词即作于这种背景之下。

【诗词原文】

木兰花①·燕鸿过后莺归去

燕鸿过后莺归去,细算浮生②千万绪。

长于春梦③几多时?散似秋云无觅处。

闻琴解佩神仙侣④,挽断罗衣留不住。

劝君莫作独醒人⑤,烂醉花间应有数。

【诗词注解】

①木兰花:词牌名。又名"玉楼春"。

②浮生:谓人生漂浮不定。

③春梦:喻好景不长。

④闻琴:暗指卓文君事。据《史记》载:文君新寡,司马相如于夜以琴挑之,文君遂与相如私奔。解佩:典故出自刘向《列仙传》:郑交甫至汉皋台下,遇二仙女佩两珠,交甫与她们交谈,想得到她们所佩宝珠,二仙女解佩给他,但转眼仙女和佩珠都不见了。

⑤独醒人：仅有的清醒的人。

【诗词译文】

鸿鹄春燕已飞走，黄莺随后也归去。这些可爱的鸟儿，一个个与我分离。仔细寻思起来，人生漂浮不定，千头万绪。莺歌燕舞的春景，像梦幻般没有几时，便如同秋云那样散去，再也难以寻觅她的影踪。

像卓文君那样闻琴而知音，像汉水江妃那样温柔多情，遇到郑交甫解佩相赠。这样神仙般的伴侣早已离我而去，即使挽断她们绫罗的衣裙，也不能留住她们的倩影。劝君莫要做举世昏醉、唯我独醒的人，不如到花间去尽情狂饮，让酒来麻醉我这颗受伤的心灵。

【诗词精讲】

这首词借青春和爱情的消失，感慨美好生活的无常，细腻含蓄而婉转地表达了作者的复杂情感。这是一首优美动人而又寓有深意的词作，为晏殊词作的另类作品。

上片起句"燕鸿过后莺归去"写春光消逝：燕子春天自南方来，鸿雁春天往北方飞，黄莺逢春而鸣，这些禽鸟按季节该来的来了，该去的也去了，那春光也来过又走了。这里写的是莺语燕飞的春归时节，恰逢莺燕都稀，更觉怅惘。

"莺燕"，兼以喻人，春光易逝，美人相继散去，美好的年华与美好的爱情都不能长留，怎不让人感慨万千。

"细算浮生千万绪"一句从客观转到主观，诉说着上述现象，千头万绪，细细盘算，使人不能不正视的，正是人生若水面浮萍之暂起，这两句前后相承，又很自然地引出下面两句："长于春梦几多时？散似秋云无觅处。"这两句改用白居易《花非花》词句"来如春梦几多时？去似朝云无觅处。"但旨意不同。作者此处写的是对于整个人生问题的思考，他把美好的年华、爱情与春梦的短长相比较，把亲爱的人的聚难散易与秋云的留逝相对照，内涵广阔，感慨深沉。

下片"闻琴解佩神仙侣，挽断罗衣留不住"两句写失去美好爱情的旧事，是对上片感慨的具体申述，又是产生上片感慨的主要因素，这样使上下片的关系交互钩连，自然过渡。

"闻琴"，指汉代的卓文君，她闻司马相如弹琴而爱慕他；"解佩"，指传说中的神女，曾解玉佩赠给情人。这两句是说像卓文君、神女这样的神仙伴侣也要离开，挽断她们的罗衣也无法留住。

随后作者激动地呼出："劝君莫作独醒人，烂醉花间应有数。"意思是劝人要趁好花尚开的时候，花间痛饮消愁。这是受到重大刺激的反应，是对失去美与爱的更大痛心。联系晏殊的生平来看,他写这件事,应该是别有寄托,非真写男女诀别。

庆历年间,宋仁宗听信反对派的攻击之言,韩琦、范仲淹、富弼、欧阳修相继外放,晏殊则罢相。对于贤才相继离开朝廷,晏殊不能不痛心,他把他们的被贬,比作"挽断罗衣"而留不住的"神仙侣"。不宜"独醒"、只宜"烂醉",当是一种愤慨之声。

此词化用前人的诗句,信手拈来,自然贴切。词中复杂的思想,反映了作者的人生态度和襟怀。

木兰花·玉楼朱阁横金锁

【创作背景】

晏殊生活在宋初中原停戈、相对承平的年代,他的一生基本上是显达适意的。因此,反映宴饮歌舞、男女相思、赏景羁旅等富贵欢乐生活和闲情逸致,便成为他艺术创作的主题,并且自成一种和婉明丽、含蓄蕴藉的风格,艺术功力也较深厚。即如这首词,写景抒情不仅蕴含清丽、精炼浑成,而且寓有人生哲理,非同一般。

【诗词原文】

木兰花·五楼禾阁横金锁

玉楼朱阁①横金锁②,寒食③清明春欲破④。

窗间斜月两眉愁,帘外落花双泪堕⑤。

朝云聚散⑥真无那⑦,百岁相看⑧能几个。

别来将为⑨不牵情,万转千回思想⑩过。

【诗词注解】

①玉楼朱阁:华贵的楼阁。

②横金锁:比喻门庭冷清无人往来。金锁,金色的连锁式花纹,一说指铜制的锁。

③寒食:寒食节,在清明前一日(一说前两日),禁火冷食,节后另取新火。相传寒食起于晋文公悼念介子推事。

④春欲破:春天将尽。

⑤堕:落。

⑥朝云聚散:聚散像朝云一样。朝云,名词作状语。

⑦无那(nuò):无可奈何。那,通"奈"。

⑧相看(kān):相守。看,守护照料。

⑨将为:即将谓,犹言以为。表示测度和推断。

⑩思想:思念。

【诗词译文】

华美的楼阁横扣着铜锁,寒食、清明过后,春天即将结束。窗前的斜月好似含愁的双眉,帘外的落花犹如悲啼的眼泪。

与心爱的美人的聚合离散是无可奈何之事,从古到今有几个人能和他的爱人厮守相看到百年呢?离别以来以为可以排除离愁别恨的牵缠,结果还是万转千回地思念。

【诗词精讲】

《木兰花·玉楼朱阁横金锁》这首词虽写离愁别恨这一传统题材,但却别有一番情调,上片勾勒出一个豪华、优美的环境,下片转而以抒情为主,兼带议论,表现了与心爱之人分离的苦楚以及对她的思念。

写离情从身边景物着手,看似景语,实是情语。"玉楼""朱阁""金锁",这是一个富贵豪华的住所。按理说,拥有这样华贵住宅的人,一定志得意满,无忧无虑了。但是一个"横"字,却透露出了其心中不快的隐秘。

白居易《长恨歌》有云:"金屋妆成娇侍夜,玉楼宴罢醉和春。"金屋是为藏娇的,而今自己所宠爱的阿娇般的人儿,已"散似秋云无觅处",虽然"玉楼朱阁"依旧在,但它的主人已无意去启"金锁"了。

多少美好的追忆,多么深重的离愁,都潜藏在了这个"横"字之中。世事不断变迁,岁月不断更替。年年春光,今又春光,现在虽然春意盎然,但已有要"破"的迹象,凭着主人公敏锐的观察和亲身的体验,他已看出春天又将与他告别了。

人生的春天何尝不也如此容易消逝,"破"字,道出了他内心的感伤。加上"寒食清明"的缀语,更增添了一层凄凉。

如果说前两句是写自己的离愁和伤春之情,那么下两句便是以己度人,从女方的角度来思忖了。他想,自己如此思念对方,对方也一定非常思念自己。窗间那弯弯的月牙儿,正是玉人凝愁之眉。帘外落英缤纷,正是玉人泪雨涟涟。这是词人心驰神往、虚设假想之词。

词人触景生情,以景拟人,把自己所忆之人的月貌花容和幽雅动情之状,描绘得生动逼真、令人艳羡。

此外,再深究一下,不难发现,他一方面借"斜目""落花"明写女方,一方面又隐隐地暗写自己。他的《蝶恋花》"明月不谙离恨苦,斜光到晓穿朱户",句意就与"窗间斜月"相同。词人因思念意中人而对月彻夜不眠之情可以推知,他因不能入眠而踱至帘外看花之状也可想见。

总之,这两句可以理解为:一、正面描写月、花之态,并交代人物活动的具体时间和地点;二、借斜月、落花侧面虚拟所忆之人的幽怨美;三、兼写自己离情别绪无计可消除的实况。这一联可谓情景交融、虚实相生、物我化一、精工美妙之至。

上片景中寓情,情意隐曲缠绵。过片则直抒胸臆,情中寄托着人生哲理。"朝云",用典。宋玉《高唐赋序》:昔者先王尝游高唐,梦见巫山神女愿荐枕席,因幸之。女目其"且为朝云,暮为行雨,朝朝暮暮,阳台之下"。此词中"朝云"却为曾经与自己欢聚眼下各自东西的"意中人"。

词人《诉衷情》:"东城南陌花下,逢着意中人。回绣袂,展香茵,叙情亲。此时拼作,千尺游丝,惹住朝云。"可见,散后重聚多么难得。纵然"拼"命能化作千尺游丝,怕也难"惹"得住与他情意缠绵、亲昵无比的"朝云"。词人借"巫山神女、朝云暮雨"的典故,来象喻人生聚散、情爱短长的变幻莫测,很是新颖独到,发人深思。尤其是他认为百年相守在一起的情侣又能有几个的见解,更深蕴人生哲理。

正如秦观《鹊桥仙》中所云:"两情若是久长时,又岂在朝朝暮暮?"这是一种无可奈何、聊以自慰并以之慰人的看法,但是它却把爱情的短暂与永恒、人生的欢聚与离散这种相互间的辩证关系婉曲地表明了,富有情致,耐人寻味。

最后,词人似乎想竭力摆脱这种别后情思的缠绕:"别来将为不牵情"。这是紧承上文"首岁相看能几个"之意的。既然有情人往往不能长此以往相互厮守在一起,那么心就平静下来不要被这种离愁别恨所牵动了。

这是他对年华易逝、聚散无常这一道理的感悟,他决定把握现在,不为旧情耗费心思和精力了。但是"万转千回思想过",想摆脱到底还是摆脱不了。说不思念,仍要思念,欲不怀想,仍要怀想。任凭费多大周折,他也无法驱逐得了这种"情"的牵引。

所谓"无穷无尽是离愁,天涯地角寻思遍,"词人的思绪真是千回万转、起伏不已、难以遏制。这正体现了他既饶有理趣、更富情感的双重性格,加上笔调的婉曲纤柔,风流蕴含,就更加荡气回肠、感动人心。

浣溪沙·一曲新词酒一杯

【创作背景】

《浣溪沙·一曲新词酒一杯》是一首春恨词。

【诗词原文】

浣溪沙①·一曲新词酒一杯

一曲新词酒一杯②,去年天气旧亭台③。夕阳西下几时回④?

无可奈何⑤花落去,似曾相识燕归来⑥。小园香径独徘徊⑦。

【诗词注解】

①浣溪沙:唐玄宗时教坊曲名,后用为词调。沙,一作"纱"。

②一曲新词酒一杯:此句化用白居易《长安道》诗意:"花枝缺入青楼开,艳歌一曲酒一杯"。一曲,一首。因为词是配合音乐唱的,故称"曲"。新词,刚填好的词,意指新歌。酒一杯,一杯酒。

③去年天气旧亭台:是说天气、亭台都和去年一样。此句化用五代郑谷《和知己秋日伤怀》诗:"流水歌声共不回,去年天气旧池台。"晏词"亭台"一本作"池台"。去年天气,跟去年此日相同的天气。旧亭台,曾经到过的或熟悉的亭台楼阁。旧,旧时。

④夕阳:落日。西下:向西方地平线落下。几时回:什么时候回来。

⑤无可奈何:不得已,没有办法。

⑥似曾相识:好像曾经认识。形容见过的事物再度出现。后用作成语,即出自晏殊此句。燕归来:燕子从南方飞回来。燕归来,春中常景,在有意无意之间。

⑦小园香径:花草芳香的小径,或指落花散香的小径。因落花满径,幽香四溢,故云香径。香径,带着幽香的园中小径。独:副词,用于谓语前,表示"独自"的意思。徘徊:来回走。

【诗词译文】

听一支新曲喝一杯美酒,还是去年的天气旧日的亭台,西落的夕阳何时再回来?

那花儿落去我也无可奈何,那归来的燕子似曾相识,在小园的花径上独自徘徊。

【诗词精讲】

这是晏殊词中最为脍炙人口的篇章。全词抒发了悼惜残春之情,表达了时光易逝、难以追挽的伤感。

起句"一曲新词酒一杯,去年天气旧亭台。"写对酒听歌的场景。从复叠错综的句式、轻快流利的语调中可以体味出,词人面对现境时,开始是怀着轻松喜悦的感情,带着潇洒安闲的意态的,似乎主人公十分醉心于宴饮涵咏之乐。

的确,作为安享尊荣而又崇文尚雅的"太平宰相",以歌侑酒,是作者习于问津、也乐于问津的娱情遣兴方式之一。

但边听边饮,这现场却又不期而然地触发了对"去年"所历类似境界的追忆:也是和"今年"一样的暮春天气,面对的也是和眼前一样的楼台亭阁,一样的清歌美酒。然而,似乎一切依旧的表象下又分明感觉到有的东西已经起了难以逆转的变化,这便是悠悠流逝的岁月和与此相关的一系列人事。

此句中正包蕴着一种景物依旧而人事全非的怀旧之感。在这种怀旧之感中又糅合着深婉的伤今之情。这样,作者纵然襟怀冲淡,有些微微的伤感。于是词人从心底涌出这样的喟叹:"夕阳西下几时回?"夕阳西下,是眼前景。但词人由此触发的,却是对美好景物情事的流连,对时光流逝的怅惘,以及对美好事物重现的微茫的希望。这是即景兴感,但所感者实际上已不限于眼前的情事,而是扩展到整个人生,其中不仅有感性活动,而且包含着某种哲理性的沉思。

夕阳西下,是无法阻止的,只能寄希望于它的东升再现,而时光的流逝、人事的变更,却再也无法重复。细味"几时回"三字,所折射出的似乎是一种企盼其返、却又情知难返的纤细心态。

下篇仍以融情于景的笔法申发前意。"无可奈何花落去,似曾相识燕归来。"这两句都是描写春天的,妙在对仗工整,为天然奇偶句,此句工巧而浑成、流利而含蓄,声韵和谐,寓意深婉,用虚字构成工整的对仗、唱叹传神方面表现出词人的巧思深情,也是这首词出名的原因,但更值得玩味的倒是这一联所含的意蓄。

花的凋落,春的消逝,时光的流逝,都是不可抗拒的自然规律,虽然惋惜流连也无济于事,所以说"无可奈何",这一句承上"夕阳西下";然而这暮春天气中,所感受到的并不只是无可奈何的凋衰消逝,而是还有令人欣慰的重现,那翩翩归来的燕子就像是去年曾此处安巢的旧时相识。

这一句应上"几时回"。花落、燕归虽也是眼前景,但一经与"无可奈何""似曾相识"相联系,它们的内涵便变得非常广泛,意境非常深刻,带有美好事物的象征意味。惋惜与欣慰的交织中,蕴含着某种生活哲理:一切必然要消逝的美好事物都无法阻止其消逝,但消逝的同时仍然有美好事物的再现,生活不会因消逝而变得一片虚无。只不过这种重现不等于美好事物的原封不动地重现,它只是"似曾相识"罢了。

渗透在句中的是一种混杂着眷恋和怅惘,既似冲淡又似深婉的人生怅触。唯其如此,此联作者既用于此词,又用于《示张寺丞王校勘》一诗。"小园香径独徘徊",即是说他独自一人在花间踱来踱去,心情无法平静。这里伤春的感情胜于惜春的感情,含着淡淡的哀愁,情调是低沉的。

此词之所以脍炙人口,广为传诵,其根本的原因在于情中有思。词中似乎于无意间描写司空见惯的现象,却有哲理的意味,启迪人们从更高层次思索宇宙人生的问题。词中涉及时间永恒而人生有限这样深广的意念,却表现得十分含蓄。

诉衷情·芙蓉金菊斗馨香

【创作背景】

作者于宋仁宗宝元元年(1038 年)赋此词,时年四十八岁,为陈州(今河南淮阳)知州。他由参知政事贬来此地已六年,常借酒遣怀,此词是秋天在开封登高远望时所作。

【诗词原文】

诉衷情·芙蓉金菊斗馨香

芙蓉金菊斗馨香[①],天气欲重阳[②]。

远村秋色如画,红树间疏黄[③]。

流水淡[④],碧天长[⑤],路茫茫[⑥]。

凭高目断[⑦],鸿雁来时[⑧],无限思量[⑨]。

【诗词注解】

①芙蓉:荷花;金菊:黄色的菊花;斗:比胜;馨:散布得很远的香气。

②天气:气候;重阳:农历九月九日,重阳节。

③红树:这里指枫树;间:相间,夹杂。

④流水淡:溪水清澈明净。

⑤碧天:碧蓝的天空。

⑥茫茫:广阔,深远。

⑦目断:指望至视界所尽处,犹言凝神眺望;凭高目断:依仗高处极目远望,直到看不见。

⑧鸿雁:即雁。大的叫鸿,小的叫雁。

⑨思量:相思。

【诗词译文】

在节气接近重阳的时侯,芙蓉和金菊争芳斗妍。远处的乡村,秋色如画中一般美丽,树林间从浓密的红叶中透出稀疏的黄色,真是鲜亮可爱。

中原地区,秋雨少,秋水无波,清澈明净;天高气爽,万里无云,平原仰视,上天宽阔没有边际,前路茫茫,把握不住。登高远望,看到鸿雁飞来,引起头脑中无限的思念。

【诗词精讲】

这是一首秋日野游,遣兴自娱的令词。晏殊一生仕途坦荡,性情散淡,过着"未尝一日不宴欢"的生活。为官之余,歌饮郊游自然成了他生活中不可缺少的一部分,也必然反映在他的词作当中。这首词写的是重阳登高的景与情。

"芙蓉金菊斗馨香"句中的芙蓉(指荷花)和菊花都是秋季里开放的花。词人写秋日里万花纷谢唯有芙蓉和满目金菊竞相绽放的景致,不单纯是写景,同时交待了季节。

下句"天气欲重阳"则更进一步点明节气。中国古代有农历九月九日重阳节登高的风俗。"独在异乡为异客,每逢佳节倍思亲"便是中国唐代大诗人王维《九月九日忆山东兄弟》中的名句。词人直言重阳,为后文登高写景作了铺垫。

"远村秋色如画,红树间疏黄"两句正面写景。临高而望,远方村落星星点点,在霜叶染成的红树之间点缀着片片的秋草和茂叶凋零之后的树枝丫。在秋日艳阳之下,如妙笔彩绘的图画。至此,秋日如画美景,词人昂然游兴,跃然纸上。上片以流畅的笔墨描绘出重阳节前秋日登高所见景致,情思恬淡自然,语言明净清新,不饰雕琢,亦不失于肤浅。

下片起首三句九字皆写景。"流水淡,碧天长,路茫茫",画卷舒展于天地之间,写景气势恢宏,意境旷达间流露着淡淡的忧伤,并使上片中秋色如画的静物描写进一步成为动态描写,语言生动秀洁,精炼浑成。至于由此而起的思量之情则是触景而发。

极目高远,尽见天地之间蓝天白云,秋高气爽。恰此时望见大雁天边而来。鸿雁传情之说古亦有之,词人由此联想起远方疏亲密友,引起对远方亲友的怀恋是十分自然的事。在前词丰厚的铺垫之上,聊以"无限思量"叙寄情思,又戛然而止。言尽而意不尽,意尽而情不绝,蓄意绵绵,情溢词外。词的下片在写景的基础上,融入情思,增添了词的内涵。

这首词全篇以写景为主,通过对重阳节时登高所见的描写,表达词人怡然自得的雅兴和由重阳节而引起的对远方亲友的思念,而这种思念的伤感却是在隐约之间的。

在语言上,这首词在具备晏殊词温润端丽的一种特点以外,尤见秀洁清新,为全词高远淡雅、陶然旷达的意境提供了丰富的表现力。

另外,词中注重色彩描写,其中"芙蓉金菊""秋色如画""红树间疏黄""淡水""碧天",或明或暗写出景物的色调,描绘出一幅色彩斑斓的画卷,给人以美的陶冶。

撼庭秋·别来音信千里

【创作背景】

这首《撼庭秋》,调名奇特,是晏殊首创。始见于晏殊《珠玉词》,但其中仅有此一首,故《词律》卷五、《词谱》卷七俱列此首为标准之作。后来黄庭坚、王诜有《撼庭竹》,可能就是受此启发而新创的词牌。虽说词牌用了一个很有力的"撼"字,这首词却"怨而不怒",是深心的悲哀,而不是感天动地的怨愤。

【诗词原文】

撼庭秋·别来音信千里

别来音信千里,恨此情难寄。

碧纱①秋月,梧桐夜雨②,几回无寐③。

楼高目断④,天遥云黯,只堪憔悴⑤。

念兰堂红烛⑥,心长焰短⑦,向人垂泪⑧。

【诗词注解】

①碧纱:即碧纱厨,绿纱编制的蚊帐。

②梧桐夜雨:概括温庭筠《更漏子》词:"梧桐树,三更雨,不道离情正苦。一叶叶,一声

声,空阶滴到明。"

③无寐:失眠。

④目断:望尽,望而不见。

⑤憔悴:瘦弱萎靡的样子。

⑥念兰堂红烛:想到芳香高雅居室里的红烛。

⑦心长焰短:烛芯虽长,烛焰却短。隐喻心有余而力不足。

⑧向人垂泪:对人垂泪(蜡泪)。晚唐杜牧《赠别》:"蜡烛有心还惜别,替人垂泪到天明。"

【诗词译文】

碧纱窗里看惯了春花秋月,听厌了梧桐夜雨点点滴滴敲打着相思之人的心,多少回彻夜无眠。

他日登上高楼眺望,天地寥阔,阴云密布,全无离人的半点踪影,让人更加忧伤憔悴。可叹啊!那厅堂里燃着的红烛,空自心长焰短,替人流着一滴滴相思的苦泪。

【诗词精讲】

这首词写与情人别后的千里相隔、难以排遣、无所寄托的思念之情。

上片写秋天的深夜,月映纱厨,雨打梧桐,使人想起远在千里外的丈夫,音信全无,因而怅极愁生,几回无寐。

"别来音信千里,恨此情难寄"即点明题旨。既言"音信千里",可见相距虽遥,尚非杳无音信。但为什么又说"此情难寄"呢?诗人没有明说,言下之意大约是情长笺短,绵绵无尽的相思不是尺幅彩笺所能容纳得下的。

以情语开篇后,作者接着以景写情,"碧纱秋月,梧桐夜雨"写的是:碧纱窗下,对着皎洁的秋月,卧听淅淅沥沥的夜雨滴在梧桐叶上。"几回无寐"上承景语,点破相思,说的是:有多少回啊彻夜无眠!"碧纱"二句,代表不同时间、地点、景物,目的是突出"几回无寐"四字。

对月听雨,本是古诗词中常用的写表情的动作,用于此处,思与境谐,表明主人公难以排遣的怀人之情。类似的意境有温庭筠的《更漏子》:"梧桐树,三更雨,不道离情正苦。一叶叶,一声声,空阶滴到明。"

下片写愁人登楼远望,唯见遥远的天边阴云暗淡,甚至连聊慰离愁的归鸿也没有,因此更为惆怅。

"楼高目断,天遥云黯,只堪憔悴"几句写的是:登上高楼极望,只见天空辽阔,层云黯淡,更令人痛苦憔悴。其中,"楼高目断",另笔提起,与上片"几回无寐"似接非接,颇有波澜起伏之势。

"念兰堂红烛,心长焰短,向人垂泪。"一结三句,是全词最精美之笔。以红烛拟人,古人多有,如杜牧《赠别》诗:"蜡烛有心还惜别,替人垂泪到天明。"同样是使用"移情"手法,以蜡烛向人垂泪表示自己心里难过,但杜牧诗的着眼点"替人垂泪"而且"有心",大晏词则以"心长焰短"一语见长。

那细长的烛心也即词人之心,心长,也就是情长意长,思念悠长恨悠长;焰短,蜡烛火焰短小,暗示着主人公力不从心,希望渺茫。这三句景真情足,读来只觉悱恻缠绵,令人低徊。

这首词妙于淡雅闲适之外,透出一股深厚苍凉,反映了作者性情沉郁的一面。在结构上很有特色,点面结合,简洁概括。以自然界辽阔凄黯的景象渲染烘托的孤寂怅惘情,移情于物,亦物亦人,更为婉曲,感人至深,是大晏词的佳作。

踏莎行·细草愁烟

【创作背景】

这首词见于晏殊《全宋词》,北宋时期,天圣五年(1027年),以刑部侍郎贬知宣州,后改知应天府。在此期间,他极重视书院的发展,大力扶持应天府书院,力邀范仲淹到书院讲学,培养了大批人才,该书院又称"睢阳书院"。这是自五代以来,学校屡遭禁废后,由晏殊开创大办教育之先河。庆历三年在宰相任上时,又与枢密副使范仲淹一起,倡导州、县立学和改革教学内容,官学设教授。自此,京师至郡县,都设有官学。形成一种广兴文学的浪潮,这就是有名的"庆历兴学"。晏殊临春之季不禁有感而发,以物抒情,感叹时光的流逝。

【诗词原文】

踏莎行·细草愁烟

细草愁烟,幽花怯[1]露,凭栏总是销魂处。

日高深院静无人,时时海燕双飞去。

带缓②罗衣,香残蕙③炷④,天长不禁迢迢路。

垂扬只解⑤惹春风,何曾系得行人住!

【诗词注解】

①怯:描写花晨露中的感受。

②缓:缓带,古代一种衣服。

③蕙:香草。

④炷:燃烧。

⑤解:古同"懈",松弛,懈怠。

【诗词译文】

纤细的小草在风中飘动,好像一缕缕轻烟惹人发愁,独自开放的花朵害怕露珠的打扰,倚在栏杆上总会想起一些让人难忘的往事。太阳高高地照在院子里,院子却静静地没有一个人居住,只看到时不时的有一些海燕双双飞来飞去。

轻轻缓一下罗衣上的锦带,香气还残留在用蕙点燃的火炷上,那条路是不是跟天一样的长。垂下的杨柳只能够惹得住春风眷顾罢了,什么时候才能留得下一些行人在这里稍停片刻呢?

【诗词精讲】

此词以凄婉温润的笔调,抒发伤春情怀的同时,流露出对时光年华流逝的深切慨叹和惋惜,深微幽隐。

起笔"细草愁烟,幽花怯露",写的是:小草上的烟霭迷蒙,花蕊上的露珠微颤。这两句表面看来都是写外的景象,但内含的却是极锐敏的感受。"愁"和"怯"二字,表现了作者极细腻的情思,且与细密的对偶形式完美地结合为一体。

那细草烟霭之中仿佛是一种忧愁的神态,那幽花露水之中仿佛有一种战惊的感觉。用"愁"来表达烟霭中的感受,用"怯"来描写花晨露中的感受,表面上说的是花和草的心情,实际上是通过草与花的人格化,来表明人的心情。

"凭栏总是销魂处",收束前两个四字短句,"细草愁烟,幽花怯露"正是愁人靠栏杆上所见到的景物。词人只因草上的丝丝烟霭,花上的点点露珠,就"销魂",足见他情意之幽微深婉。"日高深院静无人,时时海燕双飞去"为上片结拍。

前面由写景转而写人,这两句则是以环境的衬托,进一步写人。"静无人"是别无他人,唯有一个凭栏销魂的词人。"日高深院"之静,衬托着人的寂寥。"海燕双飞"反衬出人的孤独。"时时海燕双飞去"意为:海燕是双双飞去了,却给孤独的人留下了一缕绵绵无尽的情思。

过片"带缓罗衣,香残蕙炷",由上片的室外转向室内,仍写人。这里的"带缓罗衣",以衣服宽大写人的消瘦,暗示着离别之苦。

"香残蕙炷"之"蕙"是蕙香,一种以蕙草为香料制成的熏香,古代女子室内常用。"残"即一段段烧残。"香残蕙炷"写室内点的蕙香,一段段烧成残灰,又暗示着室内之人心绪的黯淡。

以香炉里烧成一段一段的"篆"字形熏香的残灰,比拟自己内心千回百转的愁肠已然断尽,比拟自己情绪的冷落哀伤,也是古诗词中常用的意象。但作者这里只是客观地写出"带缓罗衣,香残蕙炷",更见其含蓄。唯其不直说出来,才不会受个别情事的局限,才能给人无限深远的想象与联想。

接着"天长不禁迢迢路"一句为上二句作结,两个对偶的双式短句紧接一个长句,严密而完整。"不禁"是不能阻拦。"天长"与"迢迢路",结合得很好,天长路远,这是无论如何也难以阻拦的。

"不禁"二字,传达出一种凡事都无法挽回的哀伤,紧接"带缓罗衣"的思念与"香残蕙炷"的消磨之后,更增加了对于已失落者的无可奈何。

结句"垂杨只能惹春风,何曾系得行人住"以感叹的口吻出之:杨柳柔条随风摆动,婀娜多姿,这多情、缠绵的垂柳,不过是那里牵惹春风罢了,它哪一根柔条能把那要走的人留住?哪一根柔条又能把那消逝的美好往事挽回?这两句中寄托有极深远的一片怀思怅惘之情,象征着对整个人生的深刻感悟。

踏莎行·碧海无波

【创作背景】

《踏莎行·碧海无波》时临在作者因反对张耆升任枢密使,违反了刘太后的旨意,加之在玉清宫怒以朝笏撞折侍从的门牙,被御史弹劾。天圣五年(1027 年),以刑部侍郎贬知宣州后,在途中所做。

【诗词原文】

踏莎行·碧海无波

碧海①无波,瑶台②有路。思量便合双飞去。

当时轻别意中人,山长水远知何处。

绮席凝尘,香闺掩雾。红笺小字凭谁附③?

高楼目尽欲黄昏,梧桐叶上萧萧雨。

【诗词注解】

①碧海:指海上神山。

②瑶台:指陆上仙境。

③红笺小字凭谁附:唐韩偓(wò)《偶见》诗"小叠红笺书恨字,与奴方便寄卿卿",此化用之。附,带去。

【诗词译文】

碧海波平无险阻,瑶台有路可通行。细思量,当初就该双飞去。想当时,轻别意中人,现如今,山高水远何处寻。灰尘落绮席,烟雾锁香闺。写好的书信,如何送给你。登高楼,望远方,细雨洒梧桐,天已近黄昏。

【诗词精讲】

此词写别情,深婉含蓄。以结句为最妙,蕴藉而韵高,颇耐赏析。

上片起首三句:"碧海无波,瑶台有路,思量便合双飞去。"说没有波涛的险阻,要往瑶台仙境,也有路可通,原来可以双飞同去,但当时却没有这样做;此时"思量"起来,感到"不合",有些后悔。

碧海,指海上神山;瑶台,《离骚》有这个词,但可能从《穆天子传》写西王母所居的瑶池移借过来,指陆上仙境。接着两句:"当时轻别意中人,山长水远知何处?"是说放弃双飞机会,让"意中人"轻易离开,此时后悔莫及,可是"山长水远",不知她投身何处了。

"轻别"一事,是产生词中愁恨的特殊原因,是感情的症结所在。一时的轻别,造成长期的思念,"山长"句就写这种思念。

下片,"绮席凝尘,香闺掩雾",写"意中人"去后,尘凝雾掩,遗迹凄清,且非一日之故。"红笺小字凭谁附",音讯难通,和《鹊踏枝》的"欲寄彩笺兼尺素"而未能的意思相同。

"高楼目尽欲黄昏",既然人已远去,又音讯难通,那么,登高遥望,也就是一种痴望。后接以"梧桐叶上萧萧雨"一句,直写景物,实际上景中有情,意味深长。

比较起来,温庭筠《更漏子》的"梧桐树,三更雨,不道离情正苦。一叶叶,一声声,空阶滴到明",李清照《声声慢》的"梧桐更兼细雨,到黄昏,点点滴滴",虽然妙极,恐怕也失之显露了。

欧阳修

欧阳修(1007—1072年),北宋文学家、史学家。字永叔,号醉翁,晚号六一居士。庐陵(今江西吉安)人。公元(天圣八年)1030年进士。累擢知制诰、翰林学士,历任枢密副使、参知政事。宋神宗朝,迁兵部尚书,以太子少师致仕。卒谥文忠。政治上曾支持过范仲淹等的革新主张,文学上主张明道、致用,对宋初以来靡丽、险怪的文风表示不满,并积极培养后进,是北宋古文运动的领袖。散文说理畅达,抒情委婉,为"唐宋八大家"之一;诗风与其散文近似,语言流畅自然。其词婉丽,承袭南唐余风。曾与宋祁合修《新唐书》,并独撰《新五代史》。又喜收集金石文字,编为《集古录》,对宋代金石学颇有影响。有《欧阳文忠集》。

戏答元珍

【创作背景】

宋仁宗景祐三年(1036年)五月,欧阳修降职为峡州夷陵(今湖北宜昌)县令,次年,朋友丁宝臣(元珍)写了一首题为《花时久雨》的诗给他,欧阳修便写了这首诗作答。

【诗词原文】

戏答元珍①

春风疑不到天涯②,二月山城③未见花。

残雪压枝犹有橘,冻雷惊笋欲抽芽④。

夜闻归雁生乡思,病入新年感物华⑤。

曾是洛阳花下客⑥,野芳虽晚不须嗟⑦。

【诗词注解】

①元珍:丁宝臣,字元珍,常州晋陵(今江苏常州市)人,时为峡州(治所在今湖北宜昌)军事判官。

②天涯:极边远的地方。诗人贬官夷陵(今湖北宜昌市),距京城已远,故云。

③山城:指欧阳修当时任县令的峡州夷陵县(今湖北宜昌)。夷陵面江背山,故称山城。

④"残雪"二句:诗人在《夷陵县四喜堂记》中说,夷陵"又有橘柚茶笋四时之味"。残雪,初春雪还未完全融化。冻雷,初春时节的雷,因仍有雪,故称。

⑤"夜闻"二句一作"鸟声渐变知芳节,人意无聊感物华"。归雁:春季雁向北飞,秋天南归,故云,又传说它能为人传信,古时常用作思乡怀归的象征物。隋薛道衡《人日思归》:"人归落雁后,思发在花前。"感物华,感叹事物的美好。物华,美好的景物。

⑥"曾是"句:宋仁宗天圣八年(1030年)至景元年(1034年),欧阳修曾任西京(洛阳)留守推官,领略了当地牡丹盛况,写过《洛阳牡丹记》。洛阳以牡丹花著称,《洛阳牡丹记风俗记》:"洛阳之俗,大抵好花。春时,城中无贵贱皆插花,虽负担者亦然。花开时,士庶竞为游遨。"

⑦嗟(jiē):叹息。

【诗词译文】

我真怀疑春风吹不到这边远的山城,已是二月,居然还见不到一朵花。有的是未融尽的积雪压弯了树枝,枝上还挂着去年的橘子;寒冷的天气,春雷震动,似乎在催促着竹笋赶快抽芽。夜间难以入睡,阵阵北归的雁鸣惹起我无尽的乡思;病久了又逢新春,眼前所有景色,都触动我思绪如麻。我曾在洛阳见够了千姿百态的牡丹花,这里的野花开得虽晚,又有什么可以感伤,可以嗟讶?

【诗词精讲】

《戏答元珍》是北宋文学家欧阳修创作的一首七言律诗。这首诗是作者遭贬谪后所作,表现出谪居山乡的寂寞心情和自解宽慰之意。欧阳修对政治上遭受的打击心潮难平,故在诗中流露出迷惘寂寞的情怀,但他并未因此而丧失自信、失望,而是更多地表现了被贬的抗争精神,对前途仍充满信心。

题首冠以"戏"字,是声明自己写的不过是游戏文字,其实正是他受贬后政治上失意的掩饰之辞。欧阳修是北宋初期诗文革新运动倡导者,是当时文坛领袖。他的诗一扫当时诗坛西昆派浮艳之风,写来清新自然,别具一格,这首七律即可见其一斑。

诗的首联"春风疑不到天涯,二月山城未见花",破"早春"之题:夷陵小城,地处偏远,山重水满,虽然已是二月,却依然春风难到,百花未开。既叙写了作诗的时间、地点和山城早春的气象,又抒发了自己山居寂寞的情怀。

"春风不到天涯"之语,暗离皇恩不到,透露出诗人被贬后的抑郁情绪,大有"春风不度玉门关"之怨旨。这一联起得十分超妙,前句问,后句答。欧阳修自己也很欣赏,他说:"若无下句,则上句何堪? 既见下句,则上句颇工。"(《笔说》)正因为这两句破题巧妙,为后面的描写留有充分的余地,所以元人方回说:"以后句句有味。"

次联承首联"早春"之意,选择了山城二月最典型、最奇特的景物铺开描写,恰似将一幅山城早春画卷展现出来,写来别有韵味。夷陵是著名桔乡,桔枝上犹有冬天的积雪。

可是,春天毕竟来了,桔梗上留下的不过是"残雪"而已。残雪之下,去年采摘剩下的桔果星星点点地显露出来,它经过一冬的风霜雨雪,红得更加鲜艳,在白雪的映衬下,如同颗颗跳动的火苗。它融化了霜雪,报道着春天的到来。

这便是"残雪压枝犹有桔"的景象。夷陵又是著名的竹乡,那似乎还带着冰冻之声的第一响春雷,将地下冬眠的竹笋惊醒,它们听到了春天的讯息,振奋精神,准备破土抽芽了。中国二十四节气中有"惊蛰",在万物出乎展,展为雷,……蛰虫惊而出走。"(《月令七十二候集解》)故名惊蛰。

蛰虫是动物,有知觉,在冬眠中被春雷所惊醒,作者借此状写春笋,以一个"欲"字赋予竹笋以知觉,以地下竹笋正欲抽芽之态,生动形象地把一般人尚未觉察到的"早春"描绘出来。因此,"冻雷惊笋欲抽芽"句可算是"状难写之景如在目前"的妙笔。

诗的第三联由写景转为写感慨:"夜闻归雁生乡思,病入新年感物华。"诗人远谪山乡,心情苦闷,夜不能寐,卧听北归春雁的声声鸣叫,勾起了无尽的"乡思"——自己被贬之前任西京留守推官的任所洛阳,正如同故乡一样令人怀念。然后由往事的回忆联想到目下的处境,抱病之身又进入了一个新的年头。时光流逝,景物变换,让作者感慨万千。

诗末两句虽然是诗人自我安慰,但却透露出极为矛盾的心情,表面上说他曾在洛阳做过留守推官,见过盛盖天下的洛阳名花名园,见不到此地晚开的野花也不须嗟叹了,但实际上却充满着一种无奈和凄凉,不须嗟实际上是大可嗟,故才有了这首借"未见花"的日常小事生发出人生乃至政治上的感慨。

此诗之妙,就妙在它既以小孕大,又怨而不怒。它借"春风"与"花"的关系来寄喻君臣、君民关系,是历代以来以"香草美人"来比喻君臣关系的进一步拓展,在他的内心中,他是深信明君不会抛弃智臣的,故在另一首《戏赠丁判官》七绝中说"须信春风无远近,维舟处处有花开",而此诗却反其意而用之,表达了他的怀疑,也不失为一种清醒。

但在封建朝政中,君臣更多的是一种人身依附、政治依附的关系,臣民要做到真正的人生自主与自择是非常痛苦的,所以他也只能以"戏赠""戏答"的方式表达一下他的怨刺而已,他所秉承的也是中国古典诗歌的"怨而不怒"的风雅传统。据说欧阳修很得意这首诗,原因恐怕也就在这里。

采桑子·群芳过后西湖好

【创作背景】

这首词作于熙宁四年(1071年),这年六月,欧阳修以太子少师的身份辞职,回到颍州。暮春时节来到西湖游玩,心生喜悦而作《采桑子》十首。

【诗词原文】

采桑子·群芳过后西湖好

群芳过后①西湖好,狼籍残红②,

飞絮濛濛③。垂柳阑干尽日④风。

笙歌散尽游人去⑤,始觉春空。

垂下帘栊⑥,双燕归来细雨中。

【诗词注解】

①群芳过后:百花凋零之后。群芳,百花。西湖:指颍州西湖,在今安徽阜阳西北,颍水和诸水汇流处,风景佳胜。

②狼籍残红:残花纵横散乱的样子。残红,落花。狼籍,同"狼藉",散乱的样子。

③濛濛:今写作"蒙蒙"。细雨迷蒙的样子,以此形容飞扬的柳絮。

④阑干:横斜,纵横交错。尽日:整日,整天。

⑤笙歌:笙管伴奏的歌筵。散:消失,此指曲乐声停止。去:离开,离去。

⑥帘栊:窗帘和窗棂,泛指门窗的帘子。

【诗词译文】

虽说是百花凋落,暮春时节的西湖依然是美的,残花轻盈飘落,点点残红在纷杂的枝叶间分外醒目;柳絮时而飘浮,时而飞旋,舞弄得迷迷蒙蒙;杨柳向下垂落,纵横交错,在和风中飘荡,摇曳多姿,在和煦的春风中,怡然自得,整日轻拂着湖水。

游人尽兴散去,笙箫歌声也渐渐静息,才开始觉得一片空寂,又仿佛正需要这份安谧。回到居室,拉起窗帘,等待着燕子的来临,只见双燕从蒙蒙细雨中归来,这才拉起了帘子。

【诗词精讲】

这首词描绘颍州西湖波平十顷、莲芰香清的美景,表达了词人寄情山水的志趣。全词即景抒情,词风清疏峻洁,意境清淡平和,给人以极高的艺术享受。

"残霞夕照"是天将晚而未晚、日已落而尚未落尽的时候。"夕阳无限好",古往今来不知有多少诗人歌咏过这一转瞬即逝的黄金时刻。欧阳修没有直写景物的美,而是说"霞"已"残",可见已没有"熔金""合璧"那样绚丽的色彩了。

但这时的西湖,作者却觉得"好"。好就好在"花坞苹汀"。在残霞夕照下所看到的是种在花池里的花,长在水边或小洲上的苹草,无一字道及情,但情却寓于景中了。"十顷波平",正是欧阳修在另一首《采桑子》里写的"无风水面琉璃滑"。波平如镜,而且这"镜面"浩渺无边。

"野岸无人舟自横",这句出自韦应物《滁州西涧》诗"野渡无人舟自横"。作者改"渡"为"岸",说明"舟自横"是由于当日的游湖活动结束了,因此这"无人"而"自横"的"舟",就更衬托出了此刻"野岸"的幽静沉寂。

"西南月上",残霞夕照已经消失。月自西南方现出,因为不是满月,所以虽在"浮云散"之后,这月色也不会十分皎洁。这种色调与前面的淡素画图和谐融洽,见出作者用笔之细。

"轩槛凉生",这是人的感觉。直到这时才隐隐映现出人物来。至此可知,上片种种景物,都是在这"轩槛"中人的目之所见,显然他在这里已经有好长一段时间了。这里,作者以动写静,一切都是静悄悄的,一点声音也没有,使人们仿佛置身红尘之外。

"莲芰香清,水面风来酒面醒。""水面风来",既送来莲香,也吹醒了人的醉意。原来他喝醉了酒,就这么长时间地悄无声息地沉浸在"西湖好"的美景中。这位颍州西湖的"旧主人"怀着无限深情,谱出了一曲清歌。

欧公在这首词中借啸傲湖山而试图忘记仕途的坎坷不平,表达了视富贵如浮云的情趣。词中用语平实却极有表现力。

这是欧阳修晚年退居颍州时写的十首《采桑子》中的第四首,抒写了作者寄情湖山的情怀。虽写残春景色,却无伤春之感,而是以疏淡轻快的笔墨描绘了颍州西湖的暮春景,甚爱颍州西湖风光,创造出一种清幽静谧的艺术境界。而词人的安闲自适,也就在这种境界中自然地表现出来。情景交融,真切动人。词中很少修饰,特别是上下两片,纯用白描,却颇耐寻味。

上片描写群芳凋谢后西湖的恬静清幽之美。首句是全词的纲领,由此引出"群芳过后"的西湖景象,及词人从中领悟到的"好"的意味。"狼籍""飞絮"二句写落红零乱满地、翠柳柔条斜拂于春风中的姿态。

以上数句,通过落花、飞絮、垂柳等意象,描摹出一幅清疏淡远的暮春图景。"群芳过后"本有衰残之味,常人对此或惋惜,或伤感,或留恋,而作者却赞美说"好",并以这一感情线索贯穿全篇。人心情舒畅则观景物莫不美丽,心情忧伤则反之,这就是所谓的移情。一片风景就是一种心情,道理也正在于此。

过片表现出环境之清幽,虚写出过去湖上游乐的盛况。"笙歌散尽游人去,"乃指"绿水逶迤,芳草长堤,隐隐笙歌处处随"的游春盛况已过去,花谢柳老,"笙歌处处随"的游人也意兴阑珊,无人欣赏残红飞絮之景;"始觉春空",点明从上面三句景象所产生的感觉,道出了作者惜春恋春的复杂微妙的心境。

"始觉"是顿悟之辞,这两句是从繁华喧闹消失后清醒过来的感觉,繁华喧闹消失,既觉有所失的空虚,又觉获得宁静的畅适。首句说的"好"即是从这后一种感觉产生,只有基于这种心理感觉,才可解释认为"狼藉残红"三句所写景象的"好"之所在。

最后二句,"垂下帘栊,双燕归来细雨中。"写室内景物,以人物动态描写与自然景物映衬相结合,表达出作者恬适淡泊的胸襟。末两句是倒装,本是开帘待燕,"双燕归来"才"垂下帘拢"。结句"双燕归来细雨中",意蕴含蓄委婉,以细雨衬托春空之后的清寂气氛,又以双燕飞归制造出轻灵、欢娱的意境。

这首词通篇写景,不带明显的主观感情色彩,却从字里行间婉曲地显露出作者的旷达胸怀和恬淡心境。此词表现出词人别具慧眼的审美特点,尤其最后两句营造出耐人寻味的意境。作者写西湖美景,动静交错,以动显静,意脉贯穿,层次井然,显示出不凡的艺术功力。

西湖花时过后,群芳凋零,残红狼藉。常人对此,当觉索然无味,而作者却面对这种"匆匆春又去"的衰残景象,不但不感伤,反而在孤寂清冷中体味出安宁静谧的美趣。这种春空之后的闲淡胸怀,这种别具一格的审美感受,正是这首词有异于一般咏春词的独到之处。

全词取境典型,叙事抒情结合。章法缜密,构思严谨,意象鲜明。

踏莎行·候馆梅残

【创作背景】

《踏莎行·候馆梅残》是欧阳修的代表性作品。这首词主要抒写早春南方行旅的离愁。全词笔调细腻委婉,寓情于景,含蓄深沉,是为人所称道的名篇。

【诗词原文】

踏莎行·候馆梅残

候馆①梅残,溪桥柳细,草薰风暖摇征辔②。

离愁渐远渐无穷,迢迢③不断如春水。

寸寸柔肠④,盈盈粉泪⑤,楼高莫近危阑⑥倚。

平芜⑦尽处是春山,行人更在春山外。

【诗词注解】

①候馆:迎宾候客之馆舍。《周礼·地官·遗人》:"五十里有市,市有候馆。"

②草薰:小草散发的清香。薰,香气侵袭。征辔(pèi):行人坐骑的缰绳。辔,缰绳。此句化用南朝梁江淹《别赋》"闺中风暖,陌上草薰"而成。

③迢迢:形容遥远的样子。

④寸寸柔肠:柔肠寸断,形容愁苦到极点。

⑤盈盈:泪水充溢眼眶之状。粉泪:泪水流到脸上,与粉妆合在一起。

⑥危阑:也作"危栏",高楼上的栏杆。

⑦平芜:平坦地向前延伸的草地。芜,草地。

【诗词译文】

客舍前的梅花已经凋残,溪桥旁新生细柳轻垂,春风踏芳草,远行人跃马扬鞭。走得越远离愁越没有穷尽,像那迢迢不断的春江之水。

寸寸柔肠痛断,行行盈淌粉泪,不要登高楼望远把栏杆凭倚。平坦的草地尽头就是重重春山,行人还在那重重春山之外。

【诗词精讲】

这首词是欧阳修词的代表作之一。在婉约派词人抒写离情的小令中,这是一首情深意远、柔婉优美的代表性作品。

上片写离家远行的人在旅途中的所见所感。开头三句是一幅洋溢着春天气息的溪山行旅图:旅舍旁的梅花已经开过了,只剩下几朵残英,溪桥边的柳树刚抽出细嫩的枝叶。暖风吹送着春草的芳香,远行的人在这美好的环境中摇动马缰,赶马行路。梅残、柳细、草薰、风暖,暗示时令正当仲春。这正是最易使人动情的季节。从"摇征辔"的"摇"字中可以想象行人骑着马儿顾盼徐行的情景。

融怡明媚的春光,既让人流连欣赏,却又容易触动离愁。开头三句以实景暗示、烘托离别,而三、四两句则由丽景转入对离情的描写:"离愁渐远渐无穷,迢迢不断如春水。"因为所别者是自己深爱的人,所以这离愁便随着分别时间之久、相隔路程之长越积越多,就像眼前这伴着自己的一溪春水一样,来路无穷,去程不尽。此二句即景设喻,即物生情,以水喻愁,写得自然贴切而又柔美含蓄。

下片写闺中少妇对陌上游子的深切思念。"寸寸柔肠,盈盈粉泪。"过片两对句,由陌上行人转笔写楼头思妇。"柔肠"而说"寸寸","粉泪"而说"盈盈",显示出女子思绪的缠绵深切。从"迢迢春水"到"寸寸肠""盈盈泪",其间又有一种自然的联系。接下来一句"楼高莫近危阑倚",是行人心里对泪眼盈盈的闺中人深情的体贴和嘱咐,也是思妇既希望登高眺望游子踪影又明知徒然的内心挣扎。

最后两句写少妇的凝望和想象,是游子想象闺中人凭高望远而不见所思之人的情景:展现楼前的,是一片杂草繁茂的原野,原野的尽头是隐隐春山,所思念的行人,更远在春山之外,渺不可寻。这两句不但写出了楼头思妇凝目远望、神驰天外的情景,而且透出了她的一往情深,正越过春山的阻隔,一直伴随着渐行渐远的征人飞向天涯。行者不仅想象到居者登高怀远,而且深入到对方的心灵对自己的追踪。如此写来,情意深长而又哀婉欲绝。

这首词由陌上游子而及楼头思妇,由实景而及想象,上下片层层递进,以发散式结构将离愁别恨表达得荡气回肠、意味深长。这种透过一层从对面写来的手法,带来了强烈的美感效果。

这首词是经常为人们所称道的名篇,写的是早春南方行旅的离愁。词的上片写行人在旅途上的离愁,下片写想象中家室的离愁,两地相思,一种情怀,全篇的中心意旨是表现离愁。主要运用了以下四种艺术手法。

以乐写愁,托物兴怀。这种手法运用得很巧妙。词的上片展现了这样的镜头:一位孤独的行人,骑着马儿,离开了候馆(旅舍),望着已经凋落的梅花,走过溪上的小桥,拂掠那岸边的柳丝,迎着东风,踏向那散发着芳香的草地。

在这画面里,残梅、细柳和薰草,这些春天里的典型景物,点缀着候馆、溪桥和征途,表现了南方初春融和的气氛。这首词以春景写行旅,以乐景写离愁,从而得到烦恼倍增的表达。

寓虚,富于联想,也是这首词的一个艺术特点。梅、柳、草,实景虚用,虚实结合,不仅表现了春天的美好景色,而且寄寓了行人的离情别绪。作者从各个角度表现离愁,的确非常耐人寻味,有无穷的韵外之致。

化虚为实,巧于设喻,同样是本篇重要的艺术手段。"离愁渐远渐无穷,迢迢不断如春水"，便是这种写法。"愁"是一种无形无影的感情。"虚"的离愁，化为"实"的春水；无可感的情绪，化为可感的形象，因而大大加强了艺术效果。

逐层深化，委曲尽情，更是这首词显著的艺术特色。整个下片，采用了不同类型的"更进一层"的艺术手法，那深沉的离愁，便被宛转细腻地表现出来了，感人动情。

整首词只有五十八个字，但由于巧妙地运用了以乐写愁、实中寓虚、化虚为实、更进一层等艺术手法，便把离愁表现得淋漓尽致，产生了巨大的艺术魅力，所以成了人们乐于传诵的名篇。

生查子·元夕

【创作背景】

此词写约会。或被认为是景祐三年(1036年)词人怀念他的第二任妻子杨氏所作。

【诗词原文】

生查子·元夕

去年元夜①时，花市②灯如昼③。

月上④柳梢头，人约黄昏后。

今年元夜时，月与灯依旧。

不见⑤去年人，泪湿⑥春衫⑦袖。

【诗词注解】

①元夜：元宵之夜。农历正月十五为元宵节。自唐朝起有观灯闹夜的民间风俗。北宋时从十四到十六3天，开宵禁，游灯街花市，通宵歌舞，盛况空前，也是年轻人密约幽会，谈情说爱的好机会。

②花市：民俗每年春时举行的卖花、赏花的集市。

③灯如昼：灯火像白天一样。据宋代孟元老《东京梦华录》卷六《元宵》载："正月十五日元宵，……灯山上彩，金碧相射，锦绣交辉。"由此可见当时元宵节的繁华景象。

④月上：一作"月到"。

⑤见：看见。

⑥泪湿：一作"泪满"。

⑦春衫：年少时穿的衣服，也指代年轻时的自己。

【诗词译文】

去年正月十五元宵节,花市灯光像白天一样雪亮。月儿升起在柳树梢头,他约我黄昏以后同叙衷肠。

今年正月十五元宵节,月光与灯光同去年一样。再也看不到去年的情人,泪珠儿不觉湿透衣裳。

【诗词精讲】

明代徐士俊认为,元曲中"称绝"的作品,都是仿效此作而来,可见其对这首《生查子》的赞誉之高。

此词言语浅近,情调哀婉,用"去年元夜"与"今年元夜"两幅元夜图景,展现相同节日里的不同情思,仿佛影视中的蒙太奇效果,将不同时空的场景贯穿起来,写出一位女子悲戚的爱情故事。

上片描绘"去年元夜时"女主人公与情郎同逛灯市的欢乐情景。"去年元夜时,花市灯如昼。"起首两句写去年元宵夜的盛况美景,大街上热闹非凡,夜晚的花灯通明,仿佛白昼般明亮。"月上柳梢头,人约黄昏后",女主人公追忆与情郎月下约定的甜蜜情景,情人间互诉衷情的温馨幸福溢于纸上。

从如昼灯市到月上柳梢,光线从明变暗,两人约定的时间又是"黄昏"这一落日西斜、素来惹人愁思的时刻,皆暗示女主人公的情感故事会朝着悲剧发展。

下片写"今年元夜时"女主人公孤独一人面对圆月花灯的情景。"今年元夜时,月与灯依旧。"一年过去,眼前的景象与去年没有两样,圆月仍然高挂夜空,花灯仍然明亮如昼,但是去年甜蜜幸福的时光已然不再,女主人公心里只有无限相思之苦。

之所以伤感,是因为"不见去年人",往日的山盟海誓早已被恋人抛诸脑后,如今物是人非,不禁悲上心头。令人肝肠寸断的相思化作行行清泪、浸湿衣衫。"泪满春衫袖"一句是点题句,将女主人公的情绪完全宣泄出来,饱含辛酸蕴藏无奈,更有无边无际的苦痛。

这首词的艺术构思近似于唐人崔护的《题都城南庄》诗,却较崔诗更见语言的回环错综之美,也更具民歌风味。全词在字句上讲求匀称一致,有意错综穿插,它用上阕写过去,下阕写现在,上四句与下四句分别提供不同的意象以造成强烈的对比。

上、下片的第一句"去年元夜时"与"今年元夜时",第二句"花市灯如昼"与"月与灯依旧",两两相对,把"元夜""灯"做了强调;而"人约黄昏后"与"不见去年人",则是上片第四句与下片第三句交叉相对,虽是重叠了"人"字,却从参差错落中显示了"人"的有无、去留的天差地别及感情上由欢愉转入忧伤的大起大落,从而表现了主人公内心的起伏变化。

词作通过主人公对去年今日的往事回忆，抒写了物是人非之感。既写出了伊人的美丽和当日相恋的温馨甜蜜，又写出了今日伊人不见的怅惘和忧伤。词的语言通俗，构思巧妙，上片写去年，下片写今日，重叠对应，回旋咏叹，具有明快、自然的民歌风味。结尾"泪满春衫袖"一句，则通过描写将物是人非、旧情难续的感伤表现得十分充分。

全词以独特的艺术构思，运用今昔对比、抚今追昔的手法，从而巧妙地抒写了物是人非、不堪回首之感。语言平淡，意味隽永，有效地表达了词人所欲吐露的爱情遭遇上的伤感和苦痛体验，体现了真实、朴素与美的统一。语短情长，形象生动，又适于记诵，因此流传很广。

蝶恋花·庭院深深深几许

【创作背景】

《蝶恋花·庭院深深深几许》被选入《宋词三百首》，这是一首写女子失恋的名作。

【诗词原文】

蝶恋花·庭院深深深几许

庭院深深深几许①，杨柳堆烟②，帘幕无重数。

玉勒雕鞍游冶处③，楼高不见章台路④。

雨横⑤风狂三月暮，门掩黄昏，无计留春住。

泪眼问花花不语，乱红⑥飞过秋千去。

【诗词注解】

①几许：多少。许，估计数量之词。

②堆烟：形容杨柳浓密。

③玉勒雕鞍：极言车马的豪华。玉勒：玉制的马衔。雕鞍：精雕的马鞍。游冶处：指歌楼妓院。

④章台：汉长安街名。《汉书·张敞传》有"走马章台街"语。唐许尧佐《章台柳传》，记妓女柳氏事。后因以章台为歌妓聚居之地。

⑤雨横：指急雨、骤雨。

⑥乱红：这里形容各种花片纷纷飘落的样子。

【诗词译文】

庭院深深，不知有多深？杨柳依依，飞扬起片片烟雾，一重重帘幕不知有多少层。豪华的车马停在贵族公子寻欢作乐的地方,她登楼向远处望去,却看不见那通向章台的大路。

春已至暮,三月的雨伴随着狂风大作,再是重门将黄昏景色掩闭,也无法留住春意。泪眼汪汪问落花可知道我的心意,落花默默不语,纷乱的,零零落落一点一点飞到秋千外。

【诗词精讲】

这首词亦见于冯延巳的《阳春集》。清人刘熙载说:"冯延巳词,晏同叔得其俊,欧阳永叔得其深。"(《艺概·词曲概》)在词的发展史上,宋初词风承南唐,没有太大的变化,而欧与冯俱仕至宰执,政治地位与文化素养基本相似。因此他们两人的词风大同小异,有些作品,往往混淆在一起。

这首词据李清照《临江仙》词序云:"欧阳公作《蝶恋花》,有'深深深几许'之句,予酷爱之,用其语作'庭院深深'数片。"李清照去欧阳修未远,所云当不误。

此词写闺怨。词风深稳妙雅。所谓深者,就是含蓄蕴藉,婉曲幽深,耐人寻味。此词首句"深深深"三字,前人尝叹其用叠字之工;兹特拈出,用以说明全词特色之所在。不妨说这首词的景写得深、情写得深、意境也写得深。

先说景深。词人像一位舞台美术设计大师一样,首先对女主人公的居处做了精心的安排。读着"杨柳堆烟,帘幕无重数"这两句,似乎在眼前出现了一组电影摇镜头,由远而近,逐步推移,逐步深入。

随着镜头所指,读者先是看到一丛丛杨柳从眼前移过。"杨柳堆烟",说的是早晨杨柳笼上层层雾气的景象。着一"堆"字,则杨柳之密,雾气之浓,宛如一幅水墨画。随着这一丛丛杨柳过去,词人又把镜头摇向庭院,摇向帘幕。这帘幕不是一重,而是过了一重又是一重。究竟多少重,他不作琐屑的交代,一言以蔽之曰"无重数"。"无重数",即无数重。

秦观《踏莎行》"驿寄梅花,鱼传尺素,砌成此恨无重数",与此同义。一句"无重数",令人感到这座庭院简直是无比幽深。可是词人还没有让你立刻看到人物所在的地点。他先说一句"玉勒雕鞍游冶处",宕开一笔,把读者的视线引向她丈夫那里;然后折过笔来写道:"楼高不见章台路"。原来这词中女子正独处高楼,她的目光正透过重重帘幕,堆堆柳烟,向丈夫经常游冶的地方凝神远望。这种写法叫做欲扬先抑,做尽铺排,造足悬念,然后让人物出场,如此便能予人以深刻的印象。

再说情深。词中写情,通常是和景结合,即景中有情,情中有景,但也有所侧重。此词将女主人公的感情层次挖得很深,并用工笔将抽象的感情作了细致入微的刻画。词的上片着重写景,但"一切景语,皆情语也"(王国维《人间词话》),在深深庭院中,人们仿佛看到一颗被禁锢的与世隔绝的心灵。

词的下片着重写情,雨横风狂,催送着残春,也催送女主人公的芳年。她想挽留住春天,但风雨无情,却留不住春天。于是她感到无奈,只好把感情寄托到命运同她一样的花上:"泪眼问花花不语,乱红飞过秋千去。"这两句包含着无限的伤春之感。

清人毛先舒评曰:"词家意欲层深,语欲浑成。作词者大抵意层深者,语便刻画;语浑成者,意便肤浅,两难兼也。或欲举其似,偶拈永叔词云:'泪眼问花花不语,乱红飞过秋千去。'此可谓层深而浑成。"(王又华《古今词论》引)他的意思是说语言浑成与情意层深往往是难以兼具的,但欧词这两句却把它统一起来了。

所谓"意欲层深",就是人物的思想感情要层层深入,步步开掘。且看这两句是怎样进行层层开掘的。第一层写女主人公因花而有泪。见花落泪,对月伤情,是古代女子常有的感触。此刻女子正在忆念走马章台(汉长安章台街,后世借以指游冶之处)的丈夫,可是望而不可见,眼中谁有在狂风暴雨中横遭摧残的花儿,由此联想到自己的命运,不禁伤心泪下。

第二层是写因泪而问花。泪因愁苦而致,势必要找个发泄的对象。这个对象此刻已幻化为花,或者说花已幻化为人。于是女主人公向着花儿痴情地发问。第三层是花儿竟一旁缄默,无言以对。是不理解她的意思呢,还是不肯给予同情?殊令人纳闷。紧接着词人写第四层,花儿不但不语,反而像故意抛舍她似的纷纷飞过秋千而去。人儿走马章台,花儿飞过秋千,有情之人,无情之物对她都报以冷漠,她不可能不伤心。

这种借客观景物的反应来烘托、反衬人物主观感情的写法,正是为了深化感情。词人一层一层深挖感情,并非刻意雕琢,而是像竹笋有苞有节一样,自然生成,逐次展开。在自然浑成、浅显易懂的语言中,蕴藏着深挚真切的感情,这是此篇一大特色。最后是意境深。词中写了景,写了情,而景与情又是那样的融合无间,浑然天成,构成了一个完整的意境。

读此词,总的印象便是意境幽深,不徒名言警句而已。词人刻画意境也是有层次的。从环境来说,它是由外景到内景,以深邃的居室烘托深邃的感情,以灰暗凄惨的色彩渲染孤独伤感的心情。

从时间来说,上片是写浓雾弥漫的早晨,下片是写狂风暴雨的黄昏,由早及晚,逐次打开人物的心扉。过片三句,近人俞平伯评曰:"'三月暮'点季节,'风雨'点气候,'黄昏'点时刻,三层渲染,才逼出'无计'句来。"(《唐宋词选释》)暮春时节,风雨黄昏;闭门深坐,情尤怛恻。个中意境,仿佛是诗,但诗不能写其貌;是画,但画不能传其神;唯有通过这种婉曲的词笔才能恰到好处地勾画出来。

尤其是结句,更臻于妙境:"一若关情,一若不关情,而情思举荡漾无边。"(沈际飞《草堂诗余正集》)王国维认为这是一种"有我之境"。所谓"有我之境",便是"以我观物,故物皆著我之色彩"(《人间词话》)。也就是说,花儿含悲不语,反映了词中女子难言的苦痛;乱红飞过秋千,烘托了女子终鲜同情之侣、怅然若失的神态。而情思之绵邈,意境之深远,尤其令人神往。

临江仙·柳外轻雷池上雨

【创作背景】

据胡适考证《钱氏私志》(旧本或题钱彦远撰,或题钱愐撰,或题钱世昭撰。钱曾《读书敏求记》定为钱愐)后认为,该词为欧阳修在河南钱惟演(977—1034 年,北宋大臣,西昆体骨干诗人)幕中,与一妓女相亲,为妓女作。时天圣九年(1031 年)至明道二年(1033年)期间,欧阳修在西京留守推官任上。

【诗词原文】

临江仙·柳外轻雷池上雨

柳外轻雷①池上雨,雨声滴碎荷声。

小楼西角断虹明。阑干②倚处,待得月华③生。

燕子飞来窥画栋④,玉钩⑤垂下帘旌。

凉波不动簟纹平⑥。水精⑦双枕,傍有堕钗横⑧。

【诗词注解】

①轻雷:雷声不大。

②阑干(lán):纵横交错的样子。

③月华:月光、月色之美丽。这里指月亮。

④画栋:彩绘装饰了的梁栋。

⑤玉钩:精美的帘钩。帘旌(jīng):帘端下垂用以装饰的布帛,此代指帘幕。

⑥"凉波"句:指竹子做的凉席平整如不动的波纹。簟(diàn):竹席。

⑦水精:即水晶。

⑧"傍有"句:化用李商隐《偶题》:"水文簟上琥珀枕,傍有堕钗双翠翘"。堕(duò):脱落。

【诗词译文】

柳林外传来轻轻的雷鸣,池上细雨蒙蒙;雨声淅淅沥沥,滴在荷叶上发出细碎之声。

不久小雨即停,小楼西角显现出被遮断的彩虹。我们靠倚栏杆旁,直等到月亮东升。

燕子飞回门前,窥伺着飞到画梁间;我从玉钩上放下门帘。床上竹席纹路平展,好像清凉的水波,却无波纹涌动。床头放着水晶双枕,她的金钗从发上坠下,横放枕边。

【诗词精讲】

这首词写的是夏季傍晚阵雨过后,一时之情状,画所难到,得未曾有。

词的上片写室外景色,轻雷疏雨,小楼彩虹,雨后晚晴,新月婉婉,尤其是"断虹明"三字和"月华生"三字的妙用,把夏日的景象推到了极美的境界。

"柳外轻雷池上雨,雨声滴碎荷声。"柳荫外、池塘上,阵阵惊雷后,下起了一阵急雨。雨滴落在池塘的荷叶上,簌簌作响。词人未曾提及柳的远近,然而无论远近,雷都是来自柳的那一边,雷声被柳树阻隔,声音越来越小,故是轻雷,隐隐隆隆之致,有异于当头霹雳。夏雨泼洒在池上,而雷声此时已经停止了,唯闻沙沙飒飒,乃是雨声独响。

此处一个"碎"字用得巧妙,细腻表现出雨打荷叶的声音盖过了荷叶本身风中相撞发出的声音。荷声者,其叶盖之声也。奇又在"碎",夏季阵雨是转眼即逝的,而因荷承,故声声清晰。此为轻雷疏雨,于一"碎"字尽得风流,如于耳际闻之。

词上片前两句形象生动地描绘了一幅柳外池塘雨打荷叶的夏日风光图。"小楼西角断虹明。阑干倚处,待得月华生。"夏雨来得急、去得快,"小楼"以下三句写雨后情景。雨势本来就不汹涌,一会儿天就放晴了。小楼西角,一道彩虹挂在天空。断虹之美,令人难以名状,词人又只下一"明"字,而断虹之美,斜阳之美,雨后晚晴的碧空如洗之美,已被"明"字描摹得淋漓尽致。"明"乃寻常之字,本无奇处,但细思之,却表现了如此丰富的意境与层次之美。

虹一弯,忽现云际,则晚晴之美,在此时显得更加妙不可言,无可着笔处乃偏偏有此断虹,来为生色,来为照影。闺中女主人公出现了,她倚着小楼栏杆,看彩虹落下,"待得月华生"。这表明她曾长时间地伫立在此。她或许在等待情人到来,从彩虹生直至月上东山。

下片写室内景象,以精美华丽之物营造出一个理想的人间境界,连燕子也飞来窥视而不忍打扰。描绘了一幅美人夏日睡觉图,据词意当是写第二天情景。小楼绣阁,玉钩放下、帷帘低垂,女主人公阁内鼾睡。只见她躺着的凉簟纹理平整,不见折皱,而她头上的钗钿则垂落在水晶枕旁。词人巧妙地从燕子的视角,将女主人公夏日昼寝的画面描摹得惟妙惟肖。

"燕子飞来窥画栋,玉钩垂下帘旌。凉波不动簟纹平。水精双枕,旁有堕钗横。"下阕词的意境在"月华生"的基础上再上一层。小楼绣阁,玉钩放下、帷帘低垂,女主人公阁内鼾睡。写到阑干罢倚,人归帘下,天真晚矣。凉波以比簟纹,已妙极,又下"不动""平",竭尽全力渲染清幽处的悲凉。

结尾两句是人物内心情感的自然流露,引人遐想,艳而不俗。水精枕,加倍渲染画栋玉钩,是用华美的物件以造一理想的人间境界(水精即水晶)。而结以钗横,词人此处,神理不殊,先后一揆。

人巧妙地从燕子的视角,将女主人公夏日昼寝的画面描摹得惟妙惟肖,绣阁的静谧精美,不附会本事,这自是一幅闺阁妙画,若附会本事,则本篇虽涉艳情,却也表现清雅而自然。

词中的这位女主人公,她的生活无疑是华贵的,她的心灵却并不欢快。凉席上,玉枕旁,陪伴她的只有她自己的金钗。这就暗示着:她正独守空闺。她在妆楼倚栏依望。她听到雷声、雨声、雨打荷叶声,却听不到丈夫归来的马蹄声。她看到雨后彩虹,夜空的新月,却看不到丈夫的身影。她又在无望的期待中度过一个炎夏的永昼。她只得怅怅的、恹恹的,独自回到闺房,垂下珠帘,因为她不愿那成双捉对的燕儿窥见她的紫寞,嘲笑她的孤单,可以想见她的孤独和愁苦,而睡梦中的她一定仍在期待。

浣溪沙·堤上游人逐画船

【创作背景】

此首词写春日画船载酒宴游之乐事,当作于宋仁宗皇祐元年至二年(1049—1050 年)词人颍州任上。

【诗词原文】

浣溪沙·堤上游人逐画船

堤上游人逐画船,拍堤春水四垂天①。

绿杨楼外出秋千②。白发戴花③君莫笑,

六幺④催拍盏频传。人生何处似尊⑤前!

【诗词注解】

①四垂天:天幕仿佛从四面垂下,此处写湖上水天一色的情形。

②"绿杨"句:王维《寒食城东即事》诗:"蹴蹯屡过飞鸟上,秋千竞出垂杨里。"冯延巳《上行杯》词:"柳外秋千出画墙。"

③戴花:在头上簪花。《宋史·礼志十五》:"礼毕,从驾官、应奉官、禁卫等并簪从驾

还内。"

④六幺:又名绿腰,唐时琵琶曲名。王灼《碧鸡熳志》卷三云:"《六幺》,一名《绿腰》,一名《乐世》,一名《录要》。"白居易《琵琶行》:"轻拢慢捻抹复挑,初为霓裳后六幺。"

⑤尊:同樽,古代的盛酒器具。

【诗词译文】

堤上踏青赏春的游人如织,踊跃追逐着湖里的画船,春水荡漾,四周水天相接,波涛击打着堤岸。湖畔绿杨掩映的小楼之外,传出秋千少女的欢愉之声。莫要笑话满头白发的老翁还头插鲜花,我随着委婉动听的《六幺》琵琶曲调,频频交杯换盏。人生万事,何似对酒当歌?

【诗词精讲】

《浣溪沙·堤上游人逐画船》收录在《欧阳文忠集》中。此词以清丽质朴的语言,描写作者春日载舟颍州西湖上的所见所感。全诗平易和畅,结构工整。

堤上,游人如织,笑语喧阗;湖上,画船轻漾,春水连天。好一幅踏青赏春的图画!然而,这图画的点睛之处,却不在堤上、湖上,而在湖岸边、院墙内、高楼下。那绿杨丛中荡起的秋千架儿、那随着秋千飞舞而生的盈盈笑声,才是青春少女的欢畅、才是春天气息荡漾的所在;唯因它曾经深锢墙内,故如今鼓荡而出,便分外使人感染至深。船中的太守,此时也顾不得有谁在窃笑了,他情不自禁在皤然白发上插入一朵鲜花、添上一段春色,让丝竹繁奏、将酒杯频传。

这首词以清丽质朴的语言,描写作者春日载舟颍州西湖上的所见所感。词的上片描摹明媚秀丽的春景和众多游人的欢愉,下片写作者画舫中宴饮的情况,着重抒情。整首词意境疏放清旷,婉曲蕴藉,意言外,别有意趣。

"堤上游人逐画船",写所见之人:堤上踏青赏春的人随着画船行走。一个"逐"字,生动地道出了游人如织、熙熙攘攘、喧嚣热闹的情形。"拍堤春水四垂天",写所见之景:溶溶春水,碧波浩瀚,不断地拍打着堤岸;上空天幕四垂,远远望去,水天相接,广阔无垠。

第三句"绿杨楼外出秋千",写出了美景中人的活动。这句中的"出"字用得极妙。晁无咎说:"只一'出'字,自是后人道不到处。"(吴曾《能改斋漫录》卷十六引)王国维则说:"余谓此本于正中(冯延巳字)《上行杯》词'柳外秋千出画墙',但欧语尤工耳。"《人间词话》卷上("出"字突出了秋千和打秋千的人,具有画龙点睛的作用,使人们好像隐约听到了绿杨成荫的临水人家传出的笑语喧闹之声,仿佛看到了秋千上娇美的身影,这样幽美的景色中,平添出一种盎然的生意。

"白发戴花君莫笑","白发",词人自指。这样的老人头插鲜花,自己不感到可笑,也不怕别人见怪,俨然画出了他旷放不羁、乐而忘形的狂态。

下句"六幺催拍盏频传"和上句对仗,但对得灵活,使人不觉。"六幺"即"绿腰",曲调名。"拍",歌的节拍。此句形象地写出画船上急管繁弦、乐声四起、频频举杯、觥筹交错的场面。歇拍"人生何处似尊前",虽是议论,但它是作者感情的升华,写得凄怆沉郁,耐人寻味。

此词写出欧阳修与民同乐,同庆春天莅临的情怀。在词中他忘却了贬官颍州的烦恼,他愿在春醪中沉醉,一如他的雅号"醉翁"。

浪淘沙·把酒祝东风

【创作背景】

此词为春日与友人在洛阳城东旧地同游有感而作。据词意,在写作此词的前一年春,友人亦曾同作者在洛城东同游。宋仁宗天圣九年(1031 年)三月,欧阳修至洛阳西京留守钱惟演幕做推官,与同僚尹洙和河南县(治所就在洛阳)主簿梅尧臣等诗文唱和,相得甚欢,这年秋后,梅尧臣调河阳(治所在今河南孟县南)主簿,次年(明道元年,1032 年)春,曾再至洛阳,写有《再至洛中寒食》和《依韵和欧阳永叔同游近郊》等诗。欧阳修在西京留守幕前后共三年,其间仅明道元年(1032 年)春在洛阳,此词当即此年所作。词中同游之人或即梅尧臣。

【诗词原文】

浪淘沙·把酒祝东风

把酒①祝东风,且共从容②。

垂杨紫陌洛城东③。总是④当时携手处,游遍芳丛。

聚散苦匆匆⑤,此恨无穷。

今年花胜去年红。可惜明年花更好,知与谁同⑥?

【诗词注解】

①把酒:端着酒杯。

②从容:留恋,不舍。

③紫陌:紫路。洛阳曾是东周、东汉的都城,据说当时曾用紫色土铺路,故名。此指洛阳的道路。洛城:指洛阳。

④总是:大多是,都是。

⑤匆匆:形容时间匆促。

⑥"可惜"两句:杜甫《九日蓝田崔氏庄》诗句"明年此会知谁健,醉把茱萸仔细看。"

【诗词译文】

端起酒杯向东方祈祷,请你再留些时日不要来去匆匆。洛阳城东垂柳婆娑的郊野小道,就是我们去年携手同游的地方,我们游遍了姹紫嫣红的花丛。

欢聚和离散都是这样匆促,心中的遗恨却无尽无穷。今年的花红胜过去年,明年的花儿将更美好,可惜不知那时将和谁相从?

【诗词精讲】

此词是作者与友人梅尧臣在洛阳城东旧地重游有感而作,词中伤时惜别,抒发了人生聚散无常的感叹。

上片叙事,从游赏中的宴饮起笔。这里的新颖之处,是作者既未去写酒筵之盛,也未去写人们宴饮之乐,而是写作者举酒向东风祝祷:希望东风不要匆匆而去,能够停留下来,参加他们的宴饮,一道游赏这大好春光。

首二句词语本于司空图《酒泉子》"黄昏把酒祝东风,且从容",而添一"共"字,便有了新意。"共从容"是兼风与人而言。对东风言,不仅是爱惜好风,且有留住光景,以便游赏之意;对人而言,希望人们慢慢游赏,尽兴方归。

"洛城东"揭出地点。洛阳公私园囿甚多,宋人李格非著有《洛阳名园记》专记之。京城郊外的道路叫"紫陌"。"垂杨"和"东风"合看,可想见其暖风吹拂,翠柳飞舞,天气宜人,景色迷人,正是游赏的好时候、好处所。所以末两句说,都是过去携手同游过的地方,今天仍要全都重游一遍。"当时"就是下片的"去年"。"芳丛"说明此游主要是赏花。

下片是抒情。头两句就是重重的感叹。"聚散苦匆匆",是说本来就很难聚会,而刚刚会面,又要匆匆作别,这怎么不给人带来无穷的怅恨呢!

"此恨无穷"并不仅仅指作者本人而言,也就是说,在亲人朋友之间聚散匆匆这种怅恨,从古到今,以至今后,永远都没有穷尽,都给人带来莫大的痛苦。"黯然销魂者唯别而已矣!"(南朝梁江淹《别赋》)好友相逢,不能久聚,心情自然是非常难受的。这感叹就是对友人深情厚意的表现。

下面三句是从眼前所见之景来抒写别情,也可以说是对上面的感叹的具体说明。"今年花胜去年红"有两层意思。一是说今年的花比去年开得更加繁盛,看去更加鲜艳,当然希望同友人尽情观赏。说"花胜去年红",足见作者去年曾同友人来观赏过此花,此与上片

"当时"相呼应,这里包含着对过去的美好回忆;也说明此别已经一年,这次是久别重逢。

聚会这么不容易,花又开得这么好,本来应当多多观赏,然而友人就要离去,怎能不使人痛惜?这句写的是鲜艳繁盛的景色,表现的却是感伤的心情,正是清代王夫之所说的"以乐景写哀"。

末两句更进一层:明年这花还将比今年开得更加繁盛,可惜的是,自己和友人分居两地,天各一方,明年此时,不知同谁再来共赏此花啊!再进一步说,明年自己也可能离开此地,更不知是谁来此赏花了。

杜甫《九日蓝田崔氏庄》"明年此会知谁健,醉把茱萸仔细看",立意与此词相近,可以合看,不过,杜诗意在伤老,此词则意在惜别。把别情熔铸于赏花中,将三年的花加以比较,层层推进,以惜花写惜别,构思新颖,富有诗意,是篇中的绝妙之笔。而别情之重,亦说明同友人的情谊之深。

清人冯煦谓欧阳修词"疏隽开子瞻(苏轼),深婉开少游(秦观)"(《宋六十家词选例言》)。这首词笔致疏放,婉丽隽永,近人俞陛云的评价正说明它兼具这两方面的特色。

青玉案·一年春事都来几

【创作背景】

根据词意推测,这首《青玉案》当是欧阳修晚年表达归情的作品。而其创作的具体时间,因资料缺失,已难以考证。

【诗词原文】

青玉案·一年春事都来几

一年春事都来几①,早过了、三之二②。

绿暗红嫣浑可事③。绿杨庭院,暖风帘幕,有个人憔悴。

买花载酒长安市④,又争似、家山⑤见桃李。

不枉⑥东风吹客泪。相思难表,梦魂无据,惟有归来是⑦。

【诗词注解】

①都来:算来。几:若干、多少。

②三之二:三分之二。

③红嫣:红艳、浓丽的花朵。浑可事:都是愉快的事。浑,全。可事,可心的乐事。

④长安：指开封汴梁。

⑤争似：怎像。家山：家乡的山，指故乡。

⑥不枉：不要冤枉、不怪。

⑦是：正确。

【诗词译文】

一年的春光算来能占几分？到如今早过了三分之二。绿叶葱翠、红花娇艳都是乐事。可是在绿杨婆娑的庭院中，在暖风吹动的帘幕下，却有个人忧心忡忡、面容憔悴。

就算是天天在长安买花载酒，又哪能比得上在故乡山里观赏桃李？不要怪春风吹落异乡人的眼泪，相思之情难以表白，梦魂也飘忽无依，只有回到家乡才称心如意。

【诗词精讲】

这是一首以伤春、怀人、思归为内容的词作。全词的大意是：春日里，花红柳绿，本是最让人心悦神怡；可是在这样的季节里，东风吹起，词人却忍不住泪点垂滴。

此词上片写主人公独自赏春而伤怀。起笔突兀，先提出疑问："一年春光算来能占几分？"接着自问自答：三分春色，早已过了三分之二，直接抒发伤春的感慨。

词中以"绿暗红嫣"暗示春已到头，但这并不意味着再没有让人赏心悦目的事了，这样的时刻更应该好好把握，及时行乐。"绿杨庭院，暖风帘幕，有个人憔悴"三句层层推进，穿过庭院，揭开帘幕，现出一个憔悴之人。可此人憔悴的原因，词人没有说明，把答案留到了下文。

下片抒情，侧重写乡思。过片两句中，"长安买花"和"家山桃李"两种事物对比鲜明，表达了词人对故园的思念，这是对上文的回答。接下来三句紧承上文，东风本是无辜的，行客之所以落泪只是因为思念家乡的缘故，可见乡愁之浓。最后一句是词人决心回家的宣言，思乡不已，梦乡不遇，最后决定唯有归去才是，反映了作者厌倦宦游欲归乡的心情，把思乡的感情推向高潮。

全词语言浑成，感情真挚，动人心魄。"相思难表，梦魂无据，惟有归来是"三句揭明伤春落泪乃在作者内心相思情切，连魂灵都日思夜梦"家山桃李"，虽说是空幻无据。春风吹泪，不过是郁于心而形于面而已。抒情真切，富有人情味。

最后以"惟有归来是"结尾，表示了作者唯有归返家乡最好，趁桃李芳华，享受团圆美满，以慰藉孤独、寂寞，流露出对仕途迁延的厌倦。换头两句运用的是比兴手法，"买花载酒"指结交名妓，"家山桃李"指家中娇妻。

后半片主要是抒怀人、思归之情，婉转缠绵，与前半片入目景相融汇。全词触景生情，还必须思自近及远,以花为结构与情蕴之脉络,构思新巧,心理刻画深曲婉转。

范仲淹

范仲淹(989—1052 年),北宋政治家、文学家。字希文,苏州吴县(今江苏苏州)人。幼年刻苦自学,大中祥符进士。宋仁宗天圣初,任西溪盐官,泰州知州张纶从其议,修建捍海堰,使大量土地不受海潮淹没。宝元初年,因抨击宰相吕夷简多用私人,谪知饶州,与尹洙、欧阳修等并指为"朋党"。宝元三年(1040 年)西夏攻延州,他以龙图阁直学士经略陕西,改革军制,巩固边防,积极防御西夏,注意联合羌族,颇受羌人尊重,称"龙图老子"。庆历三年(1043 年)任参知政事,联合富弼等实行"庆历新政",建议十事,即:明黜陟、抑侥幸、精贡举、择长官、均公田、厚农桑、修武备、推恩信、重命令、减徭役等。因为保守派反对,不能实现。他亦罢去执政,离京出任陕西四路宣抚使。后在赴颍州途中病死。工于诗词散文,所作文章富于政治内容。以"先天下之忧而忧,后天下之乐而乐"之句表达其忧国忧民的心情。诗词风格豪放、明健,以反映边地风光和征战劳苦见长,如《渔家傲》,但流传不多。有《范文正公集》。

江上渔者

【创作背景】

范仲淹能够关心生活在社会下层的一般民众的疾苦,写过一些同情劳动人民的诗歌作品。他是江苏吴县人,生长在长江边上,对这一情况,知之甚深。他在饮酒品鱼、观赏风景的时候,看到风浪中起伏的小船,由此联想到渔民打鱼的艰辛和危险,情动而辞发,创作出言浅意深的《江上渔者》。

【诗词原文】

江上渔者[①]

江上往来人,

但[②]爱鲈鱼[③]美。

君[④]看一叶舟[⑤],

出没[⑥]风波[⑦]里。

【诗词注解】

①渔者:捕鱼的人。

②但:只。

③爱:喜欢。

④鲈鱼:一种头大口大、体扁鳞细、背青腹白、味道鲜美的鱼。生长快,体大味美。

⑤君:你。

⑥一叶舟:像漂浮在水上的一片树叶似的小船。

⑦出没:若隐若现。指一会儿看得见,一会儿看不见。

⑧风波:波浪。

【诗词译文】

江上来来往往的人只喜爱鲈鱼的味道鲜美。

看看那些可怜的打鱼人吧,正驾着小船在大风大浪里上下颠簸,飘摇不定。

【诗词精讲】

《江上渔者》是宋代诗人范仲淹的一首五言绝句。这首小诗指出江上来来往往饮酒作乐的人们,只知道品尝鲈鱼味道的鲜美,却不知道也不想知道打鱼人出生入死同惊涛骇浪搏斗的危境与艰辛。

全诗通过反映渔民劳作的艰苦,希望唤起人们对民生疾苦的注意,体现了诗人对劳动人民的同情。

首句写江岸上人来人往,十分热闹。次句写岸上人的心态,揭示"往来'的原因。后两句牵过的视线,指示出风浪中忽隐忽现的捕鱼小船,注意捕鱼的情景。

鲈鱼虽味美,捕捉却艰辛,表达出诗人对渔人疾苦的同情,深含对"但爱鲈鱼美"的岸上人的规劝。"江上"和"风波"两种环境,"往来人"和"一叶舟"两种情态、"往来"和"出没"两种动态强烈对比,显示出全诗旨意所在。

表现手法上,该诗无华丽词藻,无艰字僻典,无斧迹凿痕,以平常的语言,平常的人物、事物,表达不平常的思想感情,产生了不平常的艺术效果。

野色

【创作背景】

《野色》是北宋文学家范仲淹创作的一首五言律诗。这首诗把虚无的、难以名状的境界描绘得活灵活现,表现了作者敏锐的观察力和对自然的热爱之情,以及作者旷达乐观的情怀。

【诗词原文】

野色①

非烟亦非雾,幂幂②映楼台。

白鸟忽点破,残阳还照开。

肯随芳草歇③,疑逐远帆来。

谁会山公意④? 登高醉始回。

【诗词注解】

①野色:野外的景色。

②幂幂:浓密状。

③歇:消歇,消失。

④山公:晋山简,曾镇守襄阳,喜酒,常常出外登山游览,尽醉而归。

【诗词译文】

不是烟,也不是雾,它浓密地笼罩着楼台。白鸟飞来,唤醒了野色的沉寂;一道斜阳低低地照着,又仿佛一把剑,雾霭剖开。它怎么愿随着芳草的消歇而寂灭远去? 我真怀疑,它正追随着那远远的白帆,渐渐到来。有谁能知道山公的情趣,他天天登高远眺,沉湎野色之中,大醉方归。

【诗词精讲】

李白诗"芳草换野色",杜甫诗"竹风连野色",姚合诗"嫩苔粘野色",这些诗句中的"野色",都可以按郊野的景色理解。然而,范仲淹这首诗里的"野色",却别有所指,指一种具体的东西。

这东西,非烟非雾,可开可合,能歇能行,而又难以实指,不可名状,无法形容。但是,春日郊行,诗人凝神四望,触目皆是这种东西,只见它在浮动、在荡漾、在闪烁;它是空气,还是水汽,抑或是一种光的折射,单凭直觉,是很难分辨清楚的。这东西本身已不好描绘,至于喝足了酒,醉眼朦胧所见到的这东西的模样,更是难以捉摸了。

这首诗的成功之处正是把这种看不清楚的东西清清楚楚地表现出来了。即梅尧臣所说的"写难状之景,如在目前"。

范仲淹描摹野色:首先,他选定了春季这个最丰富多彩的季节作为背景,然后从春天的不可捉摸的氛围中提炼出有代表性的景象来作暗点陪衬,增加了野色的存在感,表现了野色的美好。

野色既然是无所不在,但又⑧不是实体,诗人马上把它与烟雾这些流动虚幻、不能触摸的东西联系起来,说它不是烟,也不是雾,但如同烟雾一样,浓密地笼罩着楼台。

首句用的是否定中带有肯定的手法,野色与烟雾当然不是同样的东西,但有相近的性质,它占据了每一处视线与感觉所能到达的地方。

实际上,诗把烟雾也作为野色的一部分写了进去。首联是通过同类作譬,又以楼台这一实物作参照,说明野色的存在,下面两联也都采用这一方法,继续铺写。

诗说白鸟在野地里飞,把野色给点破;夕阳照着野外,把野色给剖开。野色弥漫,它不愿随着芳草的消歇而减少消失,又好像追随着远处的船帆,渐渐逼近。

这两联用了一连串动词,使表面上看不见、不存在的东西,通过白鸟、残阳、芳草、远帆的动作与变化,有力地增添了野色的存在感。

这种写法,就好比写风而着力刻画草木摇动、落英缤纷,写月而极力描写飘浮的云一样。末联"谁会山公意?登高醉始回",在朦胧之中进一层。山公山简镇守襄阳时,经常至习家池饮酒,大醉而归。

作者以山简自况,说他登山喝酒,归时醉眼模糊,见到这种野色。白居易"花非花,雾非雾",是写老眼昏花,这里则是以醉酒眼花,来突出野色的迷离恍惚。

总之,无论是物,或者是人,都是为表现野色服务的,都是"虚者实之"的实体。

烘托野色的实体,并非实打实地端出来,不是照相式的再现,而是实中有虚,因而透过朦胧野色,一幅玲珑剔透、笔墨淋漓的山水画就展现出来:天上挂着红色的夕阳,空中飞着白色的鸟儿,烟岚笼罩着楼台,芳草连接着江边,帆影露出于江中,还有自远山醉归的主人。

这些景物与野色相映照,虚虚实实,藏头露尾,如同云中龙,构成一幅美丽迷人的图画。在这幅图画里,体现出作者豪爽的性格和旷达的情怀。诗的用意正是要通过野色和美丽的画面来表现作者的乐观精神。

苏幕遮·怀旧

【创作背景】

这首《苏幕遮》,《全宋词》题作"怀旧",抒写了作者秋天思乡怀人的感情。

【诗词原文】

苏幕遮①·怀旧

碧云天②,黄叶地。秋色连波③,波上寒烟翠④。

山映斜阳天接水⑤。芳草无情,更在斜阳外⑥。

黯乡魂^⑦,追旅思^⑧。夜夜除非,好梦留人睡^⑨。

明月楼高休独倚。酒入愁肠,化作相思泪。

【诗词注解】

①苏幕遮:词牌名。此调为西域传入的唐教坊曲。宋代词家用此调是另度新曲。又名"云雾敛""鬓云松令"。双调,六十二字,上下片各五句。

②碧云天,黄叶地:大意是蓝天白云映衬下的金秋大地,一片金黄。黄叶,落叶。

③秋色连波:秋色仿佛与波涛连在一起。

④波上寒烟翠:远远望去,水波映着的蓝天翠云青烟。

⑤山映斜阳天接水:夕阳的余晖映射在山上,仿佛与远处的水天相接。

⑥芳草无情,更在斜阳外:草地延伸到天涯,所到之处比斜阳更遥远。

⑦黯乡魂:心神因怀念故乡而悲伤。黯,黯然,形容心情忧郁,悲伤。

⑧追旅思:撇不开羁旅的愁思。追,紧随,可引申为纠缠。旅思,旅途中的愁苦。

⑨夜夜除非,好梦留人睡:每天夜里,只有做返回故乡的好梦才得以安睡。夜夜除非,即"除非夜夜"的倒装。按本文意应作"除非夜夜好梦留人睡"。

【诗词译文】

白云满天,黄叶遍地。秋天的景色映进江上的碧波,水波上笼罩着寒烟,一片苍翠。远山沐浴着夕阳,天空连接江水。岸边的芳草似是无情,又在西斜的太阳之外。

黯然感伤的他乡之魂,追逐旅居异地的愁思,每天夜里除非是美梦才能留人入睡。当明月照射高楼时不要独自依倚。端起酒来洗涤愁肠,可是都化作相思的眼泪。

【诗词精讲】

这首《苏幕遮》,《全宋词》题为"怀旧",可以窥见词的命意。

这首词的主要特点在于能以沉郁雄健之笔力抒写低回婉转的愁思,声情并茂,意境宏深,与一般婉约派的词风确乎有所不同。清人谭献誉之为"大笔振迅"之作(《谭评词辨》),实属确有见地的公允评价。王实甫《西厢记》《长亭送别》一折,直接使用这首词的起首两句,衍为曲子,竟成千古绝唱。

上片描写秋景:湛湛蓝天,嵌缀朵朵湛青的碧云;茫茫大地,铺满片片枯萎的黄叶。无边的秋色绵延伸展,融汇进流动不已的江水;浩渺波光的江面,笼罩着寒意凄清的烟雾,一片空蒙,一派青翠。山峰,映照着落日的余晖;天宇,连接着大江的流水。无情的芳草啊,无边无际,绵延伸展,直到那连落日余晖都照射不到的遥遥无际的远方。

这幅巨景,物象典型,境界宏大,空灵气象,画笔难描,因而不同凡响。更妙在内蕴个性,中藏巧用。"景无情不发,情无景不生"(范晞文《对床夜语》)。眼前的秋景触发心中的忧思,于是"物皆动我之情怀";同时,心中的忧思融入眼前的秋景,于是,"物皆著我之色彩"。如此内外交感,始能物我相谐。

秋景之凄清衰飒,与忧思的寥落悲怆完全合拍;秋景之寥廓苍茫,则与忧思的怅惘相互融汇;而秋景之绵延不绝,又与忧思之悠悠无穷息息相通。所以"丹诚入秀句,万物无遁情"(宋邵雍《诗画吟》)。

这里,明明从天、地、江、山层层铺写,暗暗为思乡怀旧步步铺垫,直到把"芳草无情"推向极顶高峰,形成情感聚焦之点。芳草怀远,兴寄离愁,本已司空见惯,但本首词凭词人内在的"丹诚",借"无情"衬出有情,"化景物为情思",因而"别有一番滋味"。

下片直抒离愁:望家乡,渺不可见;怀故旧,黯然神伤;羁旅愁思,追逐而来,离乡愈久,乡思愈深。除非每天晚上,做回乡好梦,才可以得到安慰,睡得安稳。但这却不可能,愁思难解,企盼更切,从夕阳西下一直望到明月当空,望来望去,依然形单影只,莫要再倚楼眺望。

忧从中来,更增惆怅,"何以解忧,唯有杜康"。然而"举杯消愁愁更愁",愁情之浓岂是杜康所能排解。"酒入愁肠,化作相思泪",意新语工,设想奇特,比"愁更愁"更为形象生动。

如此抒情,妙在跳掷腾挪,跌宕多变。望而思、思而梦、梦无寐、寐而倚、倚而独、独而愁、愁而酒、酒而泪。一步一个转折,一转一次深化;虽然多方自慰,终于无法排解。愁思之浓,跃然纸上。其连绵不绝、充盈天地之状,与景物描写融洽无间,构成深邃诚挚、完美融彻的艺术境界。

渔家傲·秋思

【创作背景】

宋康定元年(1040年)至庆历三年(1043年)间,范仲淹任陕西经略副使兼延州知州。据史载,在他镇守西北边疆期间,既号令严明又爱抚士兵,并让诸羌推心接纳,深为西夏所惮服,称他"腹中有数万甲兵"。这首词作于北宋与西夏战争对峙时期。宋仁宗年间,范仲淹被朝廷派往西北前线,承担起北宋西北边疆防卫重任。

【诗词原文】

渔家傲① · 秋思

塞②下秋来风景异,衡阳雁去③无留意。

四面边声④连角起。千嶂⑤里,长烟落日孤城闭。

浊酒一杯家万里,燕然未勒⑥归无计。

羌管⑦悠悠⑧霜满地。人不寐⑨,将军白发征夫泪。

【诗词注解】

①渔家傲:又名"吴门柳""忍辱仙人""荆溪咏""游仙关"。

②塞:边界要塞之地,这里指西北边疆。

③衡阳雁去:传说秋天北雁南飞,至湖南衡阳回雁峰而止,不再南飞。

④边声:边塞特有的声音,如大风、号角、羌笛、马啸的声音。

⑤千嶂:绵延而峻峭的山峰;崇山峻岭。

⑥燕然未勒:指战事未平,功名未立。燕然:即燕然山,今名杭爱山,在今蒙古国境内。据《后汉书·窦宪传》记载,东汉窦宪率兵追击匈奴单于,去塞三千余里,登燕然山,刻石勒功而还。

⑦羌管:即羌笛,出自古代西部羌族的一种乐器。

⑧悠悠:形容声音飘忽不定。

⑨寐:睡,不寐就是睡不着。

【诗词译文】

秋天到了,西北边塞的风光和江南不同。大雁又飞回衡阳了,一点也没有停留之意。黄昏时,军中号角一吹,周围的边声也随之而起。层峦叠嶂里,暮霭沉沉,山衔落日,孤零零的城门紧闭。

饮一杯浊酒,不由得想起万里之外的家乡,未能像窦宪那样战胜敌人,刻石燕然,不能早作归计。悠扬的羌笛响起来了,天气寒冷,霜雪满地。夜深了,将士们都不能安睡:将军为操持军事,须发都变白了;战士们久戍边塞,也流下了伤时的眼泪。

【诗词精讲】

范仲淹是当时著名的军事家、政治家,官至副宰相。他了解民间疾苦,深知宋王朝在政治、经济、军事等方面存在的问题,主张革除积弊,但因统治集团内部守旧派的反对,没能实现。

他也是著名的文学家。这首《渔家傲》是他的代表作,反映的是他亲身经历的边塞生活。古代把汉族政权和少数民族政权之间的交界地方叫作"塞"或"塞上""塞下"。这首词所说的"塞下",指的是北宋和西夏交界的陕北一带。

从词史上说,此词沉雄开阔的意境和苍凉悲壮的气概,对苏轼、辛弃疾等也有影响。

任何一首诗词的审美价值,是由多种艺术功能构成的。这首《渔家傲》并非以军事征战为题材,而是写边塞将士对家乡的怀念,因之不能生硬地用政治的尺度来衡量,而应该用艺术的尺度来衡量。它的艺术功能、艺术力量,在于抒情写景,但即使从政治上要求,这首词的意义也并不消极。

"燕然未勒归无计"一句,正是这首词最本质的思想亮点。燕然山,即今之杭爱山。后汉时,将军窦宪追击匈奴,曾登上燕然山刻碑(勒石)记功。词中霜雪满头的老将军,已擦干思乡之泪,在恋家与报国的矛盾中,他是以戍边军务为重。他尽忠职守,屡建功勋于边陲,虽有时思乡心切,也是不打算归去的。

词的上片侧重写景。秋来风景异,雁去无留意,是借雁去衡阳回雁峰的典故,来反映人在塞外的思归之情。思归不是因为厌弃边塞生活,不顾国家安危,而是边防凄厉的号角声以及周遭的狼嗥风啸声,令人心寒。

更奈何日落千嶂,长烟锁山,孤城紧闭,此情此景甚是令人怀念故乡的温馨。人非草木,孰能无情。一个长期戍边的老将,惦念亲人和家乡也是很自然的。"千嶂里,长烟落日孤城闭",此句写得最成功,仅10个字便勾勒出一派壮阔苍茫的边塞黄昏景致。

写景是为了抒情。因此下片一开头就是"浊酒一杯家万里,燕然未勒归无计"。浊酒,本是乳白色的米酒,这里也暗喻心情重浊。因为思归又不能归以致心情重浊。

"归无计",是说没有两全其美的可能性。正在这矛盾的心绪下,远方羌笛悠悠,搅得征夫们难以入梦,不能不苦思着万里之遥的家乡,而家乡的亲人可能也在盼望白发人。"人不寐,将军白发征夫泪",这10个字扣人心弦,写出了深沉忧国爱国的复杂感情。

这首《渔家傲》不是令人消沉斗志之词,它真实地表现了戍边将士思念故乡,而更热爱祖国,矢志保卫祖国的真情。范仲淹曾在《岳阳楼记》一文中,倡导"先天下之忧而忧,后天下之乐而乐"的崇高精神。词中的白发老将军,正是这种崇高精神的生动写照。黄蓼园说它"读之凛凛有生气",倒是深得其旨趣。

"千嶂里,长烟落日孤城闭"。只此两句便抵得上那首有名的《敕勒歌》,虽然彼此取材不同。伟大的诗人杜甫曾写过"孤城早闭门"的佳句,但气势的雄浑似不及范词。那是人烟稀少的边塞,光秃的山峰重重叠叠,上空飘浮着一缕缕的青烟,悲壮的号角和着杂乱的边声在四野回荡。太阳还没有收起它金色的余晖,远远望去,山腰里一座孤零零的城池早已把城门关闭。这就像一幅中世纪边塞景象的艺术摄影。

一幅野性十足的边塞图画。"塞下秋来风景异,衡阳雁去无留意,四面边声连角起,千嶂里,长烟落日孤城闭。"这样的"边塞情绪",往往当人物置身特定场景之后,自然流露出来;此时才明白,长烟落日的边塞,对于生命个体而言,并不仅仅是"戍边苦",还会产生极大的心理满足。

词是范仲淹守边愿望和复杂心态的真实流露。词中反映了边塞生活的艰苦和词人巩固边防的决心和意愿,同时还表现出外患未除、功业未建、久戍边地、士兵思乡等复杂矛盾的心情。在有着浓郁思乡情绪的将士们的眼中,塞外的景色失去了宽广的气魄、欢愉的气氛,画面上笼罩着一种旷远雄浑、苍凉悲壮的气氛。在边塞熬白黑发,滴尽思乡泪,却又不能抛开国事不顾,将士们的心理是矛盾复杂的。

范仲淹虽然守边颇见成效,然而,当时在北宋与西夏的军事力量对比上,北宋处于下风,只能保持守势。范仲淹守边的全部功绩都体现在"能够维持住守势"这样一个局面上,时而还有疲于奔命之感。这对有远大政治志向的范仲淹来说肯定是不能满足的,但又是十分无奈的。所以,体现在词中的格调就不会是昂扬慷慨的。

此前,很少有人用词来写边塞生活。唐代韦应物的《调笑》虽有"边草无穷日暮"之句,但没有展开,且缺少真实的生活基础。所以,这首词实际上是边塞词的首创。

上片描绘边地的荒凉景象。首句指出"塞下"这一地域性的特点,并以"异"字领起全篇,为下片怀乡思归之情埋下了伏线。"衡阳雁去"是"塞下秋来"的客观现实,"无留意"虽然是北雁南飞的具体表现,但更重要的是这三个字来自戍边将士的内心,它衬托出雁去而人却不得去的情感。以下17字通过"边声""角起""千嶂""孤城"等具有特征性的事物,把边地的荒凉景象描绘得有声有色。首句中的"异"字通过这17个字得到了具体的发挥。

下片写戍边战士厌战思归的心情。前两句含有三层意思:"浊酒一杯"扑不灭思乡情切;长期戍边而破敌无功;所以产生"也无计"的慨叹。接下去,"羌管悠悠霜满地"一句,再次用声色加以渲染并略加顿挫,此时心情,较黄昏落日之时更加令人难堪。

"人不寐"三字绾上结下,其中既有白发"将军",又有泪落"征夫"。"不寐"又紧密地把上景下情联系在一起。"羌管悠悠"是"不寐"时之所闻;"霜满地"是"不寐"时之所见。内情外景达到了水乳交融的艺术境界。

御街行·秋日怀旧

【创作背景】

这首词具体的创作时间已无从考证,关于此词的创作意图,历来说法各异:唐圭璋认为此词是作者因久久客居他乡的愁苦触景生情而作。靳极苍认为此词是"思君之作","作者在外任时(也许是在防西夏守边时,也许是贬官时),还念朝廷无人,君王无佐,忧心如焚,因此创作此词来抒发情感"。汪中认为此词是"为思念室家之作"。

【诗词原文】

御街行·秋日怀旧

纷纷坠叶飘香砌①,夜寂静,寒声碎②。

真珠③帘卷玉楼空,天淡④银河垂地。

年年今夜,月华⑤如练⑥,长是人千里。

愁肠已断无由⑦醉,酒未到,先成泪。

残灯明灭⑧枕头敧⑨,谙尽⑩孤眠滋味。

都来⑪此事,眉间心上,无计相回避。

【诗词注解】

①香砌:有落花的台阶。

②寒声碎:寒风吹动落叶发出的轻微细碎的声音。

③真珠:珍珠。

④天淡:天空清澈无云。

⑤月华:月光。

⑥练:白色的丝绸。

⑦无由:无法。

⑧明灭:忽明忽暗。

⑨敧(qī):倾斜,斜靠。

⑩谙(ān)尽:尝尽。

⑪都来:算来。

【诗词译文】

　　纷纷杂杂的树叶飘落在透着清香的石阶上,当夜深人静之时,那悉悉索索的落叶声更增添了秋天的凉意。卷起珍珠串成的锦帘,华丽的楼阁上空空荡荡,只见到高天淡淡,银河的尽头像垂到大地。年年今天的夜里,都能见到那素绢般的皎月,而年年今天的夜里,心上人都远在千里之外。

　　愁肠已经寸断,想要借酒消愁,也难以使自己沉醉。酒还没有入口,却先化作了辛酸的眼泪。夜已深,灯已残,灯火明灭之间,只好斜靠枕头,聊作睡去,这无休无止的孤栖,真让人尝尽了孤独相似的滋味。算来这苦苦的等待尚遥遥无期,虽说是终日眉头紧锁,心绪万千,也没有一点办法可以解脱回避。

【诗词精讲】

词的上片以写景为主,景中含情。"一叶落而知秋",词人先从落叶写起。枯黄的落叶轻盈落在地上,声音轻而细碎,然而词人仅凭耳朵就能听到这些轻细的声音,说明词人的内心极度孤寂,也反衬了夜的寂静。

"寒声碎"一句,词人意在告诉读者这细碎的声响不仅带着寒冷的秋意,更传达着他落寞的心境。因此,词人通过开头对秋声、秋色的描绘,渲染出秋夜寒寂的景象,为全词奠定了悲凉的基调。

词人卷起珠帘,观看夜色,只见天色清淡如洗,星河如瀑,飞泻远方。词人本是一个"不以物喜,不以己悲"的刚毅男子,然而,在这空寂的天宇下,皎皎的明月中,便能触发他内心世界的幽邈情思。因此,接下来就抒写了词人的落寞之情:年年到了今夜,月光皎洁如练,可惜意中人远在千里之外,不能陪伴自己共赏良辰美景,实在令人惆怅不已。

此时感情的激流汹涌澎湃,以景寓情的手法已不能淋漓尽致地抒发内心的情感。于是,词人在下片中,采用了直接抒情的手法倾吐愁思。

词的下片抒写词人长夜不寐,无法排遣幽愁别恨的情景和心态。因见不到思念的人儿,词人只好借酒消愁,可愁到深处,已是肠断,酒也无法来麻醉,酒尚未饮下,已先化作了眼泪。比起入肠化泪,更进一层,足见词人愁思之厚重,情意之凄切。

浓浓的愁苦本已侵扰着离人,可一盏如豆的青灯忽明忽暗,与室外月明如昼两相映衬,自然更添凄凉,倍加酸楚,使人无法入睡。因而只能斜靠枕头,寂然凝思,黯然神伤。"谙尽孤眠滋味"中的"谙尽"与上片的"年年"遥相呼应,再次说明愁绪由来已久。词的下片由景入情,情景交融,层层递进,反复咏叹,语直情真,悲凉凄切。

自《诗经·关雎》"悠哉悠哉,辗转反侧"出,古诗词便多以卧不安席来表现愁态。范仲淹这里说"残灯明灭枕头欹",室外月明如昼,室内昏灯如灭,两相映照,自有一种凄然的气氛。

枕头欹斜,写出了愁人倚枕对灯寂然凝思神态,这神态比起辗转反侧,更加形象,更加生动。"谙尽孤眠滋味。"由于有前句铺垫,这句独白也十分入情,很富于感人力量。"都来此事",算来这怀旧之事,是无法回避的,不是心头萦绕,就是眉头攒聚。愁,内为愁肠愁心,外为愁眉愁脸。

古人写愁情,设想愁像人体中的"气",气能行于体内体外,故或写愁由心间转移到眉上,或写由眉间转移到心上。范仲淹这首词则说"眉间心上,无计相回避。"两者兼而有之,比较全面,不失为入情入理的佳句。

这首词上片写景为主,景中寓情,以寒夜秋声衬托主人公所处环境的冷寂,突出人去楼空的落寞感,并抒发了良辰美景无人与共的愁情。

下片抒情为主,通过写作者长期客居他乡,不免被如素练般的月光感发出阵阵思愁,将怀人相思之情表达得淋漓尽致。末尾以"都来此事,眉间心上,无计相回避"作结,把思妇对丈夫的思念推向高峰。

全词虽然没有出现一个"思"字,但字字句句都是"思",历来的评词者均认为此词情景两到。另外,词中比喻、通感、白描等手法的运用也极大地增强了艺术表达效果,是一首情景俱佳的名篇。

苏舜钦

苏舜钦(1008—1048 年),北宋诗人。字子美,号沧浪翁,参知政事苏易简之孙。绵州盐泉(今四川绵阳东)人,迁居开封。景祐进士。曾任大理评事。庆历中,范仲淹荐为集贤校理、监进奏院。岳父同平章事兼枢密使杜衍,支持范仲淹改革,他遭反对派倾陷,被勤除名,退居苏州沧浪亭,以诗文寄托愤懑。诗与梅尧臣齐名,风格豪健。文多论政之作,辞气慷慨激切。又工书法,著有《苏学士文集》。

淮中晚泊犊头

【创作背景】

宋仁宗庆历四年(1044 年)秋冬之际,诗人被政敌所构陷,削职为民,逐出京都。他由水路南行,于次年四月抵达苏州。这首诗是其旅途中泊舟淮上的犊头镇时所作。

【诗词原文】

淮中晚泊犊头①

春阴垂野②草青青,时有幽花③一树明。

晚泊孤舟古祠④下,满川⑤风雨看潮生。

【诗词注解】

①淮:淮河。犊头:淮河边的一个地名。犊头镇,在今江苏淮阴县境内。

②春阴:春天的阴云。垂野,春天的阴云笼罩原野。

③幽花:幽静偏暗之处的花。

④古祠:古旧的祠堂。

⑤满川:满河。

【诗词译文】

春天的阴云垂落在旷野,田野里到处绿草青青。偶尔看见幽香的花开放,那一株树因此明亮美丽。黄昏的时候,我乘一叶孤舟停靠在古旧的祠堂下,在满河的烟雨中凝望那渐生渐满的潮水。

【诗词精讲】

这首小诗题为"晚泊犊头",内容却从日间行船写起,后两句才是停船过夜的情景。

诗人叙述中所见的景象说:春云布满天空,灰蒙蒙地笼罩着淮河两岸的原野,原野上草色青青,与空中阴云上下相映。这样阴暗的天气、单调的景色,是会叫远行的旅人感到乏味的。幸而,岸边不时有一树野花闪现出来,红的、黄的、白的,在眼前豁然一亮,那鲜明的影像便印在作者的心田。

阴云、青草、照眼的野花,自然都是白天的景色,但说是船行所见,这就是"时有幽花一树明"那个"时"字的作用了。时有,就是有时有、不时地有。野花不是飞鸟,不是走兽,不能一会儿一树、一会儿又一树,不时地来到眼前供作者欣赏,这就是所谓"移步换形"的现象,表明诗人在乘船看花。

天阴得沉,黑得快,又起了风,眼看就会下雨,要赶到前方的码头是不可能的了,诗人决定将船靠岸,在一座古庙下抛锚过夜。果然不出所料,这一夜风大雨也大,呼呼的风挟着潇潇的雨,飘洒在河面上,有声有势;河里的水眼见在船底迅猛上涨,上游的春潮正龙吟虎啸,奔涌而来。诗人早已系舟登岸,稳坐在古庙之中了。这样安安闲闲、静观外面风雨春潮的水上夜景,是很快意的。

欣赏这首绝句,需要注意抒情主人公和景物之间动静关系的变化。日间船行水上,人在动态之中,岸边的野草幽花是静止的;夜里船泊犊头,人是静止的,风雨潮水却是动荡不息的。这种动中观静,静中观动的艺术构思,使诗人与外界景物始终保持相当的距离,从而显示了一种悠闲、从容、超然物外的心境和风度。

初晴游沧浪亭

【创作背景】

庆历四年(1044 年),进奏院祠神之日,苏舜钦作为集贤校理监进奏院,循前例以卖旧公文纸的钱宴请同僚宾客。当时朝中的保守派御史中丞王拱辰等,对宰相杜衍、参知政事范仲淹、枢密副使富弼等人力图改革弊政之举心怀不满;而苏舜钦得范仲淹荐举,又是杜衍之婿,因而保守派抓住这件事,借题发挥,弹劾他监主自盗,结果,苏舜钦被罢去官职,在席的有十余人被逐出朝。区区一件小事,竟得如此严惩,苏舜钦激愤不已,他带着心灵上的创痛,流寓苏州,不久,在城南营建沧浪亭。他时时携酒独往沧浪亭吟诗漫步,而《初晴游沧浪亭》就是在此背景下写成的。

【诗词原文】

初晴游沧浪亭①

夜雨连明②春水生,娇云浓暖弄阴晴③。

帘虚日薄④花竹静,时有乳鸠相对鸣。

【诗词注解】

①沧浪亭:在今江苏苏州城南三元坊附近,原为五代时吴越国广陵王钱镠的花园。五代末此处为吴军节度使孙承祐的别墅。北宋庆历年间为诗人苏舜钦购得,在园内建沧浪亭,后以亭名为园名。后代人在它的遗址上修建了大云庵。

②连明:直至天明。春水:春天的河水。

③娇云:彩云,云的美称。弄:吴越方言,作的意思。阴晴:时阴时晴。

④帘虚:帘内无人。日薄:日色暗淡。

【诗词译文】

一夜春雨,直至天明方才停歇,河水涨了起来,云儿浓厚,遮掩天空,时晴时阴,天气也暖和。

帘内无人,日色暗淡,花丛、竹丛一片寂静,不时从中冒出几声小鸟的对鸣声。

【诗词精讲】

《初晴游沧浪亭》是北宋诗人苏舜钦所作的一首七言绝句。诗人借景抒情,通过对雨后沧浪亭的景色描写,表达了作者恬静安逸的心情。

首句“夜雨连明春水生”,写诗人目睹池内陡添春水,因而忆及昨夜好一阵春雨。诗由“春水生”带出“夜雨连明”,意在说明雨下得久,而且雨势不小,好为下写“初晴”之景作张本。

正因昨夜雨久,虽然今日天已放晴,空气中湿度依然很大,天上浓密的云块尚未消散,阴天迹象明显;但毕竟雨停了,阳光从云缝里斜射下来,连轻柔的春云也带上了暖意,天正由阴转晴。以上就是诗中“娇云浓暖弄阴晴”所提供的意境。诗抓住雨后春云的特征来写天气,取材典型。

第三句"帘虚日薄花竹静"写阳光透过稀疏的帘孔,并不怎么强烈;山上花竹,经过夜雨洗涤,枝叶上雨珠犹在,静静地伫立在那里。

如果说这句是直接写静,末句"时有乳鸠相对鸣"则是借声响来突出静,收到的是"鸟鸣山更幽"(王籍《入若耶溪》)的艺术效果。显然,诗中写由春景构成的幽静境界和题中"初晴"二字扣得很紧。

乍看,题中"游"字似乎在诗中没有着落,但从诗中诸种景象的次第出现,就不难表现出诗人在漫游时观春水、望春云、注目帘上日色、端详杂花修竹、细听乳鸠对鸣的神态。诗中有景,而人在景中,只不过诗人没有像韦应物那样明说自己"景煦听禽响,雨余看柳重"(《春游南亭》)而已。

诗人喜爱这"初晴"时的幽静境界是有缘由的。他以迁客身份退居苏州,内心愁怨很深。在他看来,最能寄托忧思的莫过于沧浪亭的一片静境,所谓"静中情味世无双"(《沧浪静吟》)。

他所讲的"静中情味",无非是自己在静谧境界中感受到的远祸而自得的生活情趣,即他说的"迹与豺狼远,心随鱼鸟闲气"(《沧浪亭》)。

其实他何曾自得闲适,在同诗中,他在那里慢声低吟"修竹慰愁颜"。可见诗人在亥初晴游沧浪亭中明写"静中物象",暗写流连其中的情景,表现的仍然是他难以平静的情怀。胡仔说苏舜钦"真能道幽独闲放之趣"(《苕溪渔隐丛话前集》卷三十二),此诗可为一例。

张先

张先(990—1078年)北宋词人。字子野,乌程(今浙江湖州)人。天圣八年(1030年)进士。历任宿州掾、吴江知县、嘉禾(今浙江嘉兴)判官。皇祐二年(1050年),晏殊知永兴军(今陕西西安),辟为通判。后以屯田员外郎知渝州,又知虢州。以尝知安陆,故人称张安陆。治平元年以尚书都官郎中致仕,元丰元年(1078年)卒,年八十九。张先"能诗及乐府,至老不衰"(《石林诗话》卷下)。其词内容大多反映士大夫的诗酒生活和男女之情,对都市社会生活也有所反映。语言工巧。曾与梅尧臣、欧阳修、苏轼等游。善作慢词,与柳永齐名,造语工巧,曾因三处善用"影"字,世称张三影。著有《张子野词》(一名"安陆词"),存词一百八十多首。

题西溪无相院

【创作背景】

皇祐二年(1050年),晏殊知永兴军,征聘张先为通判赴陕。三年后张先又重游长安,其间到过华州。时年张先已年过六十,然精力旺盛,诗兴不衰。这首诗就是作者在华州时一次游览后创作的。

【诗词原文】

题西溪①无相院

积水涵虚②上下清,几家门静岸痕平。

浮萍破处见山影,小艇归时闻草声。

入郭僧寻尘③里去,过桥人似鉴中行。

已凭暂雨添秋色,莫放修芦④碍月生。

【诗词注解】

①西溪:在诗人的家乡浙江湖州。一名苕水、苕溪。无相院:即无相寺,在湖州城西南,吴越钱氏建。

②涵虚:宽广清澄。

③尘:尘世,指热闹的人世间。

④修芦:修长的芦苇。

【诗词译文】

秋雨过后,湖水上涨,白茫茫的,水色与天色同样清澄;溪边的人家,静悄悄的,仿佛浮卧在水边,与水相平。一阵风吹开了水面的浮萍,现出了山的倒影;一只小船,悠然归来,刺开了水草,发出沙沙的响声。僧人行走在入城的道上,消失在远远的红尘之中;回家的农夫,经过小桥,好像在明镜中徐行。骤雨收歇,已足使这一派秋色更为迷人;岸边的芦苇,请不要再长,免得妨碍我欣赏明月东升。

【诗词精讲】

《题西溪无相院》这首诗描绘秋雨初晴的江南溪上景致,明净清丽,充满娴静的雅趣。

这首诗写的是秋雨后无相寺前的景色,主景是水。首联写西溪及附近的湖泊,经过一场秋雨,水位上涨,远近一片浑茫澄澈,与秋空相接;水边的人家,似乎浮在水上。

"积水涵虚"四字,场面很大,仿佛唐代孟浩然《望洞庭湖赠张丞相》诗"八月湖水平,涵虚浑太清"的景况。孟浩然写洞庭湖水,描摹了湖的渺茫宽阔;张先在这里突出江南雨后河湖溪塘涨满水的情况,是小环境组合成的大环境,都很神似。

"上下清"即孟浩然诗的"浑太清",都写秋天天空晴朗,水光澄碧的景象,移不到别的季节去。次句写水边人家,以"岸痕平"说水涨得高,与"几家门"成为一个平面,也活生生地画出雨后江南水乡的秀丽景色。

起句从远处、大处落笔,展示西溪的独特风貌。"积水",暗写雨。一场秋雨,溪水涨满。远远望去,天光水色浑融一片,大有孟浩然诗句"八月湖水平,涵虚浑太清"(《洞庭湖赠张丞相》)的气势。经过一番新雨刷洗,临溪屋宇显得明丽清宁,仿佛平卧在水面上,别有一副悠闲的静态。

颔联笔触一转,从小处、近处着墨,使诗情飞动。出句描述微风吹来,满池的浮萍裂开了,露出了一段水面,水面上倒映出青山的影子;对句写一叶小舟归来,船帮与水中的荇草摩擦,发出"沙沙"的响声。

"浮萍破",这是一个极细小而不易察觉的物象,是水上微风初起所致,被诗人捕捉住了。一个"破"字,寓动于静,体物入微。草声是极微弱的声响,为诗人听到,足见其静,此乃以动衬静的笔法,给以生趣。此联一见一听,一静一动,错落有致,妙趣横生。

第三联仍然写景,但通过"人"这个主体来写,还是以水作背景。一句写人郭僧,照应题面"无相院";一句写过桥人,点缀水乡,二句又相互呼应。僧到城里去,加以"尘里"二字,说城市喧嚣,反衬无相寺所在地的静寂、清净;人过桥,以"鉴中行"形容,说出桥下水之清澈,回照首句,又以眼前环境的清旷与上句的"尘里"作对比,表达诗人自己对景色的欣赏。

尾联用逆挽虚收法。"已凭暂雨添秋色"一句,在篇末点出,确是巧设安排。一是突出了西溪之妙境,先绘景后叙其所由出;二是可以放开一步,宕出远神。

"莫放修芦碍月生",意谓秋雨之后,芦苇勃生,莫让它恣意长高,使人领略不到深潭月影。以雨后芦苇长高作一虚设,便把白天所见的景色扩大到未见的溪月,拓出了另一番想象的世界,给人以回味。这一结句余味悠然,又与首句"积水涵虚"相应。

张先善写"影",人称"张三影"。他写影的本领,在此诗中也可见到。"浮萍破处见山影"是明写;"过桥人似鉴中行",是暗写;"莫放修芦碍月生",是虚写;为全诗增添了生机和情趣。全诗几乎全是写景,即使是尾联,也把情浸入景中,是一幅优美的风景画。

天仙子·水调数声持酒听

【创作背景】

根据词前小序,作者写这首词的时候任嘉禾(今浙江省嘉兴市)判官。按照沈祖棻《宋词赏析》的说法,张先在嘉禾做判官,约在公元1041年(宋仁宗庆历元年),年五十二。但词中所写情事,与小序内容很不相干。这个小序可能是时人偶记词乃何地何时所作,被误认为词题,传了下来。

【诗词原文】

天仙子·水调数声持酒听

时为嘉禾小倅,以病眠,不赴府会。①

水调②数声持酒听(2),午醉醒来愁未醒。

送春春去几时回?临晚境,伤流景③,往事后期空记省④。

沙上并禽⑤池上暝⑥,云破月来花弄⑦影。

重重帘幕密遮灯,风不定,人初静,明日落红⑧应满径。

【诗词注解】

①嘉乐小倅:嘉乐,秀州别称,治所在今浙江省嘉兴市。倅,副职,时张先任秀州通判。不赴府会:未去官府上班。

②水调:曲调名。

③流景:像水一样的年华,逝去的光阴。景,日光。

④后期:以后的约会。记:思念。省(xǐng):省悟。

⑤并禽:成对的鸟儿。这里指鸳鸯。

⑥暝:天黑,暮色笼罩。

⑦弄:摆弄。

⑧落红:落花。

【诗词译文】

手执酒杯细听那《水调歌》声声,午间醉酒虽醒愁还没有醒。送走了春天,春天何时再回来?临近傍晚照镜,感伤逝去的年景,如烟往事在日后空自让人沉吟。

鸳鸯于黄昏后在池边并眠,花枝在月光下舞弄自己的倩影。一重重帘幕密密地遮住灯光,风儿还没有停,人声已安静,明日落花定然铺满园中小径。

【诗词精讲】

这是北宋词中名篇之一,也是张先享誉之作。而其所以得名,则由于词中有"云破月来花弄影"之句。据陈师道《后山诗话》及胡仔《苕溪渔隐丛话》所引各家评论,都说张先所创的词中以三句带有"影"字的佳句为世所称,人们誉之为"张三影"。

这首词下有注云:"时为嘉禾小倅,以病眠,不赴府会。"说明词人感到疲怠,百无聊赖,对醑歌妙舞的府会不敢兴趣,这首词写的就是这种心情。

作者未尝不想借听歌饮酒来解愁。但在这首词里,作者却写他在家里品着酒听了几句曲子之后,不仅没有遣愁,反而心里更烦了。于是在吃了几杯闷酒之后便昏昏睡去。一觉醒来,日已过午,醉意虽消,愁却未曾消减。

冯延巳《鹊踏枝》:"昨夜笙歌容易散,酒醒添得愁无限。"这同样是写"欢乐极兮哀情多,少壮几时兮奈老何?"的闲愁。只不过冯延巳是在酒阑人散,舞休歌罢之后写第二天的萧索情怀,而张先则一想到笙歌散尽之后可能愁绪更多,所以根本连宴会也不去参加了。

这就逼出了下一句"送春春去几时回"的感叹来。沈祖棻《宋词赏析》说:"这首词乃是临老伤春之作,与词中习见的少男少女的伤春不同。"这话确有见地。

但张先伤春的内容却依然是年轻时风流缱绻之事。理由是:一、从"往事后期空记省"一句微逗出个中消息;二、下片特意点明"沙上并禽池上暝",意思说鸳鸯一类水鸟,天一黑就双栖并宿,燕婉亲昵,如有情人之终成眷属。而自己则是形影相吊,索居块处。因此,"送春春去几时回"的上下两个"春"字,也就有了不尽相同的含义。

上一个"春"指季节,指大好春光;而下面的"春去",不仅指年华的易逝,还蕴含着对青春时期风流韵事的追忆和怅惜。这就与下文"往事后期空记省"一句紧密联系起来。作者所"记省"的"往事"并非一般的嗟叹流光的易逝,或伤人事之无凭,而是有其具体内容的。只是作者说得十分含蓄,在意境上留下很多余地让读者凭想象去补充。

"临晚镜,伤流景"。杜牧《代吴兴妓春初寄薛军事》诗有句云:"自悲临晓镜,谁与惜流年?"张反用小杜诗句,以"晚"对"晓",主要在于写实。杜牧是写女子晨起梳妆,感叹年华易逝,用"晓"字;而张先词则于午醉之后,又倦卧半晌,此时已近黄昏,总躺在那儿仍不能消解忧愁,便起来"临晚镜"了。

这个"晚"既是天晚之晚,当然也隐指晚年之晚,这同上文两个"春"字各具不同含义是一样的,只是此处仅用了一个"晚"字,而把"晚年"的一层意思通过"伤流景"三字给补充出来了。

"往事后期空记省"句中的"后期"一本作"悠悠"。从词意含蓄看,"悠悠"空灵而"后期"质实,前者自有其传神入妙之处。但"后期"二字虽嫌朴拙,却与上文"愁""伤"等词语绾合得更紧密些。"后期"有两层意思。

一层说往事过了时,这就不得不感慨系之,故用了个"空"字;另一层意思则是指失去了机会或错过了机缘。所谓"往事",可以是甜蜜幸福的,也可以是辛酸哀怨的。前者在多年以后会引起人无限怅惘之情,后者则使人一想起来就加重思想负担。

这件"往事",明明是可以成为好事的,却由于自己错过机缘,把一个预先定妥的期约给耽误了(即所谓后期),这就使自己追悔莫及,正如李商隐说的"此情可待成追忆,只是当时已惘然"。

随着时光的流逝,往事的印象并未因之淡忘,只能向自己的"记省"中去寻求。但寻求到了,也并不能得到安慰,反而更增添了烦恼。这就是自己为什么连把酒听歌也不能消愁,从而嗟老伤春,即使府中有盛大的宴会也不想去参加的原因了。可是作者却偏把这个原因放在上片的末尾用反缴的手法写出,乍看起来竟像是事情的结果,这就把一腔自怨自艾、自甘孤寂的心情写得格外惘怅动人,表面上却又似含而不露,真是极尽婉约之能事了。

上片写作者的思想活动,是静态;下片写词人即景生情,是动态。静态得平淡之趣,而动态有空灵之美。作者未参加府会,便在暮色中将临时到小园中闲步,借以排遣从午前一直滞留在心头的愁闷。天很快就暗下来了,水禽已并眠在池边沙岸上,夜幕逐渐笼罩住大地。

这个晚上原应有月的,作者的初衷未尝不想趁月色以赏夜景,才步入园中的。不料云满夜空,并无月色,既然天已昏黑那就回去吧。恰在这时,意外的景色变化在眼前出现了。

风起了,霎那间吹开了云层,月光透露出来了,而花被风所吹动,也竟自在月光临照下婆娑弄影。这就给作者孤寂的情怀注入了暂时的欣慰。此句之所以传诵千古,不仅在于修辞炼句的功夫,主要还在于词人把经过整天的忧伤苦闷之后,在一天将尽品尝到即将流逝的盎然春意这一曲折复杂的心情,通过生动妩媚的形象给曲曲传绘出来,让读者从而也分享到一点欣悦和无限美感。

王国维《人间词话》则就遣词造句评论说:"'红杏枝头春意闹',着一'闹'字而境界全出;'云破月来花弄影'着一'弄'字而境界全出矣。"这已是权威性的评语。

沈祖棻说:"其好处在于'破''弄'二字,下得极其生动细致。天上,云在流,地下,花影在动:都暗示有风,为以下'遮灯''满径'埋下伏线。"拈出"破""弄"两字而不只谈一"弄"字,确有过人之处,然还要注意到一句诗或词中的某一个字与整个意境的联系。即如王国维所举宋祁的'红杏枝头春意闹',如果没有"红""春"二词规定了当时当地情景,单凭一个"闹"字是不足以见其"境界全出"的。张先的这句词,没有上面的"云破月来"(特别是"破"与"来"这两个动词),这个"弄"字就肯定不这么突出了。

"弄"之主语为"花",宾语为"影",特别是那个"影"字,也是不容任意更改的。其关键所在,除沈祖棻谈到的起了风这一层意思外,还有好几方面需要补充说明的。第一,当时所以无月,乃云层厚暗所致。而风之初起,自不可能顿扫沉霾而骤然出现晴空万里,只能把厚暗的云层吹破了一部分,在这罅隙处露出了碧天。但云破处未必正巧是月光所在,而是在过了一会儿之后月光才移到了云开之处。这样,"破"与"来"这两个字就不宜用别的字来代替了。

在有月而多云到暮春之夜的特定情境下,由于白天作者并未出来赏花,后来虽到园中,又由于阴云笼罩,暮色迷茫,花的风姿神采也未必能尽情地表现出来。及至天色已暝,群动渐息,作者也意兴阑珊,准备回到室内去了,忽然出人意表,云开天际,大地上顿时呈现皎洁的月光,再加上风的助力,使花在月下一扫不久前的暗淡而使其娇艳丽质一下子摇曳生姿,这自然给作者带来了意外的欣慰。

接下去词人写他进入室中,外面的风也更加紧了、大了。作者先写"重重帘幕密遮灯"而后写"风不定",不是迁就词谱的规定,而是说明作者体验事物十分细致,外面有风而帘幕不施,灯自然就会被吹灭,所以作者进了屋子就赶快拉上帘幕,严密地遮住灯焰。但下文紧接着说"风不定",是表示风更大了,纵使帘幕密遮而灯焰仍在摇摆,这个"不定"是包括灯焰"不定"的情景在内的。

"人初静"一句,也有三层意思。一是说由于夜深人静,愈加显得春夜的风势迅猛;二则联系到题目的"不赴府会",这里的"人静"很可能是指府中的歌舞场面这时也已经散场了吧;三则结合末句,见出作者惜花(亦即惜春;忆往,甚且包括了怀人)的一片深情。好景无常,刚才还在月下弄影的姹紫嫣红,经过这场无情的春风,恐怕要片片飞落在园中的小径上了。

作者这末尾一句所蕴含的心情是复杂的:首先是"林花谢了春红,太匆匆",春天毕竟过去了;其次,自嗟迟暮的愁绪也更为浓烈了;然而,幸好今天没有去赴府会,居然在园中还欣赏了片刻春光,否则错过时机,再想见到"云破月来花弄影"的动人景象就不可能了。这正是用这末尾一句衬出了作者在流连光景不胜情的淡淡哀愁中所闪现出的一星晶莹艳丽的火花——"云破月来花弄影"。

木兰花·乙卯吴兴寒食

【创作背景】

这首词作于宋神宗熙宁八年(1075 年),岁次乙卯,退居故乡吴兴的张先度过了他人生的第八十六个寒食节,写下了这首词。

【诗词原文】

木兰花·乙卯①吴兴②寒食③

龙头舴艋④吴儿⑤竞⑥,笋柱⑦秋千游女并⑧。

芳洲拾翠⑨暮忘归,秀野⑩踏青⑪来不定⑫。

行云⑬去后遥山暝,已放⑭笙歌池院静。

中庭⑮月色正清明,无数杨花⑯过无影。

【诗词注解】

①乙卯:指宋神宗熙宁八年(1075 年)。

②吴兴:即今浙江湖州市。

③寒食:即寒食节,在清明节前两日,古人常在此节日扫墓、春游。

④舴艋(zé měng):形状如蚱蜢似的小船。

⑤吴儿:吴地的青少年。

⑥竞:指赛龙舟。

⑦笋柱:竹竿做的柱子。

⑧并:并排。

⑨拾翠:古代春游。妇女们常采集百草,叫作拾翠。

⑩秀野:景色秀丽的郊野。

⑪踏青:寒食、清明时出游郊野。

⑫来不定:指往来不绝。

⑬行云:指如云的游女。

⑭放:停止。

⑮中庭:庭院中。

⑯杨花:柳絮。

【诗词译文】

吴兴的青少年在江上竞赛着小龙船,游春少女们成对地荡着竹秋千。有的在水边采集花草,天晚依旧流连。秀美郊野上踏青的人往来牵如蚁线。

游女们走了,远山逐渐昏暗,音乐停下庭院显得寂静一片。满院子里月光晴朗朗的,只有无数的柳絮飘过,无影无羁绊。

【诗词精讲】

这是一首富有生活情趣的游春与赏月的词。

上片通过一组春游嬉戏的镜头,生动地反映出古代寒食佳节的热闹场面。

“龙头舴艋吴儿竞,笋柱秋千游女并。”这里有吴兴青年的龙舟竞渡的场景,有游女成双成对笑玩秋千的画面。词一开头,不但写出了人数之众多,而且渲染了气氛之热烈。欢声笑语,隐约可闻。着一“竞”字既写出了划桨人的矫健和船行的轻疾,又可以想见夹岸助兴的喧天锣鼓和争相观看的男女老少。

“芳洲拾翠暮忘归,秀野踏青来不定。”这里有芳洲采花、尽兴忘归的剪影,有秀野踏青、来往不绝的景象。以上四句,句句写景,句句写人,景中有人,人为景乐。这种浓墨重彩、翠曳红摇的笔墨,平添了许多旖旎春光,洋溢着欢乐的节日气息。

下片以工巧的画笔,描绘出春天月夜的幽雅、恬静的景色。

“行云去后遥山暝,已放笙歌池院静。”游女散后,远山渐渐昏暗下来;音乐停止,花园显得异常幽静。前句中着一“暝”字,突出远山色彩的暗淡,衬托出游人去后、夜幕降临的情景。后句中着一“静”字,渲染出笙歌已放、池院寂寥无人的气氛。

“中庭月色正清明,无数杨花过无影。”时已深夜,万籁俱寂,院中的月色正是清新明亮的时候,无数的柳絮飘浮空中,没有留下一丝儿倩影。写杨花在月下飘浮无影,既极言其小,更极言其轻。这里写“无影”是虚,写无声是实。

这种无影有静的写法,令人玩味。月色清明,两句还寓情于景,反映出作者游乐一天之后,心情恬淡而又舒畅。词人虽年事已高,但生活情趣很高,既爱游春的热闹场面,又爱月夜的幽静景色。他白昼,与乡民同乐,是一种情趣;夜晚,独坐中庭,欣赏春宵月色,又是一种情趣。

词里表现作者喜爱白天游春的热闹场面,也欣赏夜深人散后的幽静景色。反映出作者生命的活力仍然很旺盛,生活兴趣还是很高。上片句句景中有人,富有生活情趣。下片“中庭月色正清明,无数杨花过无影”是传诵的名句,后人认为是在“三影”名句之上。

一丛花·伤高怀远几时穷

【创作背景】

关于这首词有个故事:张先曾经与一个小尼姑有私约,老尼姑管教很严,她们住宿在池岛中的一个小阁楼上。待到夜深人静,小尼姑就偷偷从梯子上下来,使张先能登池岛来阁楼与她幽会。临别时,张先十分留恋不舍就写了这首《一丛花》词来抒发自己的情怀。(《绿窗新话》引杨湜《古今词话》)这当是出于好事者有意的附会,未必真有其事。

【诗词原文】

一丛花·伤高怀远几时穷

伤高怀远几时穷?无物似情浓。

离愁正引千丝①乱,更东陌②、飞絮蒙蒙。

嘶骑③渐遥,征尘不断,何处认郎踪!

双鸳池沼水溶溶④,南北小桡⑤通。

梯横画阁⑥黄昏后,又还是、斜月帘栊⑦。

沉恨细思,不如桃杏,犹解嫁东风⑧。

【诗词注解】

①千丝:指很多柳条。丝,指杨柳的长条。

②陌:田间小路。

③嘶骑:嘶叫的马声。

④溶溶:宽广的样子。

⑤桡:划船的桨,这里指船。

⑥梯横:是说可搬动的梯子已被横放起来,即撤掉了。画阁:有彩绘装饰的楼阁。

⑦帘栊:带帘子的窗户。

⑧解:知道,能。嫁东风:原意是随东风飘去,即吹落。嫁,这里用其比喻义。李贺《南园十三首》诗之一:"可怜日暮嫣香落,嫁与东风不用媒。"

【诗词译文】

登高怀远,心中的伤痛何时能了,世间万物没有什么比情还浓的。离愁就像那千万枝柳条随风乱舞,还有那东街纷扬的飞絮一片迷蒙。嘶叫的马儿渐渐远去,扬起的尘土绵绵不断,到哪里去寻觅情郎的行踪?

池塘里春水溶溶,一对鸳鸯纵情嬉戏,池中小船儿往来于南北两岸。黄昏后我走下画阁收起梯子,又看见一弯斜月照进帘栊。满怀着幽恨,细细想来,真不如那桃花、杏花,还知道及时嫁给东风,随风而去呢。

【诗词精讲】

张先的词,工于刻画景物,锻炼字句,但往往伤于纤巧,但这首词却既有警句峻语,又极富抒情气氛,在他的词作中是意境浑融,富于情韵的。细读全篇,不难看出它是一首表现最常见的怀远伤别主题的闺怨词。

此词写一位女子在她的恋人离开后独处深闺的相思和愁恨。词的结尾两句,通过形象而新奇的比喻,表现了女主人公对爱情的执着、对青春的珍惜、对幸福的向往、对无聊生活的抗议、对美好事物的追求,是历来传诵的名句。

起首一句,是经历了长久的离别、体验过多次伤高怀远之苦以后,盘郁萦绕胸中的感情的倾泻。它略去了前此的许多情事,也概括了前此的许多情事。起得突兀有力,感慨深沉。

第二句是对"几时穷"的一种回答,合起来的意思是伤高怀远之情之所以无穷无尽,是因为世上没有任何事情比真挚的爱情更为浓烈的缘故。这是对"情"的一种带哲理性的思索与概括。这是挟带着强烈深切感情的议论。以上两句,点明了词旨为伤高怀远,又显示了这种感情的深度与强度。

接下来三句,写伤离的女主人公对随风飘拂的柳丝飞絮的特殊感受。"离愁",承上"伤高怀远"。本来是乱拂的千万条柳丝引动了胸中的离思,使自己的心绪纷乱不宁,这里却反过来说自己的离愁引动得柳丝纷乱。这一句貌似无理的话,却更深切地表现了愁之"浓",浓到使外物随着它的节奏活动,成为主观感情的象征。这里用的是移情手法。而那蒙蒙飞絮,也仿佛成了女主人公烦乱、郁闷心情的一种外化。"千丝"谐"千思"。

上片末尾三句写别后登高忆旧。犹言:想当时郎骑着嘶鸣着的马儿逐渐远去,消逝在尘土飞扬之中,今日登高远望,茫茫天涯,又要到哪里去辩认情郎的踪影呢?"何处认"与上"伤高怀远"相呼应。

过片上承伤高怀远之意,续写登楼所见。"双鸳池沼水溶溶,南北小桡通。"说不远处有座宽广的池塘,池水溶溶,鸳鸯成双成对地池中戏水,小船来往于池塘南北两岸。这两句看似闲笔,但"双鸳"二字既点出对往昔欢聚时爱情生活的联想又见出今日触景伤怀、自怜孤寂之情。说"南北小桡通",则往日莲塘相约、彼此往来的情事也约略可想。

下片三、四、五句写时间已经逐渐推移到黄昏,女主人公的目光也由远及近,收归到自己所住的楼阁。只见梯子横斜着,整个楼阁被黄昏的暮色所笼罩,一弯斜月低照着帘子和窗棂。这虽是景语,却隐隐传出一种孤寂感。

"又还是"三字,暗示这斜月照映画阁帘栊的景象犹是往日与情人相约黄昏后时的美好景象,如今景象依旧,而自从与对方离别后,孑然孤处,已经无数次领略过斜月空照楼阁的凄清况味了。这三个字,有追怀,有伤感,使女主人公由伤高怀远转入对自身命运的沉思默想。

结拍三句化用李贺《南园》诗中"可怜日暮嫣香落,嫁与东风不用媒"之句,说怀着深深的怨恨,细细地想想自己的身世,甚至还不如嫣香飘零的桃花、杏花,它们自己青春快要凋谢的时候还懂得嫁给东风,有所归宿,自己却只能在形影相吊中消尽青春。

说"桃杏犹解",言外之意是怨嗟自己未能抓住"嫁东风"的时机,以致无所归宿。而从深一层看,这是由于无法掌握自己命运而造成的,从中显出"沉恨细思"四个字的分量。这几句重笔收束,与一开头的重笔抒慨铢两相称。

词从一个闺阁思妇的角度进行构思。上片写情郎远去、自己伤别的情景;下片写别后的寂寥处境及怨恨心态。写景和抒情不像常用的明分前后两截的结构,而是交替使用,景中有情、情中有景,彼此渗透,自然地结合在一起的。

柳永

柳永(约987－1053年)北宋词人。原名三变,字景庄,后改名永,字耆卿,排行第七,崇安(今福建武夷山市)人。宋仁宗景祐进士,官屯田员外郎,世称柳七、柳屯田。为人放荡不羁,终身潦倒。其词多描绘城市风光与歌妓生活,尤长于抒写羁旅行役之情。词风婉约,词作甚丰,创作慢词独多,是北宋第一个专力写词的词人。发展了铺叙手法,在词史上产生了较大的影响。词作流传极广,有"凡有井水饮处,皆能歌柳词"之说。生平亦有诗作,惜传世不多。有《乐章集》。

鹤冲天·黄金榜上

【创作背景】

这首词是柳永早期的作品,是他初次参与进士科考落第之后,抒发牢骚感慨之作,它表现了作者的思想性格,也关系到作者的生活道路,是一篇重要的作品。南宋人吴曾的《能改斋漫录》卷十六里有一则记载,与这首词的关系最为直接,略云:(宋)仁宗留意儒雅,而柳永好为淫冶讴歌之曲,传播四方,尝有《鹤冲天》词云:"忍把浮名,换了浅斟低唱。"及皇帝临轩放榜,特落之,曰:"且去浅斟低唱,何要浮名!"其写作背景大致是:初考进士落第,填《鹤冲天》词以抒不平,为仁宗闻知;后再次应试,本已中式,于临发榜时,仁宗故意将其黜落,并说了那番话,于是柳永便自称"奉旨填词柳三变"而长期地流连于坊曲之间,在花柳丛中寻找生活的方向、精神的寄托。

【诗词原文】

鹤冲天①·黄金榜上

黄金榜②上,偶失龙头③望。

明代暂遗贤④,如何向⑤。

未遂风云⑥便,争不恣⑦游狂荡。

何须论得丧⑧？才子词人,自是白衣卿相⑨。

烟花巷陌⑩,依约丹青屏障⑪。

幸有意中人,堪⑫寻访。

且恁偎红倚翠⑬,风流事,平生⑭畅。

青春都一饷⑮。忍把浮名⑯,换了浅斟低唱！

【诗词注解】

①鹤冲天:词牌名。柳永大作,调见柳永《乐章集》。双调八十四字,仄韵格。另有词牌《喜迁莺》《风光好》的别名也叫鹤冲天,"黄金榜上"词注"正宫"。

②黄金榜:指录取进士的金字题名榜。

③龙头:旧时称状元为龙头。

④明代:圣明的时代。一作"千古"。遗贤:抛弃了贤能之士,指自己为仕途所弃。

⑤如何向:向何处。

⑥风云:际会风云,指得到好的遭遇。

⑦争不:怎不。恣:放纵,随心所欲。

⑧得丧:得失。

⑨白衣卿相:指自己才华出众,虽不入仕途,也有卿相一般尊贵。白衣:古代未仕之士著白衣。

⑩烟花:指妓女。巷陌:指街巷。

⑪丹青屏障:彩绘的屏风。丹青:绘画的颜料,这里借指画。

⑫堪:能,可以。

⑬恁:如此。偎红倚翠:指狎妓。宋陶谷《清异录·释族》载,南唐后主李煜微行娼家,自题为"浅斟低唱,偎红倚翠大师,鸳鸯寺主"。

⑭平生:一生。

⑮饷:片刻,极言青年时期的短暂。

⑯忍:忍心,狠心。浮名:指功名。

【诗词译文】

在金字题名的黄金榜上,我只不过是偶然失去取得状元的机会。即使在政治清明的时代,君王也会一时错失贤能之才,我今后该怎么办呢? 既然没有得到好的机遇,为什么不随心所欲地游乐呢! 何必为功名患得患失? 做一个风流才子为歌姬谱写词章,即使身着白衣,也不亚于公卿将相。

在歌姬居住的街巷里,有摆放着丹青画屏的绣房。幸运的是那里住着我的意中人,值得我细细地追求寻访。与她们依偎,享受这风流的生活,才是我平生最大的欢乐。青春不过是片刻时间,我宁愿把功名,换成手中浅浅的一杯酒和耳畔低回婉转的歌唱。

【诗词精讲】

"黄金榜上,偶失龙头望",柳永考科举求功名,并不满足于登进士第,而是把夺取殿试头名状元作为目标。落榜只认为"偶然","见遗"只说是"暂",由此可见柳永狂傲自负的性格。他自称"明代遗贤"是讽刺仁宗朝号称清明盛世,却不能做到"野无遗贤"。但既然已落第,就要考虑下一步。

"风云际会",施展抱负是封建时代士子的奋斗目标,既然"未遂风云便",理想落空了,于是他就转向了另一个极端,"争不恣狂荡",表示要无拘无束地过那种为一般封建士人所不齿的流连坊曲的狂荡生活。

"偎红倚翠""浅斟低唱",是对"狂荡"的具体说明。柳永这样写,是恃才负气的表现,也是表示抗争的一种方式。科举落第,使他产生了一种逆反心理,只有以极端对极端才能求得平衡。所以,他故意要造成惊世骇俗的效果以保持自己心理上的优势。

柳永的"狂荡"之中仍然有着严肃的一面,狂荡以傲世,严肃以自律,这才是"才子词人""白衣卿相"的真面目。柳永把他内心深处的矛盾想法抒写出来,说明落第这件事情给他带来了多么深重的苦恼和多么烦杂的困扰,也说明他为了摆脱这种苦恼和困扰曾经进行了多么痛苦的挣扎。

写到最后,柳永得出结论:"青春都一饷。忍把浮名,换了浅斟低唱!"谓青春短暂,怎忍虚掷,为"浮名"而牺牲赏心乐事。所以,只要快乐就行,"浮名"算不了什么。

在整个封建社会,哪怕是所谓"圣明"的历史时期,科举考试也不可能没有营私舞弊、遗落贤才的通病。"明代暂遗贤""未遂风云便"等句,蕴含着作者自己的无限辛酸和对统治集团的讥讽揶揄,它道出了封建社会中许多失意知识分子的内心感受,获得了广泛的共鸣。

这首词的社会意义也正表现在这里。正因为这首词刺痛了统治阶级,所以作者终生失意,备受压抑排挤。据吴曾《能改斋漫录》载:"初,进土柳三变好为淫冶讴歌之曲,传播四方。尝有《鹤冲天》词云:'忍把浮名,换了浅斟低唱'。及皇帝临轩放榜,特落之曰:'且去浅斟低唱,何要浮名!'"这首词所表现出的那种蔑视功名,鄙薄卿相的倾向是很明显的。

整个看来,这首词的基调,它的主导方面,无疑是积极的。"何须论得丧""才子词人,自是白衣卿相",这些话,充分表明作者的生活态度和行动方向。

历史证明,作者的一生是忠实于这一誓言的。他为下层妓女填写过许多词篇,达到了"凡有井水饮处即能歌柳词"的相当普及的程度(见叶梦得《避暑录话》),并且获得了"掩众制而尽其妙,好之者以为无以复加"的社会效果(见胡寅《酒边词序》)。

一个古代白衣词人的作品,其流传程度如此广泛,在历史上也是少见的。封建统治阶级把他长期摈斥于官场之外,甚至毁灭了他的政治前途,但另外一方面,这又恰恰成全了他。正由于他长期仆仆风尘,奔波于下层人民之中,才使他成为北宋独具特色的词人,成为中国词史上具有转折意义和深远影响的大词家。

他死后,曾得到下层人民,特别是妓女的同情和尊重,从传说中的"吊柳七"等活动中,可以看出,他的确获得了"白衣卿相"这样重要的历史地位。

这首词的构思、层次、结构和语言均与柳永其他作品有所不同。全篇直说,绝少用典,不仅与民间曲子词极为接近,而且还保留了当时的某些口语方言,如"如何向""争不""且恁"等。全词写得自然流畅,平白如话,读来琅琅上口。不独在柳词中,即使在北宋词中,这一类作品也是少见的。这种"明白而家常""到口即消"的语言,正是词之本色,是经过提炼后取得的艺术效果。

雨霖铃·寒蝉凄切

【创作背景】

这首词当为词人从汴京南下时与一位恋人的惜别之作。

【诗词原文】

雨霖铃·寒蝉凄切

寒蝉凄切①,对长亭②晚,骤雨③初歇。

都门④帐饮⑤无绪⑥,留恋处,兰舟⑦催发。

执手相看泪眼,竟无语凝噎⑧。

念去去⑨,千里烟波,暮霭沉沉楚天阔⑩。

多情自古伤离别,更那堪冷落清秋节!今宵⑪酒醒何处?

杨柳岸,晓风残月。此去经年⑫,应是良辰好景虚设。

便纵⑬有千种风情,更⑭与何人说?

【诗词注解】

①凄切:凄凉急促。

②长亭:古代在交通要道边每隔十里修建一座长亭供行人休息,又称"十里长亭"。靠近城市的长亭往往是古人送别的地方。

③骤雨:急猛的阵雨。

④都门:国都之门。这里代指北宋的首都汴京(今河南开封)。

⑤帐饮:在郊外设帐饯行。

⑥无绪:没有情绪。

⑦兰舟:古代传说鲁班曾刻木兰树为舟(南朝梁任昉《述异记》),这里用作对船的美称。

⑧凝噎:喉咙梗塞,欲语不出的样子。

⑨去去:重复"去"字,表示行程遥远。

⑩暮霭沉沉楚天阔:傍晚的云雾笼罩着南天,深厚广阔,不知尽头。

⑪今宵:今夜。

⑫经年:年复一年。

⑬纵:即使。风情:情意。男女相爱之情,深情蜜意。情:一作"流"。

⑭更:一作"待"。

【诗词译文】

秋后的蝉叫得是那样的凄凉而急促,面对着长亭,正是傍晚时分,一阵急雨刚停住。在京都城外设帐饯别,却没有畅饮的心绪,正在依依不舍的时候,船上的人已催着出发。

握着手互相瞧着,满眼泪花,直到最后也无言相对,千言万语都噎在喉间说不出来。想到这回去南方,这一程又一程,千里迢迢,一片烟波,那夜雾沉沉的楚地天空竟是一望无边。

自古以来多情的人最伤心的是离别,更何况又逢这萧瑟冷落的秋季,这离愁哪能经受得了!谁知我今夜酒醒时身在何处?怕是只有杨柳岸边,面对凄厉的晨风和黎明的残月了。这一去长年相别,相爱的人不在一起,我料想即使遇到好天气、好风景,也形同虚设。即使有满腹的情意,又能和谁一同欣赏呢?

【诗词精讲】

此词当为词人从汴京南下时与一位恋人的惜别之作。柳永因作词忤仁宗,遂"失意无俚,流连坊曲",为歌伶乐伎撰写曲子词。由于得到艺人们的密切合作,他能变旧声为新声,在唐五代小令的基础上,创制了大量的慢词,使宋词开始了一个新的发展阶段。

这首词调名"雨霖铃",盖取唐时旧曲翻制。据《明皇杂录》云,安史之乱时,唐玄宗避地蜀中,于栈道雨中闻铃音,起悼念杨贵妃之思,"采其声为《雨霖铃》曲,以寄恨焉"。

王灼《碧鸡漫志》卷五云:"今双调《雨霖铃慢》,颇极哀怨,真本曲遗声。"在词史上,双调慢词《雨霖铃》最早的作品,当推此首。柳永充分利用这一词调声情哀怨、篇幅较长的特点,写委婉凄恻的离情,可谓尽情尽致,读之令人於悒。

词的上片写一对恋人饯行时难分难舍的别情。起首三句写别时之景,点明了地点和节序。《礼记·月令》云:"孟秋之月,寒蝉鸣。"可见时间大约在农历七月。然而词人并没有纯客观地铺叙自然景物,而是通过景物的描写,氛围的渲染,融情入景,暗寓别意。

时当秋季,景已萧瑟;且值天晚,暮色阴沉;而骤雨滂沱之后,继之以寒蝉凄切:词人所见所闻,无处不凄凉。加之当中"对长亭晚"一句,句法结构是一、二、一,极顿挫吞咽之致,更准确地传达了这种凄凉况味。

前三句通过景色的铺写,也为后两句的"无绪"和"催发"设下伏笔。"都门帐饮",语本江淹《别赋》:"帐饮东都,送客金谷。"他的恋人在都门外长亭摆下酒筵给他送别,然而面对美酒佳肴,词人毫无兴致。

可见他的思绪正专注于恋人,所以词中接下去说:"留恋处、兰舟催发"。这七个字完全是写实,然却以精炼之笔刻画了典型环境与典型心理:一边是留恋情浓,一边是兰舟催发,这样的矛盾冲突何其尖锐!林逋《相思令》云:"君泪盈,妾泪盈,罗带同心结未成,江头潮欲平。"仅是暗示船将启锭,情人难舍。

刘克庄《长相思》云:"烟迢迢,水迢迢,准拟江边驻画桡,舟人频报潮。"虽较明显,但仍未脱出林词窠臼。可是这里的"兰舟催发",却以直笔写离别之紧迫,虽没有他们含蕴缠绵,但却直而能纤,更能促使感情的深化。于是后面便迸出"执手相看泪眼,竟无语凝噎"二句。语言通俗而感情深挚,形象逼真,如在眼前。寥寥十一字,真是力敌千钧!后来传奇戏曲中常有"流泪眼看流泪眼,断肠人对断肠人"的唱词,然却不如柳词凝炼有力。

那么词人凝噎在喉的是什么话呢?"念去去"二句便是他的内心独白。词是一种依附于音乐的抒情诗体,必须讲究每一个字的平仄阴阳,而去声字尤居关键地位。这里的去声"念"字用得特别好。

清人万树《词律发凡》云:"名词转折跌荡处,多用去声,何也?三声之中,上、入二者可以作平,去则独异。……当用去者,非去则激不起。"此词以去声"念"字作为领格,上承"凝噎"而自然一转,下启"千里"以下而一气流贯。

"念"字后"去去"二字连用,则愈益显示出激越的声情,读时一字一顿,遂觉去路茫茫,道里修远。"千里"以下,声调和谐,景色如绘。既曰"烟波",又曰"暮霭",更曰"沉沉",着色可谓浓矣;既曰"千里",又曰"阔",空间可谓广矣。在如此广阔辽远的空间里,充满了如此浓密深沉的烟霭,其离愁之深,令人可以想见。

上片正面话别,到此结束;下片则宕开一笔,先作泛论,从个别说到一般,得出一条人生哲理:"多情自古伤离别"。意谓伤离惜别,并不自我始,自古皆然。接以"更那堪冷落清秋节"一句,则为层层加码,极言时当冷落凄凉的秋季,离情更甚于常时。

"清秋节"一辞,映射起首三句,前后照应,针线极为绵密;而冠以"更那堪"三个虚字,则加强了感情色彩,比起首三句的以景寓情更为明显、深刻。"今宵"三句蝉联上句而来,是全篇之警策,后来竟成为苏轼相与争胜的对象。

据俞文豹《吹剑录》云:"东坡在玉堂日,有幕士善歌,因问:'我词何如柳七?'对曰:'柳郎中词,只合十七八女郎,执红牙板,歌"杨柳岸晓风残月"。学士词,须关西大汉,(执)铜琵琶,铁绰板,唱"大江东去"。'"这三句本是想象今宵旅途中的况味:一舟临岸,词人酒醒梦回,只见习习晓风吹拂萧萧疏柳,一弯残月高挂杨柳梢头。整个画面充满了凄清的气氛,客情之冷落、风景之清幽、离愁之绵邈,完全凝聚在这画面之中。

比之上片结尾二句,虽同样是写景,写离愁,但前者仿佛是泼墨山水,一片苍茫;这里却似工笔小帧,无比清丽。

词人描绘这清丽小帧,主要采用了画家所常用的点染笔法。清人刘熙载在《艺概》中说:"'多情自古伤离别,更那堪冷落清秋节。今宵酒醒何处?杨柳岸、晓风残月。'上二句点出离别冷落,'今宵'二句乃就上二句意染之。点染之间,不得有他语相隔,隔则警句亦成死灰矣。"也就是说,这四句密不可分,相互烘托,相互陪衬,中间若插上另外一句,就破坏了意境的完整性、形象的统一性,而后面这两个警句,也将失去光彩。

"此去经年"四句,构成另一种情境。因为上面是用景语,此处则改用情语。他们相聚之日,每逢良辰美景,总感到欢娱;可是别后非止一日,年复一年,纵有良辰好景,也引不起欣赏的兴致,只能徒增怅触而已。

"此去"二字,遥应上片"念去去";"经年"二字,近应"今宵",在时间与思绪上均是环环相扣,步步推进,可见结构之严密。"便纵有千种风情,更与何人说",益见钟情之殷,离愁之深。而归纳全词,犹如奔马收缰,有住而不住之势;又如众流归海,有尽而未尽之致。其以问句作结,更留有无穷意味,耐人寻味。

耆卿词长于铺叙,有些作品失之于平直浅俗,然而此词却能做到"曲处能直,密处能疏,鼻处能平,状难状之景,达难达之情,而出之以自然"(冯煦《六十一家词选例言》论柳永词)。像"兰舟催发"一语,可谓兀傲排鼻,但其前后两句,却于沉郁之中自饶和婉。

"今宵"三句,寄情于景,可称曲笔,然其前后诸句,却似直抒胸臆。前片自第四句起,写情至为缜密,换头却用提空之笔,从远处写来,便显得疏朗清远。词人在章法上不拘一格,变化多端,因而全词起伏跌宕,声情双绘,付之歌喉,亦能奕奕动人。

蝶恋花·伫倚危楼风细细

【创作背景】

这是一首怀人之作。全词把漂泊异乡的落魄感受,同怀恋意中人的缠绵情思融为一体,表现了主人公坚毅的性格与执着的态度,成功地刻画了一个思念远方亲人的女性的形象。

【诗词原文】

蝶恋花·伫倚危楼风细细

伫倚危楼①风细细,望极②春愁,黯黯生天际③。

草色烟光④残照里,无言谁会凭阑意⑤。

拟把疏狂⑥图一醉,对酒当歌,强乐⑦还无味。

衣带渐宽⑧终不悔,为伊消得⑨人憔悴。

【诗词注解】

①伫(zhù)倚危楼:长时间倚靠在高楼的栏杆上。伫,久立。危楼,高楼。

②望极:极目远望。

③黯黯(àn àn):心情沮丧忧愁。生天际:从遥远无边的天际升起。

④烟光:飘忽缭绕的云霭雾气。

⑤会:理解。阑:同"栏"。

⑥拟把:打算。疏狂:狂放不羁。

⑦强(qiǎng)乐:勉强欢笑。强,勉强。

⑧衣带渐宽:指人逐渐消瘦。语本《古诗十九首》:"相去日已远,衣带日已缓"。

⑨消得:值得。

【诗词译文】

我伫立在高楼上,细细春风迎面吹来,极目远望,不尽的愁思,黯黯然弥漫天际。夕阳斜照,草色蒙蒙,谁能理解我默默凭倚栏杆的心意?

本想尽情放纵喝个一醉方休。当在歌声中举起酒杯时,才感到勉强求乐反而毫无兴味。我日渐消瘦也不觉得懊悔,为了你我情愿一身憔悴。

【诗词精讲】

这是一首怀人之作。词人把漂泊异乡的落魄感受,同怀念意中人的缠绵情思结合在一起写,采用"曲径通幽"的表现方式,抒情写景,感情真挚。

上片首先说登楼引起了"春愁":"伫倚危楼风细细。"全词只此一句叙事,便把主人公的外形像一幅剪纸那样凸现出来了。"风细细",带写一笔景物,为这幅剪影添加了一点背景,使画面立刻活跃起来。

"望极春愁,黯黯生天际",极目天涯,一种黯然销魂的"春愁"油然而生。"春愁",又点明了时令。对这"愁"的具体内容,词人只说"生天际",可见是天际的什么景物触动了他的愁怀。

从下一句"草色烟光"来看,是春草。芳草萋萋,刈尽还生,很容易使人联想到愁恨的连绵无尽。柳永借用春草,表示自己已经倦游思归,也表示自己怀念亲爱的人。至于那天际的春草,所牵动的词人的"春愁"究竟是哪一种,词人却到此为止,不再多说。

"草色烟光残照里,无言谁会凭栏意"写主人公的孤单凄凉之感。前一句用景物描写点明时间,可以知道,他久久地站立楼头眺望,时已黄昏还不忍离去。

"草色烟光"写春天景色极为生动逼真。春草,铺地如茵,登高下望,夕阳的余晖下,闪烁着一层迷蒙的如烟似雾的光色。一种极为凄美的景色,再加上"残照"二字,便又多了一层感伤的色彩,为下一句抒情定下基调。

"无言谁会凭栏意",因为没有人理解他登高远望的心情,所以他默默无言。有"春愁"又无可诉说,这虽然不是"春愁"本身的内容,却加重了"春愁"的愁苦滋味。作者并没有说出他的"春愁"是什么,却又掉转笔墨,埋怨起别人不理解他的心情来了。词人在这里闪烁其辞,让读者捉摸不定。

下片作者把笔宕开,写他如何苦中求乐。"愁",自然是痛苦的,那还是把它忘却,自寻开心吧。"拟把疏狂图一醉",写他的打算。他已经深深体会到了"春愁"的深沉,单靠自身的力量是难以排遣的,所以他要借酒消愁。词人说得很清楚,目的是"图一醉"。为了追求这"一醉",他"疏狂",不拘形迹,只要醉了就行。不仅要痛饮,还要"对酒当歌",借放声高歌来抒发他的愁怀。但结果却是"强乐还无味",他并没有抑制住"春愁"。故作欢乐而"无味",更说明"春愁"的缠绵执着。

至此,作者才透露这种"春愁"是一种坚贞不渝的感情。他的满怀愁绪之所以挥之不去,正是因为他不仅不想摆脱这"春愁"的纠缠,甚至心甘情愿为"春愁"所折磨,即使渐渐面容憔悴、瘦骨伶仃,也决不后悔。"为伊消得人憔悴"才一语破的:词人的所谓"春愁",不外是"相思"二字。

这首词妙在紧拓"春愁"即"相思",却又迟迟不肯说破,只是从字里行间向读者透露出一些消息,眼看要写到了,却又煞住,调转笔墨,如此影影绰绰,扑朔迷离,千回百折,直到最后一句,才使真相大白。在词的最后两句相思感情达到高潮的时候,戛然而止,激情回荡,又具有很强的感染力。

望海潮·东南形胜

【创作背景】

柳永一直不得志,便到处漂泊流浪,寻找晋升的途径,迫切希望得到他人的提拔。根据罗大经《鹤林玉露》所载,柳永到杭州后,得知老朋友孙何正任两浙转运使,便去拜会孙何。无奈孙何的门禁甚严,柳永是一介布衣,无法见到。于是柳永写了这首词,请了当地一位著名的歌女,吩咐她说,如果孙何在宴会上请她唱歌,不要唱别的,就唱这首《望海潮·东南形胜》。后来,这位歌女在孙何的宴会上反复地唱这首词,孙何被吸引就问这首词的作者,歌女说是你的老朋友柳三变所作(那时柳永还没有改名)。孙何请柳永吃了一顿饭,就把他打发走了,也没有怎么提拔他。由这个故事来看,这首词是一首干谒词,目的是请求对方为自己举荐。

【诗词原文】

望海潮·东南形胜

东南形胜,三吴①都会,钱塘②自古繁华,

烟柳③画桥④,风帘⑤翠幕⑥,参差⑦十万人家。

云树⑧绕堤沙,怒涛卷霜雪⑨,天堑(qiàn)⑩无涯。

市列珠玑⑪,户盈罗绮,竞豪奢。

重湖⑫叠巘(yǎn)⑬清嘉⑭。有三秋⑮桂子,十里荷花。

羌(qiāng)管⑯弄晴,菱歌泛夜⑰,嬉嬉钓叟(sǒu)莲娃。千骑拥高牙⑱。

乘醉听箫鼓,吟赏烟霞⑲。异日图将好景⑳,归去凤池㉑夸。

【诗词注解】

①三吴:即吴兴(今浙江省湖州市)、吴郡(今江苏省苏州市)、会稽(今浙江省绍兴市)三郡,在这里泛指今江苏南部和浙江的部分地区。

②钱塘:即今浙江杭州,古时候的吴国的一个郡。

③烟柳:雾气笼罩着的柳树。

④画桥:装饰华美的桥。

⑤风帘:挡风用的帘子。

⑥翠幕:青绿色的帷幕。

⑦参差:参音此跟反,差音此衣反。近似或高下不齐貌。

⑧云树:树木如云,极言其多。

⑨怒涛卷霜雪:又高又急的潮头冲过来,浪花像霜雪在滚动。

⑩天堑:天然沟壑,人间险阻。一般指长江,这里借指钱塘江。

⑪珠玑:珠是珍珠,玑是一种不圆的珠子。这里泛指珍贵的商品。

⑫重湖:以白堤为界,西湖分为里湖和外湖,所以也叫重湖。

⑬叠巘:层层叠叠的山峦。此指西湖周围的山。巘,小山峰。

⑭清嘉:清秀佳丽。

⑮三秋:(1)秋季,亦指秋季第三月,即农历九月。王勃《滕王阁序》有"时维九月,序属三秋"。柳永《望海潮》有"三秋桂子,十里荷花"。(2)三季,即九月。《诗经·王风·采葛》有"一日不见,如三秋兮!"孔颖达疏"年有四时,时皆三月。三秋谓九月也。设言三春、三夏其义亦同,作者取其韵耳"。亦指三年。李白《江夏行》有"只言期一载,谁谓历三秋!"

⑯羌(qiāng)管:即羌笛,羌族之簧管乐器。这里泛指乐器。弄:吹奏。

⑰菱歌泛夜:采菱夜归的船上一片歌声。菱,菱角。泛,漂流。

⑱高牙:高矗之牙旗。牙旗,将军之旌,竿上以象牙饰之,故云牙旗。这里指高官孙何。

⑲吟赏烟霞:歌咏和观赏湖光山色。烟霞:此指山水林泉等自然景色。

⑳异日图将好景:有朝一日把这番景致描绘出来。异日:他日,指日后。图,描绘。

㉑凤池:全称凤凰池,原指皇宫禁苑中的池沼。此处指朝廷。

【诗词译文】

杭州地理位置重要,风景优美,是三吴的都会。这里自古以来就十分繁华。如烟的柳树、彩绘的桥梁,挡风的帘子、翠绿的帐幕,楼阁高高低低,大约有十万户人家。高耸入云的大树环绕着钱塘江沙堤,澎湃的潮水卷起霜雪一样白的浪花,宽广的江面一望无涯。市场上陈列着琳琅满目的珠玉珍宝,家家户户都存满了绫罗绸缎,争相比奢华。

里湖、外湖与重重叠叠的山岭非常清秀美丽。秋天桂花飘香,夏季十里荷花。晴天欢快地吹奏羌笛,夜晚划船采菱唱歌,钓鱼的老翁、采莲的姑娘都嬉笑颜开。千名骑兵簇拥着巡察归来的长官。在微醺中听着箫鼓管弦,吟诗作词,赞赏着美丽的水色山光。他日把这美好的景致描绘出来,回京升官时向朝中的人们夸耀。

【诗词精讲】

《望海潮·东南形胜》主要描写杭州的富庶与美丽。一开头即以鸟瞰式镜头摄下杭州全貌。它点出杭州位置的重要、历史的悠久,揭示出所咏主题。

三吴,旧指吴兴、吴郡、会稽。钱塘,即杭州。此处称"三吴都会",极言其为东南一带、三吴地区的重要都市,字字铿锵有力。其中"形胜""繁华"四字,为点睛之笔。自"烟柳"以下,便从各个方面描写杭州之兴盛与繁华。

"烟柳画桥",写街巷河桥的美丽;"风帘翠幕",写居民住宅的雅致。"参差十万人家"一句,转弱调为强音,表现出整个都市户口的繁庶。"参差"为大约之义。"云树"三句,由市内说到郊外,只见钱塘江堤上,行行树木,远远望去,郁郁苍苍,犹如云雾一般。一个"绕"字,写出长堤逶迤曲折的态势。

"怒涛"二句,写钱塘江水的澎湃与浩荡。"天堑",原意为天然的深沟,这里移来形容钱塘江。钱塘江八月观潮,历来称为盛举。描写钱塘江潮是必不可少的一笔。"市列"三句,只抓住"珠玑"和"罗绮"两个细节,便把市场的繁荣、市民的殷富反映出来。珠玑、罗绮,又皆妇女服用之物,并暗示杭城声色之盛。"竞豪奢"三个字明写肆间商品琳琅满目,暗写商人比华争耀,反映了杭州这个繁华都市穷奢极欲的一面。

下片重点描写西湖。西湖,蓄洁停沉,圆若宝镜,至于宋初已十分秀丽。重湖,是指西湖中的白堤将湖面分割成的里湖和外湖。叠山,是指灵隐山、南屏山、慧日峰等重重叠叠的山岭。湖山之美,词人先用"清嘉"二字概括,接下去写山上的桂子、湖中的荷花。这两种花也是代表杭州的典型景物。

柳永这里以工整的一联,描写了不同季节的两种花。"三秋桂子,十里荷花"这两句确实写得高度凝炼,它把西湖以至整个杭州最美的特征概括出来,具有撼动人心的艺术力量。"羌管弄晴,菱歌泛夜",对仗也很工稳,情韵亦自悠扬。

"泛夜""弄晴",互文见义,说明不论白天或是夜晚,湖面上都荡漾着优美的笛曲和采菱的歌声。着一"泛"字,表示那是湖中的船上,"嬉嬉钓叟莲娃",是说吹羌笛的渔翁,唱菱歌的采莲姑娘都很快乐。"嬉嬉"二字,则将他们的欢乐神态,作了栩栩如生的描绘,生动地描绘了一幅国泰民安的游乐图卷。

接着词人写达官贵人游乐的场景。成群的马队簇拥着高高的牙旗,缓缓而来,一派喧赫声势。笔致洒落,音调雄浑,仿佛令人看到一位威武而又风流的地方长官,饮酒赏乐,啸傲于山水之间。"异日图将好景,归去凤池夸。"是这首词的结束语。凤池,即凤凰池,本是皇帝禁苑中的池沼。魏晋时中书省地近宫禁,因以为名。

"好景"二字,将如上所写和不及写的,尽数包拢。意谓当达官贵人们召还之日,合将好景画成图本,献与朝廷,夸示于同僚,谓世间真存如此一人间仙境。以达官贵人的不思离去,烘托出西湖之美。

《望海潮》词调始见于《乐章集》,为柳永所创的新声。这首词写的是杭州的富庶与美丽。艺术构思上匠心独运,上片写杭州,下片写西湖,以点带面,明暗交叉,铺叙晓畅,形容得体。其写景之壮伟、声调之激越,与东坡亦相去不远。特别是,由数字组成的词组,如"三吴都会""十万人家""三秋桂子""十里荷花""千骑拥高牙"等词中的运用,或为实写,或为虚指,均带有夸张的语气,有助于形成柳永式的豪放词风。

八声甘州·对潇潇暮雨洒江天

【创作背景】

柳永出身士族家庭,从小接受儒家思想文化熏陶,有求仕用世之志。因其天性浪漫,极具音乐天赋,适逢北宋安定统一,城市繁华,开封歌楼妓馆林林总总,被流行歌曲吸引,乐与伶工、歌妓为伍。初入仕,竟因谱写俗曲歌词,遭致当权者挫辱,而不得伸其志。他于是浪迹天涯,用词抒写羁旅之志和怀才不遇的痛苦愤懑。《八声甘州》即此类词的代表作。被苏轼称赞其佳句为"不减唐人高处"。

【诗词原文】

八声甘州·对潇潇暮雨洒江天

对潇潇暮雨洒江天,一番洗清秋①。

渐霜风②凄紧③,关河④冷落,残照⑤当楼。

是处⑥红衰翠减⑦,苒苒⑧物华休⑨。

惟有长江水,无语东流。

不忍登高临远,望故乡渺邈⑩,归思⑪难收。

叹年来踪迹,何事苦淹留⑫。

想佳人⑬妆楼颙望⑭,误几回⑮、天际⑯识归舟。

争⑰知我,倚栏杆处⑱,正恁⑲凝愁⑳!

【诗词注解】

①对潇潇暮雨洒江天,一番洗清秋:写眼前的景象。潇潇暮雨在辽阔江天飘洒,经过一番雨洗的秋景分外晴朗寒凉。潇潇,下雨声。一说雨势急骤的样子。一作"萧萧",义同。清秋,清冷的秋景。

②霜风:指秋风。

③凄紧:凄凉紧迫。

④关河:关塞与河流,此指山河。

⑤残照:落日余光。当,对。

⑥是处:到处。

⑦红衰翠减:指花叶凋零。红,代指花。翠,代指绿叶。此句为借代用法。

⑧苒苒(rǎn):同"荏苒",形容时光消逝,渐渐(过去)的意思。

⑨物华:美好的景物。休:这里是衰残的意思。

⑩渺邈(miǎo):远貌,渺茫遥远。一作"渺渺",义同。

⑪归思(旧读:sì,作心绪愁思讲):渴望回家团聚的心思。

⑫淹留:长期停留。

⑬佳人:美女。古诗文中常用代指自己所怀念的对象。

⑭颙(yóng)望:抬头凝望。颙,一作"长"。

⑮误几回:多少次错把远处驶来的船只当作心上人的归舟。语意出温庭筠《望江南》词:"过尽千帆皆不是,斜晖脉脉水悠悠,肠断白苹洲。"

⑯天际,指目力所能达到的极远之处。

⑰争(zěn):怎。

⑱"倚栏杆处"即"倚栏杆时"。处,这里表示时间。

⑲恁(nèn):如此。

⑳凝愁:愁苦不已,愁恨深重。凝,表示一往情深,专注不已。

【诗词译文】

面对着潇潇暮雨从天空洒落在江面上,经过一番雨洗的秋景,分外寒凉晴朗。凄凉的霜风一阵紧似一阵,关山江河一片冷清萧条,落日的余光照耀在高楼上。到处红花凋零翠叶枯落,一切美好的景物渐渐地衰残。只有那滔滔的长江水,不声不响地向东流淌。

不忍心登高遥看远方,眺望渺茫遥远的故乡,渴求回家的心思难以收拢。叹息这些年来的行踪,为什么苦苦地长期停留在异乡?想起美人,正在华丽的楼上抬头凝望,多少次错把远处驶来的船当作心上人回家的船。她哪会知道我,倚着栏杆,愁思正如此的深重。

【诗词精讲】

《八声甘州·对潇潇暮雨洒江天》抒写了作者漂泊江湖的愁思和仕途失意的悲慨。词中表达了作者常年宦游在外,于清秋薄暑时分,感叹漂泊的生涯和思念情人的心情。这种他乡作客叹老悲秋的主题,在封建时代文人中带有普遍意义。但作者在具体抒情上,具有特色。

词的上片写作者登高临远,景物描写中融注着悲凉之感。一开头,总写秋景,雨后江天,澄澈如洗。头两句"对潇潇暮雨洒江天,一番洗清秋。"用"对"字作领字,勾画出词人正面对着一幅暮秋傍晚的秋江雨景。

"洗"字生动真切,潜透出一种情心。"潇"和"洒"字,用来形容暮雨,仿佛使人听到了雨声,看到了雨的动态。接着写高处景象,连用三个排句:"渐霜风凄惨,关何冷落,残照妆楼。"进一步烘托凄凉、萧索的气氛,连一向鄙视柳词的苏轼也赞叹"此语于诗句不减唐人高处"(赵令畤《侯鲭录》)。

所谓"不减唐人高处",主要是指景中有情,情景交融,悲壮阔大;凄冷的寒风和着潇潇暮雨紧相吹来,关山江河都冷落了,残日的余晖映照着作者所在的高楼,所写的每一个景色里,都渗透着作者深沉的感情。

这三句由"渐"字领起。雨后傍晚的江边,寒风渐冷渐急,身上的感觉如此,眼前看到的也是一片凄凉。"关河"星是冷落的,词人所在地也被残阳笼罩,同样是冷落的,景色苍茫辽阔,境界高远雄浑,勾勒出深秋雨后的一幅悲凉图景,也渗透进了天涯游客的忧郁伤感。

"是处红衰翠减,苒苒物华休。"这两句写低处所见,到处花落叶败,万物都在凋零,更引起作者不可排解的悲哀。这既是景物描写,也是心情抒发,看到花木都凋零了,自然界的变化不能不引起人的许多感触,何况又是他乡作客之人。

作者却没明说人的感触,而只用"长江无语东流"来暗示出来。词人认为"无语"便是无情。"惟有"二字暗示"红衰翠减"的花木不是无语无情的,登高临远的旅人当然更不是无语无情的,只有长江水无语东流,对长江水的指责无理而有情。在无语东流的长江水中,寄托了韶华易逝的感慨。

上片以写景为主,但景中有情,从高到低,由远及近,层层铺叙,把大自然的浓郁秋气与内心的悲哀感慨完全融合在一起,淋漓酣畅而又兴象超远。

词的下片由景转入情,由写景转入抒情。写对故乡亲人的怀念,换头处即景抒情,表达想念故乡而又不忍心登高,怕引出更多的乡思的矛盾心理。

从上片写到的景色看,词人本来是在登高临远,而下片则用"不忍登高临远"一句,"不忍"二字领起,在文章方面是转折翻腾,在感情方面是委婉伸屈。登高临远是为了看看故乡,故乡太远是望而不见,看到的则是引起相思的凄凉景物,自然使人产生不忍的感情。"望故乡渺邈,归思难收",实际上这是全词中心。

"叹年来踪迹,何事苦淹留。"这两句向自己发问,流露出不得已而淹留他乡的凄苦之情,回顾自己落魄江湖,四处漂泊的经历。扪心自问究竟是因为什么。问中带恨,发泄了被人曲意有家难归的深切的悲哀。有问无答,因为诗人不愿说出来,显得很含蓄。

一个"叹"字所传出的是千思百回的思绪,和回顾茫然的神态,准确而又传神。"想佳人,妆楼颙望,误几回,天际识归舟?"又从对方写来,与自己倚楼凝望对照,进一步写出两地想念之苦,并与上片寂寞凄清之景相照应。虽说是自己思乡,这里却设想着故乡家人正盼望自己归来。

佳人怀念自己,处于想象。本来是虚写,但词人却用"妆楼颙望,误几回,天际识归舟"这样的细节来表达怀念之情。仿佛实有其事,见人映己,运虚于实,情思更为悱恻动人。结尾再由对方回到自己,说佳人在多少次希望和失望之后,肯定会埋怨自己不想家,却不知道"倚阑"远望之时的愁苦。

"倚阑""凝愁"本是实情,但却从对方设想用"争知我"领起,化实为虚,显得十分空灵,感情如此曲折,文笔如此变化,实在难得。结尾与开头相呼应,理所当然地让人认为一切景象都是"倚阑"所见,一切归思都由"凝愁"引出,生动地表现了思乡之苦和怀人之情。

全词一层深一层,一步接一步,以铺张扬厉的手段,曲折委婉地表现了登楼凭栏、望乡思亲的羁旅之情。通篇结构严密,跌宕开阖,呼应灵活,首尾照应,很能体现柳永词作的艺术特色。

少年游·长安古道马迟迟

【创作背景】

柳永晚年到过古都长安,这首词抒发了他功名冷淡、风情减尽和往事不堪回首的凄凉心怀。

【诗词原文】

少年游·长安古道马迟迟

长安古道马迟迟^①,高柳乱蝉嘶^②。

夕阳鸟^③外,秋风原上^④,目断四天垂^⑤。

归云一去无踪迹^⑥,何处是前期^⑦?

狎兴^⑧生疏,酒徒^⑨萧索,不似少年时^⑩。

【诗词注解】

①马迟迟:马行缓慢的样子。

②乱蝉嘶:一作"乱蝉栖"。

③鸟:又作"岛",指河流中的洲岛。

④原上:乐游原上,在长安西南。

⑤目断:极目望到尽头。四天垂:天的四周夜幕降临。

⑥归云:飘逝的云彩。这里比喻往昔经历而现在不可复返的一切。此句一作"归去一云无踪迹"。

(7)前期:以前的期约。既可指往日的志愿心期又可指旧日的欢乐约期。

⑧狎兴:游乐的兴致。狎,亲昵而轻佻。

⑨酒徒:酒友。萧索:零散,稀少,冷落,寂寞。

⑩少年时:又作"去年时"。

【诗词译文】

在长安古道上骑着瘦马缓缓行走,高高的柳树秋蝉乱嘶啼。夕阳照射下,秋风在原野上劲吹,我举目远望,看见天幕从四方垂下。

归去的云一去杳无踪迹,往日的期待在哪里?冶游饮宴的兴致已衰减,过去的酒友也都寥落无几,现在的我已不像以前年轻的时候了。

【诗词精讲】

一般人论及柳永词者,往往多着重于他在长调慢词方面的拓展,其实他在小令方面的成就,也是极可注意的。

叶嘉莹在《论柳永词》一文中,曾经谈到柳词在意境方面的拓展,以为唐五代小令中所叙写的"大多不过是闺阁园亭伤离怨别的一种'春女善怀'的情意",而柳词中一些"自抒情意的佳作",则写出了"一种'秋士易感'的哀伤"。这种特色,在他的一些长调的佳作,如《八声甘州》《曲玉管》《雪梅香》诸词中，都曾经有很明朗的表现。

然而柳词之拓展，却实在不仅限于其长调慢词而已，就是他的短小的令词，在内容意境方面也同样有一些可注意的开拓。就如这一首《少年游》小词，就是柳永将其"秋士易感"的失志之悲，写入了令词的一篇代表作。

柳永之所以往往怀有一种"失志"的悲哀，盖由于其一方面既因家世之影响，而曾经怀有用世之志意，而另一方面则又因天性之禀赋而爱好浪漫的生活。当他早年落第之时，虽然还可以借着"浅斟低唱"来加以排遣，而当他年华老去之后，则对于冶游之事即已失去了当年的意兴，于是遂在志意的落空之后，又增加了一种感情也失去了寄托之所的悲慨。而最能传达出他的双重悲慨的便是这首《少年游》小词。

这首小词，与柳永的一些慢词一样，所写的也是秋天的景色，然而在情调与声音方面，却有着很大的不同。在这首小词中，柳永既失去了那一份高远飞扬的意兴，也消逝了那一份迷恋眷念的感情，全词所弥漫的只是一片低沉萧瑟的色调和声音。从这种表现来判断，这首词很可能是柳永的晚期之作。

开端的"长安"可以有写实与托喻两重含义。先就写实而言，则柳永确曾到过陕西的长安，他曾写有另一首《少年游》，有"参差烟树灞陵桥"之句，足可为证。再就托喻言，"长安"原为中国历史上著名古都，前代诗人往往以"长安"借指为首都所在之地，而长安道上来往的车马，便也往往被借指为对于名利禄位的争逐。

不过柳永此词在"马"字之下接上"迟迟"两字，这便与前面的"长安道"所可能引起的争逐的联想，形成了一种强烈的反衬。至于在"道"字上着以一"古"字，则又可以使人联想及在此长安道上的车马之奔驰，原是自古而然，因而遂又可产生无限沧桑之感。总之，"长安古道马迟迟"一句意蕴深远，既表现了词人对争逐之事早已灰心淡薄，也表现了一种对古今沧桑的若有深慨的思致。

下面的"高柳乱蝉嘶"一句，有的本子或作"乱蝉栖"，但蝉之为体甚小，蝉之栖树决不同于鸦之栖树之明显可见，而蝉之特色则在于善于嘶鸣，故私意以为当作"乱蝉嘶"为是。而且秋蝉之嘶鸣更独具一种凄凉之意。

《古诗十九首》云"秋蝉鸣树间"，曹植《赠白马王彪》去"寒蝉鸣我侧"，便都表现有一种时节变易、萧瑟惊秋的哀感。柳永则更在蝉嘶之上，还加上了一个"乱"字，如此便不仅表现了蝉声的缭乱众多，也表现了被蝉嘶而引起哀感的词人心情的缭乱纷纭。至于"高柳"二字，则一则表示了蝉嘶所在之地，再则又以"高"字表现了"柳"之零落萧疏，是其低垂的浓枝密叶已凋零，所以乃弥见其树之"高"也。

下面的"夕阳鸟外，秋风原上，目断四天垂"三句，写词人在秋日郊野所见之萧瑟凄凉的景象,"夕阳鸟外"一句,也有的本子作"岛外",非是。长安道上不可能有"岛"。至于作"鸟外",则足以表现郊原之寥阔无垠。

昔杜牧有诗云"长空澹澹孤鸟没",飞鸟之隐没在长空之外,而夕阳之隐没更在飞鸟之外,故曰"夕阳鸟外"也。值此日暮之时,郊原上寒风四起,故又曰"秋风原上",此景此情,读之如在眼前。然则在此情景之中,此一失志落拓之词人,难有所归往之处。故继之乃曰"目断四天垂",则天之苍苍,野之茫茫,词人乃双目望断而终无一可供投止之所矣。以上前半片是词人自写其当时之飘零落拓,望断念绝,全自外界之景象着笔,而感慨极深。

下片,开始写对于过去的追思,则一切希望与欢乐也已经不可复得。首先"归云一去无踪迹"一句,便已经是对一切消逝不可复返之事物的一种象喻。盖天下之事物其变化无常一逝不返者,实以"云"之形象最为明显。故陶渊明《咏贫士》第一首便曾以"云"为象喻,而有"暖暖空中灭,何时见余晖"之言,白居易《花非花》词,亦有"去似朝云无觅处"之语,而柳永此句"归云一去无踪迹"七字,所表现的长逝不返的形象,也有同样的效果。不过其所托喻的主旨则各有不同。关于陶渊明与白居易的象喻,此处不暇详论。

至于柳永词此句之喻托,则其口气实与下句之"何处是前期"直接贯注。所谓"前期"者,可以有两种提示:一则是指旧日之志意心期,一则可以指旧日的欢爱约期。总之"期"字乃是一种愿望和期待,对于柳永而言,他可以说正是一个在两种期待和愿望上,都已经同样落空了的不幸人物。

于是下面三句乃直写自己当时的寂寥落寞,曰"狎兴生疏,酒徒萧索,不似少年时"。早年失意之时的"幸有意中人,堪寻访"的狎玩之意兴,已经冷落荒疏,而当日与他在一起歌酒流连的"狂朋怪侣"也都已老大凋零。

志意无成,年华一往,于是便只剩下了"不似少年时"的悲哀与叹息。这一句的"少年时"三字,很多本子都作"去年时"。本来"去年时"三字也未尝不好,盖人当老去之时,其意兴与健康之衰损,往往会不免有一年不及一年之感。故此句如作"去年时",其悲慨亦复极深。不过,如果就此词前面之"归云一去无踪迹,何处是前期"诸句来看,则其所追怀眷念的,似乎原当是多年以前的往事,如此则承以"不似少年时",便似乎更为气脉贯注,也更富于伤今感昔的慨叹。

柳永这首《少年游》词,前片全从景象写起,而悲慨尽在言外;后片则以"归云"为喻象,写一切期望之落空,最后三句以悲叹自己之落拓无成作结。全词情景相生,虚实互应,是一首极能表现柳永一生之悲剧而艺术造诣又极高的好词。

总之,柳永以一个禀赋有浪漫之天性及谱写俗曲之才能的青年人,而生活于当日之士族的家庭环境及社会传统中,本来就已经注定了是一个充满矛盾不被接纳的悲剧人物,而他自己由后天所养成的用世之意,与他自己先天所禀赋的浪漫的性格和才能,也彼此互相冲突。

他的早年时,虽然还可以将失意之悲,借歌酒风流以自遣,但是歌酒风流却毕竟只是一种麻醉,而并非可以长久依恃之物,于是年龄大了之后,遂终于落得了志意与感情全部落空的下场。

昔叶梦得《避署录话》卷记下柳永以谱写歌词而终生不遇之故事,曾慨然论之曰:"永亦善他文辞,而偶先以是得名,始悔为己累,……而终不能救。择术不可不慎。"柳永的悲剧是值得后人同情,也值得后人反省的。

定风波·自春来

【创作背景】

柳永的身世处境,使他对处于社会下层的妓女生活,有着很深的了解,对她们的思想感情也有着很深的了解。《定风波》就是一首描写得很成功的以妇女为主人公的词。

【诗词原文】

定风波·自春来

自春来、惨绿愁红,芳心是事可可①。

日上花梢,莺穿柳带,犹压香衾卧。

暖酥消②、腻云亸③,终日厌厌倦梳裹。

无那④。恨薄情一去,音书无个。

早知恁么⑤,悔当初、不把雕鞍锁。

向鸡窗⑥,只与蛮笺象管⑦,拘束教吟课。

镇相随⑧、莫抛躲,针线闲拈伴伊坐。

和我⑨,免使年少,光阴虚过。

【诗词注解】

①是事可可:对什么事情都不在意,无兴趣。一切事全含糊过去。可可:无关紧要;不在意。

②暖酥:极言女子肌肤之好。

③腻云:代指女子的头发。亸(duǒ):下垂貌。

④无那:无奈。

⑤恁么:这么。

⑥鸡窗:指书窗或书房。语出《幽明录》:"晋兖州刺史沛国宋处宗尝得一长鸣鸡,爱养甚至,恒笼著窗间。鸡遂作人语,与处宗谈论极有言智,终日不辍。处宗因此言巧大进。"(《艺文类聚·鸟部》卷九十一引)。

⑦蛮笺象管:纸和笔。蛮笺:古时四川所产的彩色笺纸。象管:即象牙做的笔管。

⑧镇:常。

⑨和:允诺。

【诗词译文】

自入春以来,见到那绿叶红花也像是带着愁苦,我这一寸芳心越显得百无聊赖。太阳已经升到了树梢,黄莺开始在柳条间穿飞鸣叫,我还拥着锦被没有起来。细嫩的肌肤已渐渐消瘦,满头的秀发低垂散乱,终日里心灰意懒,没心情对镜梳妆。真无奈,可恨那薄情郎自从去后,竟连一封书信也没有寄回来。

早知如此,悔当初没有把他的宝马锁起来。真该把他留在家里,只让他与笔墨为伍,让他吟诗作词,寸步不离开。我也不必躲躲闪闪,整日里与他相伴,手拿着针线与他相倚相挨。有他厮守,免得我青春虚度,苦苦等待。

【诗词精讲】

这是一首写爱情的词篇,具有鲜明的民间风味,是柳永"俚词"中具有代表性的作品。这首词以一个少妇(或妓女)的口吻,抒写她同恋人分别后的相思之情,刻画出一个天真无邪的少妇形象。这首描写闺怨的词在宋元时期曾经广为流传,受到普通民众,尤其是歌妓的喜爱。到了元代时,关汉卿更是把它写进了描写柳永与歌妓恋情的杂剧《谢天香》里。

上片,通过艳丽春光和良辰美景来衬托少妇的孤寂之情。开头三句,写春回大地,万紫千红。少妇因此反而增愁添恨。这里暗示出,过去的春天她曾与"薄情"者有过一段火热的恋情生活。

次三句,写红日高照,莺歌燕舞,是难得的良辰美景,而她却怕触景伤情,拥衾高卧。接三句,写肌肤消瘦,懒于梳妆打扮。这和《诗经·卫风·伯兮》"自伯之东,首如飞蓬,岂无膏沐,谁适为容"的精神是一致的,表现出对爱情的坚贞不渝。

末三句,揭示出这位少妇之所以"倦梳裹"的真正原因:"恨薄情一去,音信无个。"作者在上片用的是一种倒叙手法,不仅总结上片中的三个层次,而且还很自然地引出下面的内心活动和感情的直接抒发。

下片,极写内心的悔恨和对美好生活的向往。头三句,点明"悔"字,反映出这位少妇的悔恨之情。继之,又用"锁"字与此相衬,烘托出感情的真挚、热烈与性格的泼辣。在特别重视功名利禄的封建社会,一个闺中少妇为了爱情而敢于设想把丈夫"锁"在家里,这无疑是一个大胆的反叛行动。这位少妇的举措,可以使人联想到《红楼梦》中林黛玉对功名利禄和仕途经济的批判,而且与柳永《鹤冲天》词中所反映的思想感情也是一脉相承的。

中六句是对理想中的爱情生活的设想和追求。他们坐在窗明几净的书房里吟诗作赋,互相学习,终日形影不离。结尾三句明确责示对青春的珍惜和对生活的热爱。

这首词具有浓厚的民歌风味。它不仅吸取了民歌的特点,保留了民间词的风味,而且还具有鲜明的时代特色。作者没有采取传统的比兴手法,也不运用客观的具体形象来比喻和暗示自己爱情的炽烈与坚贞,而是采取感情的直接抒写和咏叹。

词中,感情的奔放热烈带有一种赤裸无遗的色彩,明显地具有一种市民性。这是柳永生活时代都市高度繁荣的客观反映。

从思想上看,这首词明显带有市民意识。这首词的另一特点是语言通俗,口吻自然,纯用白描,这说明柳永在向民间词学习方面获得了巨大的成功。他扩大了"俚词"的创作阵地,丰富了词的内容和词的表现力。以深切的同情,抒写了沦落于社会下层的歌伎们的思想感情,反映了她们对幸福生活的追求与向往,以及内心的烦恼与悔恨。

王安石

王安石(1021—1086 年),北宋政治家、文学家。字介甫,号半山,人称半山居士。封为舒国公,后又改封荆国公。世人又称"王荆公"。北宋临川县城盐埠岭(今临川区邓家巷)人。庆历二年(1042 年)登杨寘榜进士第四名,先后任淮南判官、鄞县知县、舒州通判、常州知州、提点江东刑狱等地方的官吏。治平四年(1067 年)神宗初即位,诏安石知江宁府,旋召为翰林学士。熙宁二年(1069 年)提为参知政事,从熙宁三年(1070 年)起,两度任同中书门下平章事,推行新法。熙宁九年(1076 年)罢相后,隐居,病死于江宁(今江苏南京市)钟山,谥号"文",又称王文公。其政治变法对北宋后期社会经济具有很深的影响,已具备近代变革的特点,被列宁誉为"中国十一世纪伟大的改革家"。在文学中具有突出成就,为"唐宋八大家"之一。其诗"学杜得其瘦硬",擅长于说理与修辞,善于用典故,风格遒劲有力,警辟精绝,也有情韵深婉的作品。有《临川先生文集》。

梅花

【创作背景】

王安石变法的新主张被推翻,两次辞相两次再任,放弃了改革。这首诗是王安石罢相之后退居钟山后所作。

【诗词原文】

梅花

墙角数枝梅,凌寒①独自开。

遥知②不是雪,为有暗香③来。

【诗词注解】

①凌寒:冒着严寒。

②遥:远远地。知:知道。

③为(wèi):因为。暗香:指梅花的幽香。

【诗词译文】

那墙角的几枝梅花,冒着严寒独自盛开。为什么远望就知道洁白的梅花不是雪呢?因为梅花隐隐传来阵阵的香气。

【诗词精讲】

《梅花》是北宋诗人王安石所作的一首五言绝句。诗中以梅花的坚强和高洁品格喻示那些像诗人一样,处于艰难、恶劣的环境中依然能坚持操守、主张正义,为国家强盛而不畏排挤和打击的人。

"墙角数枝梅","墙角"不引人注目,不易为人所知,更未被人赏识,却又毫不在乎。"墙角"这个环境突出了数枝梅花身居简陋、孤芳自开的形态。体现出诗人所处环境恶劣,却依旧坚持自己的主张的态度。

"凌寒独自开","独自"语意刚强,无惧旁人的眼光,在恶劣的环境中,依旧屹立不倒。体现出诗人坚持自我的信念。

"遥知不是雪","遥知"说明香从老远飘来,淡淡的,不明显。诗人嗅觉灵敏,独具慧眼,善于发现。"不是雪",不说梅花,而梅花的洁白可见。意谓远远望去十分纯净洁白,但知道不是雪而是梅花。诗意曲折含蓄,耐人寻味。暗香清幽的香气。

"为有暗香来","暗香"指的是梅花的香气,以梅拟人,凌寒独开,喻典品格高贵;暗香沁人,象征其才气谯溢。

词首二句写墙角梅花不惧严寒,傲然独放,词末二句写梅花洁白鲜艳,香气四溢,赞颂了梅花的风度和品格,这正是诗人幽冷倔强性格的写照。诗人通过对梅花不畏严寒的高洁品性的赞赏,用雪喻梅的冰清玉洁,又用"暗香"点出梅胜于雪,说明坚强高洁的人格所具有的伟大的魅力。

作者在北宋极端复杂和艰难的局势下,积极改革,而得不到支持,其孤独心态和艰难处境,与梅花自然有共通的地方。这首小诗意味深远,而语句又十分朴素自然,没有丝毫雕琢的痕迹。

泊船瓜洲

【创作背景】

北宋景佑四年(1037 年),王安石随父王益定居江宁(今江苏南京),王安石是在那里长大的,对钟山有着深厚的感情。宋神宗熙宁二年(1069 年),王安石被任命为参知政事(副宰相);次年被任命为同乎章事(宰相),开始推行变法。由于反对势力的攻击,他几次被迫辞去宰相的职务。这首诗写于熙宁八年(1075 年)二月,正是王安石第二次拜相进京之时。

【诗词原文】

泊船①瓜洲

京口②瓜洲③一水④间⑤,钟山⑥只隔数重山。

春风又绿⑦江南岸,明月何时照我还⑧。

【诗词注解】

①泊船:停船。泊,停泊。指停泊靠岸。

②京口:古城名。故址在江苏镇江市。

③瓜洲:镇名,在长江北岸,扬州南郊,即今扬州市南部长江边,京杭运河分支入江处。

④一水:一条河。古人除将黄河特称为"河",长江特称为"江"之外,大多数情况下称河流为"水",如汝水、汉水、浙水、湘水、澧水等。这里的"一水"指长江。一水间指一水相隔之间。

⑤间:根据平仄来认读 jiàn,四声。

⑥钟山:今南京市紫金山。

⑦绿:吹绿,拂绿。

⑧还:回。

【诗词译文】

京口和瓜洲之间只隔着一条长江,我所居住的钟山隐没在几座山峦的后面。暖和的春风啊,吹绿了江南的田野,明月什么时候才能照着我回到钟山下的家里?

【诗词精讲】

诗以"泊船瓜洲"为题,点明诗人的立足点。

首句"京口瓜洲一水间"写了望中之景,诗人站在瓜洲渡口,放眼南望,看到了南边岸上的"京口"与"瓜洲"这么近,中间隔一条江水。"一水间"三字,形容舟行迅疾,顷刻就到。

次句"钟山只隔万重山",以依恋的心情写他对钟山的回望,王安石于景佑四年(1037年)随父王益定居江宁,从此江宁便成了他的息肩之地,第一次罢相后即寓居江宁钟山。

"只隔"两字极言钟山之近在咫尺。把"万重山刀的间隔说得如此平常,反映了诗人对于钟山依恋之深;而事实上,钟山毕竟被"万重山"挡住了,因此诗人的视线转向了江岸。

第三句"春风又绿江南岸",描绘了江岸美丽的春色,寄托了诗人浩荡的情思。其中"绿"字是经过精心筛选的,极其富于表现力。

这是因为以下三点。

一、前四字都只从风本身的流动着想,粘皮带骨,以此描写看不见的春风,依然显得抽象,也缺乏个性;"绿"字则开拓一层,从春风吹过以后产生的奇妙的效果着想,从而把看不见的春风转换成鲜明的视觉形象——春风拂煦,百草始生,千里江岸,一片新绿。这就写出了春风的精神,诗意也深沉得多了。

二、本句描绘的生机盎然的景色与诗人奉召回京的喜悦心情相谐合,"春风"一词,既是写实,又有政治寓意。"春风"实指皇恩。宋神宗下诏恢复王安石的相位,表明他决心要把新法推行下去。对此,诗人感到欣喜。他希望凭借这股温暖的春风驱散政治上的寒流,开创变法的新局面。这种心情,用"绿"字表达,最微妙,最含蓄。

三、"绿"字还透露了诗人内心的矛盾,而这正是本诗的主旨。鉴于第一次罢相前夕朝廷上政治斗争的尖锐复杂,对于这次重新入相,他不能不产生重重的顾虑。变法图强,遐希翟契是他的政治理想;退居林下,吟咏情性,是他的生活理想。由于变法遇到强大阻力,他本人也受到反对派的猛烈攻击,秀丽的钟山、恬静的山林、对他产生了很大的吸引力。

《楚辞·招隐士》:"王孙游兮不归,春草生兮萋萋。"王维《送别》:"春草年年绿,王孙归不归?",都是把草绿与思归联系在一起的。本句暗暗融入了前人的诗意,表达了作者希望早日辞官归家的心愿。这种心愿,至结句始明白揭出。

毋庸讳言,用"绿"字描写春风,唐人不乏其例。李白《侍从宜春苑奉诏赋龙池柳色初晴听新莺百啭歌》:"春风已绿瀛洲草,紫段红楼觉春好。"丘为《题农父庐舍》:"春风何时至? 已绿湖上山。"温庭筠《敬答李先生》:"绿昏晴气春风岸,红漾轻轮野水天",常建的《闲斋卧雨行药至山管稍次湖庭》:"主人山门绿,小隐湖中花。"等,都为王安石提供了借鉴,但从表现思想感情的深度来说,上述数例,而"山门""山""草"皆可绿,而江南岸的绿却是颇有动感,青出于蓝而胜于蓝。

结句"明月何时照我还",从时间上说,已是夜晚。诗人回望即久,不觉红日西沉,皓月初上。隔岸的景物虽然消失在朦胧的月色之中,而对钟山的依恋却愈益加深。他相信自己投老山林,终将有日,故结尾以设问句式表达了这一想法。

元日

【创作背景】

此诗作于作者初拜相而始行己之新政时。1067 年宋神宗继位,起用王安石为江宁知府,旋即诏为翰林学士兼侍讲,为摆脱宋王朝所面临的政治、经济危机以及辽、西夏不断侵扰的困境,1068 年,神宗召王安石"越次入对",王安石即上疏主张变法。次年任参知政事,主持变法。同年新年,王安石见家家忙着准备过春节,联想到变法伊始的新气象,有感创作了此诗。

【诗词原文】

元日①

爆竹声中一岁除②,

春风送暖入屠苏③。

千门万户瞳瞳日④,

总把新桃换旧符⑤。

【诗词注解】

①元日:农历正月初一,即春节。

②爆竹:古人烧竹子时使竹子爆裂发出的响声。用来驱鬼避邪,后来演变成放鞭炮。一岁除:一年已尽。除,逝去。

③屠苏:"指屠苏酒,饮屠苏酒也是古代过年时的一种习俗,大年初一全家合饮这种用屠苏草浸泡的酒,以驱邪避瘟疫,求得长寿。"

④千门万户:形容门户众多,人口稠密。瞳瞳:日出时光亮而温暖的样子。

⑤桃:桃符,古代一种风俗,农历正月初一时人们用桃木板写上神荼、郁垒两位神灵的名字,悬挂在门旁,用来压邪。也作春联。

【诗词译文】

阵阵轰鸣的爆竹声中,旧的一年已经过去;和暖的春风吹来了新年,人们欢乐地畅饮着新酿的屠苏酒。初升的太阳照耀着千家万户,他们都忙着把旧的桃符取下,换上新的桃符。

【诗词精讲】

《元日》是北宋政治家王安石创作的一首七言绝句。这首诗描写新年元日热闹、欢乐和万象更新的动人景象，抒发了作者革新政治的思想感情，充满欢快及积极向上的奋发精神。

一片爆竹声送走了旧的一年，饮着醇美的屠苏酒感受到了春天的气息。初升的太阳照耀着千家万户，家家门上的桃符都换成了新的。

这是一首写古代迎接新年的即景之作，取材于民间习俗，敏感地摄取老百姓过春节时的典型素材，抓住有代表性的生活细节：点燃爆竹，饮屠苏酒，换新桃符，充分表现出年节的欢乐气氛，富有浓厚的生活气息。

"爆竹声中一岁除，春风送暖入屠苏。"逢年过节燃放爆竹，这种习俗古已有之，一直延续至今。古代风俗，每年正月初一，全家老小喝屠苏酒，然后用红布把渣滓包起来，挂在门框上，用来"驱邪"和躲避瘟疫。

第三句"千门万户曈曈日"，承接前面诗意，是说家家户户都沐浴在初春朝阳的光照之中。结尾一句描述转发议论。挂桃符，这也是古代民间的一种习俗。"总把新桃换旧符"，是个压缩省略的句式，"新桃"省略了"符"字，"旧符"省略了"桃"字，交替运用，这是因为七绝每句字数限制的缘故。

诗是人们的心声。不少论诗者注意到，这首诗表现的意境和现实，还自有它的比喻象征意义，王安石这首诗充满欢快及积极向上的奋发精神，是因为他当时正出任宰相，推行新法。王安石是北宋时期著名的改革家，他在任期间，正如眼前人们把新的桃符代替旧的一样，革除旧政，施行新政。王安石对新政充满信心，所以反映到诗中就分外开朗。

这首诗，正是赞美新事物的诞生如同"春风送暖"那样充满生机；"曈曈日"照着"千门万户"，这不是平常的太阳，而是新生活的开始，变法带给百姓的是一片光明。结尾一句"总把新桃换旧符"，表现了诗人对变法胜利和人民生活改善的欣慰喜悦之情。其中含有深刻哲理，指出新生事物总是要取代没落事物的这一规律。

这首诗虽然用的是白描手法，极力渲染喜气洋洋的节日气氛，同时又通过元日更新的习俗来寄托自己的思想，表现得含而不露。

桂枝香·金陵怀古

【创作背景】

此词可能是王安石出知江宁府时所作。宋英宗治平四年（1067 年），王安石第一次任江宁知府,写有不少咏史吊古之作;宋神宗熙宁九年(1076年)之后王安石被罢相,第二次出知江宁府。这首词当作于这两个时段的其中之一。

【诗词原文】

桂枝香①·金陵怀古

登临送目②,正故国③晚秋,天气初肃④。

千里澄江似练⑤,翠峰如簇⑥。

归帆去棹⑦残阳里,背西风,酒旗斜矗⑧。

彩舟云淡,星河鹭起⑨,画图难足⑩。

念往昔,繁华竞逐⑪,叹门外楼头⑫,悲恨相续⑬。

千古凭高⑭对此,谩嗟荣辱⑮。

六朝旧事随流水⑯,但寒烟衰草凝绿。

至今商女⑰,时时犹唱,后庭遗曲⑱。

【诗词注解】

①桂枝香:词牌名,又名"疏帘淡月",首见于王安石此作。金陵:今江苏南京。

②登临送目:登山临水,举目望远。送目:远目,望远。

③故国:即故都,旧时的都城。金陵为六朝故都,故称故国。

④初肃:天气刚开始萧肃。肃,萎缩,肃杀,形容草木枯落,天气寒而高爽。

⑤千里澄江似练:形容长江像一匹长长的白绢。语出谢朓《晚登三山还望京邑》:"余霞散成绮,澄江静如练。"澄江,清澈的长江。练,白色的绢。

⑥如簇:这里指群峰好像丛聚在一起。簇,丛聚。

⑦归帆去棹(zhào):往来的船只。棹,划船的一种工具,形似桨,也可引申为船。

⑧斜矗:斜插。矗,直立。

⑨"彩舟"两句:意谓结彩的画船行于薄雾迷离之中,犹在云内;华灯映水,繁星交辉,白鹭翩飞。这两句转写秦淮河,"彩舟"系代人玩乐的河上之船,与江上"征帆去棹"的大船不同。又与下片"繁华"相接,释为秦淮河较长江为妥。星河,天河,这里指秦淮河。鹭,白鹭,一种水鸟。一说指白鹭洲(长江与秦淮河相汇之处的小洲)。

⑩画图难足:用图画也难以完美地表现它。难足:难以完美地表现出来。

⑪豪华竞逐:(六朝的达官贵人)争着过豪华的生活。竞逐:竞相仿效追逐。

⑫门外楼头:指南朝陈亡国惨剧。语出杜牧《台城曲》:"门外韩擒虎,楼头张丽华。"韩擒虎是隋朝开国大将,统兵伐陈,他已带兵来到金陵朱雀门(南门)外,陈后主尚与他的

宠妃张丽华于结绮阁上寻欢作乐。陈后主、张丽华被韩俘获,陈亡于隋。门,指朱雀门。楼,指结绮阁。

⑬悲恨相续:指六朝亡国的悲恨,接连不断。

⑭凭高:登高。这是说作者登上高处远望。

⑮谩嗟荣辱:空叹历朝兴衰。荣,兴盛。辱,灭亡。这是作者的感叹。

⑯"六朝"两句:意谓六朝的往事像流水般消逝了,如今只有寒烟笼罩衰草,凝成一片暗绿色,而繁华无存了。六朝:指三国吴、东晋、南朝宋、齐、梁、陈六个朝代。它们都建都金陵。

⑰商女:酒楼茶坊的歌女。

⑱后庭遗曲:指歌曲《玉树后庭花》,传为陈后主所作,其辞哀怨绮靡,后人将它看成亡国之音。最后三句化用杜牧《泊秦淮》"商女不知亡国恨,隔江犹唱后庭花"诗意。

【诗词译文】

我登上城楼放眼远望,故都金陵正是深秋,天气已变得飒爽清凉。千里澄江宛如一条白练,青翠山峰像箭簇耸立前方。帆船在夕阳下往来穿梭,西风起处,斜插的酒旗在小街上飘扬。画船如同在淡云中浮游,白鹭好像在银河里飞舞,丹青妙笔也难描画这壮美风光。

遥想当年,故都金陵何等繁盛堂皇。可叹在朱雀门外结绮阁楼,六朝君主一个个地相继败亡。自古多少人在此登高怀古,无不对历代荣辱喟叹感伤。六朝旧事已随流水消逝,剩下的只有寒烟惨淡、绿草衰黄。时至今日,商女们时时地还把《后庭花》遗曲吟唱。

【诗词精讲】

作为一个伟大的改革家、思想家,王安石站得高、看得远。这首词通过对六朝历史教训的认识,表达了他对北宋社会现实的不满,透露出居安思危的忧患意识。

金陵为六朝古都所在。从三国时期东吴在此建都起,先后有东晋、宋、齐、梁、陈在此建都。到赵宋时,这里依然是市廛栉比,灯火万家,呈现出一派繁荣气象。

在地理上,金陵素称虎踞龙盘,雄伟多姿。大江西来折而向东奔流入海。山地、丘陵、江湖、河泊纵横交错。秦淮河如一条玉带横贯市内,玄武湖、莫愁湖恰似两颗明珠镶嵌在市区的左右。王安石正是面对这样一片大好河山,想到江山依旧、人事变迁,怀古而思今,写下了这篇"清空中有意趣"的政治抒情词。

此词上片描绘金陵壮丽景色,下片转入怀古,揭露六朝统治阶级"繁华竞逐"的腐朽生活,对六朝兴亡发出意味深长的感叹。登高望远、睹物抒怀,是中国古代文人惯用且喜用的方式。南朝的刘勰说:"原夫登高之旨,盖睹物兴情。"(《文心雕龙·诠赋》)。

词以"登临送目"四字领起,"登临"指登山临水,"送目"是远望的意思,为词拓出一个高远的视野。"正故国晚秋,天气初肃"点明了地点和季节,因为是六朝故都,乃称"故国","晚秋"与下句"初肃"相对,瑟瑟秋风,万物凋零,呈现出一种"悲秋"的氛围。此时此景,登斯楼也,则情以物迁,辞必情发,这就为下片的怀古所描述的遥远的时间作了铺垫。

"千里澄江似练,翠峰如簇","千里"二字,上承首句"登临送目"——登高远望即可纵目千里;下启"澄江似练,翠峰如簇"的大全景扫描,景象开阔高远。"澄江似练",脱化于谢朓诗句"澄江静如练",在此与"翠峰如簇"相对,不仅在语词上对仗严谨、工整,构图上还以曲线绵延("澄江似练")与散点铺展("翠峰如簇")相映成趣。既有平面的铺展,又有立体的呈现,一幅金陵锦绣江山图展现眼前。

"征帆去棹残阳里,背西风,酒旗斜矗"是在大背景之下对景物的具体描写,"残阳""西风",点出时下是黄昏时节,具有典型的秋日景物特点。"酒旗""征帆"是暗写在秋日黄昏里来来往往的行旅,人事匆匆,由纯自然的活动景物写到人的活动,画面顿时生动起来。

"彩舟云淡,星河鹭起"是大手笔中的点睛之处。"彩舟""星河",色彩对比鲜明;"云淡""鹭起",动静相生。远在天际的船罩上一层薄雾,水上的白鹭纷纷从银河上惊起,不仅把整幅金陵秋景图展现得活灵活现,而且进一步开拓观察的视野——在广漠的空间上,随着征帆渐渐远去,水天已融为一体,分不清哪里是水哪里是天。

如此雄壮宽广的气度,如此开阔旷远的视野,与王勃的《滕王阁序》,"落霞与孤鹜齐飞,秋水共长天一色"比较,两者展现的气度与视野不相上下,可谓异曲同工。正如林逋"秋山不可画,秋思亦无垠"所言,眼前所见,美不胜收,难以尽述,因此总赞一句"画图难足",结束上片。

下片怀古抒情。"念往昔"一句,由登临所见自然过渡到登临所想。"繁华竞逐"涵盖千古兴亡的故事。揭露了金陵繁华表面掩盖着纸醉金迷的生活。紧接着一声叹,"叹门外楼头,悲恨相续",此语出自杜牧的《台城曲》诗:"门外韩擒虎,楼头张丽华"。化用其意,以典型化手法,再现当时隋兵已临城下,陈后主居然对国事置若罔闻,在危难之际还在和妃子们寻欢作乐的可悲。这是亡国悲剧艺术缩影,嘲讽中深含叹惋。"悲恨相续",是指其后的统治阶级不以此为鉴,挥霍无度,沉溺酒色,江南各朝,覆亡相继:遗恨之余,嗟叹不已。

"千古凭高"二句,是直接抒情,凭吊古迹,追述往事,抒对前代吊古、怀古不满之情。"六朝旧事"二句,化用窦巩"伤心欲问前朝事,惟见江流去不回。日暮东风眷草绿,鹧鸪飞上越王台"之意,借"寒烟、衰草"寄惆怅心情。去的毕竟去了,六朝旧事随着流水一样消逝,如今除了眼前的一些衰飒的自然景象,更不能再见到什么。

更可悲的是"至今商女,时时犹唱,《后庭》遗曲"。融化了杜牧的《泊秦淮》中"商女不知亡国恨,隔江犹唱后庭花"的诗意。后庭遗曲是陈后主作的《玉树后庭花》。《隋书·五行志》说:"祯明初,后主创新歌,词甚哀怨,令后宫美人习而歌之。其辞曰:'玉树后庭花,花开不复久。'时人以为歌谶,此其不久兆也。"后来《玉树后庭花》就作为亡国之音。此句抒发了诗人深沉的感慨:不是商女忘记了亡国之恨,是统治者的醉生梦死,才使亡国的靡靡之音充斥在金陵的市井之中。

同时,这首词在艺术上也有成就,它体现了作者"一洗五代旧习"的文学主张。词本倚声,但王安石说:"古之歌者,皆先为词,后有声,故曰'诗言志,歌永言,声依永,律和声'。如今先撰腔子,后填词,却是'永依声'也。"(赵令畤《侯鲭录》卷七引)显然是不满意只把词当作一种倚声之作。这在当时是异端之论,但今天看来却不失其锐敏和先知先觉之处。

北宋当时的词坛虽然已有晏殊、柳永这样一批著名词人,但都没有突破"词为艳科"的樊篱,词风柔弱无力。他曾在读晏殊小词后,感叹说:"宰相为此可乎?"(魏泰《东轩笔录》引)。所以他自己作词,便力戒此弊,"一洗五代旧习"(刘熙载《艺概》卷四),指出向上一路,为苏轼等士大夫之词的全面登台,铺下了坚实的基础。

首先,这首词写景奇伟壮丽,气象开阔绵邈,充分显示出作者立足之高、胸襟之广。开头三句是泛写,寥寥数语即交代清楚时令、地点、天气,并把全词置于一个凭栏远眺的角度,一片秋色肃杀的气氛之中,气势已是不凡。以下"千里澄江似练"写水,"翠峰如簇"写山,从总体上写金陵的山川形势,更给全词描绘出一个广阔的背景。

"征帆"二句是在此背景之下对景物的具体描写。在滔滔千里的江面之上,无数征帆于落日余晖中匆匆驶去。这景色,与"斜阳外,寒鸦数点,流水绕孤村"(秦观《满庭芳》)相比,虽辽阔者同,然而,前者壮丽,后者凄清,风格迥异。而长江两岸众多参差的酒旗背着西风飘荡,与杜牧的"水村山郭酒旗风"相比,浓烈与俊爽之差别则显而易见。至于"彩舟云淡,星河鹭起",如同电影镜头的进一步推开,随着征帆渐渐远去,词人的视野也随之扩大,竟至把水天上下融为一体,在一个更加广漠的空间写出长江的万千仪态。远去的征帆像是漂漾在淡淡的白云里,飞舞的白鹭如同从银河上惊起。

读到这里,不禁使人想起王勃的《滕王阁序》:"落霞与孤鹜齐飞,秋水共长天一色。"一为千古传诵的骈文警句,一为前所未有的词中创境,实在是异曲而同工。此词景物有实有虚,色彩有浓有淡、远近交错、虚实结合、浓淡相宜,构成一幅巧夺天工的金陵风景图。其旷远、清新的境界,雄健、壮阔的风格,是那些"小园香径""残月落花"之作所无可比拟的。

　　其次,立意新颖,高瞻远瞩,表现出一个清醒的政治家的真知灼见。《桂枝香》下片所发的议论,绝不是慨叹个人的悲欢离合、闲愁哀怨,而是反映了他对国家民族命运前途的关注和焦急心情。前三句"念往昔豪华竞逐,叹门外楼头,悲恨相续",所念者,是揭露以金陵建都的六朝统治者,利用江南秀丽山川,豪华竞逐,荒淫误国;所叹者,是鄙夷他们到头来演出了一幕又一幕"门外楼头"式的悲剧,实在是既可悲又可恨。

　　"千古凭高"二句则是批判千古以来文人骚客面对金陵山川只知慨叹朝代的兴亡,却未能跳出荣辱的小圈子,站不到应有的高度,也就很难从六朝的相继覆灭中引出历史的教训。而如今,六朝旧事随着流水逝去了,眼前只剩下几缕寒烟笼罩着的毫无生机的衰草。这"寒烟衰草凝绿"显然流露出作者对北宋王朝不能励精图治的不满情绪。

　　全词重点在结句:"至今商女,时时犹唱,后庭遗曲。"所谓"后庭遗曲",是陈后主所制艳曲《玉树后庭花》。此意唐人杜牧也写过:"商女不知亡国恨,隔江犹唱后庭花。"然而,作者不似杜牧那样去责怪商女无知,而是指桑骂槐,意在言外:歌妓们至今还唱着亡国之音,正是因为当权者沉湎酒色,醉生梦死。然而,"玉树后庭花,花开不复久",如再不改弦易辙,采取富国强兵的措施,必然如六朝一样悲恨相续。此结句无异于对北宋当局的警告。

　　有人说,张昇的《离亭燕》是王安石《桂枝香》所本。如果从语言、句法来看,王词确受张词影响不小。然而,张昇对六朝的兴亡只是一种消极的伤感:"多少六朝兴废事,尽入渔樵闲话。怅望倚层楼,寒日无言西下。"两词的思想境界简直不可同日而语。

　　再次,章法上讲究起承转合,层次井然,极类散文的写法。上片首句"登临送目"四字笼罩全篇,一篇从此生发。次句"故国"二字点明金陵,为下片怀古议论埋下伏笔。以下写景先从总体写起,接着是近景,远景,最后以"画图难足"收住。既总结了以上写景,又很自然地转入下片议论。安排十分妥贴、自然。

　　下片拓开一层大发议论:金陵如此壮丽,然而它正是六朝相继灭亡的历史见证。"念往昔"三句表明了对六朝兴亡的态度,"千古凭高"二句写出了对历来凭吊金陵之作的看法。以下即转入现实,结句又回到今天。首尾圆合,结构谨严,逐层展开,丝丝入扣。

　　词有以景结,如晏殊的《踏莎行》:"一场愁梦酒醒时,斜阳却照深深院",写的是莫名其妙的春愁;有以情结,如柳永的《凤栖梧》:"衣带渐宽终不悔,为伊消得人憔悴",表现的是专一诚挚的爱情。而《桂枝香》却以议论作结,其中寄托着作者对重大的现实政治问题的看法。《桂枝香》在章法结构方面的这些特色,反映了词的发展在进入慢词之后,以散文入词出现的特点。

　　最后,用典贴切自然。"千里澄江似练"乃化用谢朓《晚登三山还望京邑》诗句:"余霞散成绮,澄江静如练。""星河鹭起"用的是李白《登金陵凤凰台》:"三山半落青天外,二水中分白鹭洲"诗意。"叹门外楼头,悲恨相续"用的是隋灭陈的典故:当隋朝大将韩擒虎兵临城下时,全无心肝的陈后主还在和宠妃张丽华歌舞作乐。

杜牧《台城曲》曾咏此事。而王安石巧妙地只借用"门外楼头"四个字,"门外"言大军压境,"楼头"说荒淫无耻,就极其精炼而又形象地表现了六朝的覆灭。"悲恨相续"四个字则给南朝的历史做了总结。结句化用杜牧《泊秦淮》诗句,但赋予了它更为深刻、精辟的思想内容。短短的一首词而四用典,在王安石之前实不多见。

千秋岁引·秋景

【创作背景】

《千秋岁引·秋景》是宋代文学家王安石晚年所填的一首词。

【诗词原文】

千秋岁引·秋景

别馆寒砧①,孤城画角②,一派秋声入寥廓。

东归燕从海上去,南来雁向沙头落。

楚台风,庾楼月,宛如昨③。

无奈被些名利缚,无奈被它情担阁!可惜风流总闲却!

当初漫留华表语,而今误我秦楼约④。

梦阑⑤时,酒醒后,思量着。

【诗词注解】

①砧(zhēn):捣衣石。

②画角:古代军中乐器。

③"楚台风"三句:楚台风:楚襄王兰台上的风。出自宋玉《风赋》。庾楼月:庾亮南楼上的月,出自《世说新语》。三句比喻清风明月依旧。

④"当初"二句:漫:徒然,白白地。华表:又名诽谤木,立于殿堂前。秦楼:代指女子居住处。二句是说自己当初白白地提了那么多有关国家政治方面的意见结果耽误了本可以尽情享受的美好时光。

⑤梦阑:梦醒。

【诗词译文】

寒冷的旅馆传来捣衣的砧声,悲鸣的画角响彻孤耸的城郭,一派秋声散入无边的寥廓。东归的燕儿从海上飞去,南来的大雁向沙头降落。楚王的兰台有快哉之风,庾亮的南楼有皓然之月,眼前的景物宛如昨天。

无奈我被名缰利索束缚,无奈我因它将真情耽搁。可惜那些风流美景总是闲却。当初随意在华表上书写谏语,而今误了我秦楼的誓约和承诺。睡觉梦来时,酒醉醒来后,总要深深地思索。

【诗词精讲】

此词的创作年代不详,但从词的情调来看,很可能是王安石推行新法失败、退居金陵后的晚年作品,因为它没有《桂枝香》的雄豪慷慨,也没有《浪淘沙令》的踌躇满志。全词采用虚实相间的手法,情真意切、恻恻动人、空灵婉曲地反映了作者积极人生中的另一面,抒发了功名误身、及时退隐的慨叹。

上片以写景为主,像是一篇凄清哀婉的秋声赋,又像是一幅岑寂冷隽的秋光图。旅舍客馆本已令羁身异乡的客子心中抑郁,而砧上的捣衣之声表明天时渐寒,已是"寒衣处处催刀尺"的时候了。古人有秋夜捣衣、远寄边人的习俗,因而寒砧上的捣衣之声便成了离愁别恨的象征。"孤城画角"则是以城头角声来状秋声萧条。画角是古代军中的乐器,其音哀厉清越,高亢动人,诗人笔下常作为悲凉之声来描写。"孤城画角"四字便唤起了人们对空旷寥阔的异乡秋色的联想。下面接着说:"一派秋声入寥廓","一派"本应修饰秋色、秋景,而借以形容秋声,正道出了秋声的悠远哀长,给人以空间的广度感,"入寥廓"的"入"字更将无形的声音写活了。开头三句以极凝练的笔墨绘写秋声,而且纯然是人为的声响,并非是单纯的自然声气。

下两句主要写作者目之所见。燕子东归,大雁南飞,都是秋日寻常景物,而燕子飞往那苍茫的海上,大雁落向平坦的沙洲,都寓有久别返家的寓意,自然激起了词人久客异乡、身不由己的思绪,于是很自然地过渡到下面两句的忆旧。

"楚台风"用典。宋玉《风赋》中说:楚王游于兰台,有风飒然而至,王乃披襟而当之曰:"快哉此风!""庾楼月"亦用典。《世说新语·容止》中说:庾亮武昌,与诸佐吏殷浩之徒上南楼赏月,据胡床咏谑。这里以清风明月指昔日游赏之快,而于"宛如昨"三字中表明对于往日的欢情与佳景未尝一刻忘怀。

下片即景抒怀,说的是:无奈名缰利锁,缚人手脚;世情俗态,耽搁了自在生活。风流之事可惜总被抛一边。"当初"以下便从"风流"二字铺展开去,说当初与心上之人海誓山盟,密约私诺,终于辜负红颜,未能兑现当时的期约。

"华表语"用了《搜神后记》中的故事:辽东人丁令威学仙得道,化鹤归来,落城门华表柱上,唱道:"有鸟有鸟丁令威,去家千年今来归。城廓如故人民非,何不学仙冢累累。"这里的"华表语"就指"去家来归"云云。

"秦楼"本指妇女的居处,汉东府《陌上桑》中说:"日出东南隅,照我秦氏楼。"秦氏楼即为美貌坚贞的女子罗敷的居处。李白的《忆秦娥》中说:"箫声咽,秦娥梦断秦楼月",也以秦楼为思妇伤别之处,因而此处的"秦楼约"显系男女私约。

这里王安石表面上写的是思念昔日欢会,空负情人期约,其实是借以抒发自己对政治的厌倦之情、对无羁无绊生活的留恋与向往。因而这几句可视为美人香草式的比兴,其意义远非一般的怀恋旧情之名,故《蓼园词选》中说此词"意致清迥,翛然有出尘之想。"词意至此也已发挥殆尽,然末尾三句又宕开一笔作结,说梦回酒醒的时候,每每思量此情此景。

梦和酒,令人浑浑噩噩,暂时忘却了心头的烦乱,然而梦终究要做完,酒也有醒时。一旦梦回酒醒,那忧思离恨岂不是更深地噬人心胸吗?这里的梦和酒也不单纯是指真实的梦和酒。人生本是一场大梦,《庄子·齐物论》上说只有从梦中醒来的人才知道原先是梦。而世情浑沌,众人皆醉,只有备受艰苦如屈原才自知独醒。因而,此处的"梦阑酒醒"正可视为作者历尽沧桑后的幡然反悟。

作为一代风云人物的政治家,王安石也并未摆脱旧时知识分子的矛盾心理:在兼济天下与独善其身两者中间徘徊。他一面以雄才大略、执拗果断著称于史册;另一面,激烈的政治旋涡中也时时泛起激流勇退、功名误身的感慨。

这首小词便是他后一方面思想的表露。无怪明代的杨慎说:"荆公此词,大有感慨,大有见道语。既勘破乃尔,何执拗新法,铲除正人哉?"(《词品》)杨慎对王安石政治上的评价未必得当,但以此词为表现了作者思想中与热衷政治相反的另一个侧面,却还是颇有见地的。

北宋中期

北宋中期,围绕变法而生的新旧党争及相关的人事起废,在士大夫的词中留下了感情记录,"叹官路飘零,荏苒年华"成为重要主题。因仕途坎坷而以理化情,词中言事理、物理渐多,又受参禅问道影响,形成了特有的理趣。诗文既尚雅又见雅俗结合。词人所作,兼备雅俗,王安石、黄庭坚、秦观等人都有不少俗词。著名婉约派词人,其词大多描写男女情爱和抒发仕途失意的哀怨,文字工巧精细,音律谐美,情韵兼胜。苏轼以自己从容、豪放、创新、丰富多彩的风格以及词学主张和成功实践,在中国文学史上写下了浓墨重彩的一页。

晏几道

晏几道(约1030—约1106年),字叔原,号小山,晏殊第七子,抚州临川(今属江西)人。性情侠刚,疏于顾忌,一生仕途多舛,官职卑微。曾任颍昌府许田镇监。能文,尤工乐府,自称其乐府是"补乐府之亡",续"南部诸贤余绪",写朋友间"意中事"。他以诗人句法入词,不蹈袭前人语,成就在乃父之上,小令尤为出色,深受历代词论家好评。冯煦指出:"淮海、小山,真古之伤心人也。其淡语皆有味,浅语皆有致,求之两宋词人,实罕其匹。子晋欲以晏氏父子追配李氏父子,诚为知言。"著有《小山词》,今存词250余首。

临江仙·淡水三年欢意

【创作背景】

宋神宗元丰五年(1082),晏几道监颍昌许田镇。此词是晏几道监颍昌许田镇三年任满即将离别时所作。

【诗词原文】

临江仙·淡水三年欢意

淡水①三年欢意,危弦②几夜离情。

晓霜红叶舞归程。客情今古道,秋梦短长亭。

渌酒③尊前清泪,阳关④叠里离声。

少陵⑤诗思旧才名。云鸿⑥相约处,烟雾九重城。

【诗词注解】

①淡水:语出《庄子·山木》:"且君子之交淡若水。"

②危弦:急弦。

③渌酒:清酒。

④阳关:曲调名,即唐王维《渭城曲》。为送别名曲,反复吟唱,故名《阳关三叠》。

⑤少陵:唐诗人杜甫。

⑥云鸿:指其友人沈十二廉叔、陈十君龙家歌女小云、小鸿。

【诗词译文】

如君子相交淡如水般已经知心三年,欢乐自在,短短的几夜之间就像这急凑的琴声一般便要分离。明天天色微亮之际,霜打得红叶漫天飞舞之时,你们便要踏上归程。如此分别之情,古今同慨,千年叹颂;在这秋意微凉之际,我将日夜思念,时时梦见曾经分别时刻的场面。

端起面前清澈的水酒,默默地留下不舍的泪水,琴弦也凑热闹一般地奏起《阳关三叠》,仿佛一同相送友人。杜甫曾借诗词寄托思念的友人颇有才名,我亦愿仿效之。小云、小鸿、沈十二、廉叔,我们相约再次相见的地方,在烟雾缭绕的京城。

【诗词精讲】

《临江仙·淡水三年欢意》全词对自己多年来所经历的种种离别和漫长的相思作一高度概括抒情。

晏几道是一位多情词人,每到一处,必然与歌妓缱绻缠绵,分手时就有相思痛苦。经历得多,品尝得深,抒发得真切强烈。这首词从某一段感情说起,曾有过三年的欢聚相恋时光,抵不住离别时几夜琴弦上传出的凄苦声调。

上片言在颍昌三年,与诸友好淡水之交,深秋时节将别,连日来沉浸在离情别绪之中。

"淡水三年欢意,危弦几夜离情",这两句用了比兴手法,形容作者与诸女之交是淡水长情君子之交。"危弦"形容操琴激烈,几乎弦断音绝。未正面写因离别而生的惆怅,却与作者"琵琶弦上说相思"(《临江仙》)"断肠移破秦筝柱"(《蝶恋花》)同一意境。

"晓霜红叶舞归程。客情今古道,秋梦短长亭"。"晓霜"句点出离别时的节令和景物,每到秋季晓霜满地的时候,归程上总是飞舞着坠落的红叶,古今行人都是在驿道上颠沛奔波,在驿亭中魂牵梦萦。

下片叙饯别酒席上的情景与自己的离恨。"渌酒尊前清泪,阳关叠里离声"。描绘歌女劝酒时的依恋情态。离别酒宴上的送行《阳关曲》和情人的清泪,每次相同,一次次折磨离人。"阳关"(抒发离情别意的古琴曲名)二字点出送别本意。

"少陵诗思旧才名。云鸿相约处,烟雾九重城"。"少陵"(杜甫的称号),在这里作为诗人的代称。是对当年自己的赞许,当下被生活折磨得已经没有了这精气神。云、鸿是歌妓名,晏几道好以属意者名字入词,以记其坠欢零绪之迹。尽管是分别在即,小云、小鸿还与他相约。然而她们身世漂零,俱流转人间,这相约是渺茫的,如同烟雾般可望而不可即。

全词通篇只写了过去三年的淡水之交,眼前别宴上、骊歌中的清泪和黯淡的前程,未见一字写"不舍",字里行间却让人深切感受到对友人的深情厚意。

临江仙·斗草阶前初见

【创作背景】

宋代斗草之风,与唐代相比有过之而无不及。在时间上,宋代人斗草除在端午节外,在春社及清明也有斗草活动,此诗为证。据说这还成了妇女游戏的专利品,这首诗词里对"斗草"的描写就和女性有关。

【诗词原文】

临江仙①·斗草阶前初见

斗草②阶前初见,穿针③楼上曾逢。

罗裙香露玉钗风④。靓妆眉沁绿,羞脸粉生红。

流水便随春远⑤,行云⑥终与谁同。

酒醒长恨锦屏空。相寻梦里路,飞雨⑦落花中。

【诗词注解】

①临江仙:原唐教坊曲名,后用为词牌。原曲多用于咏水仙,故名。

②斗草:古代春夏间的一种游戏。梁代宗懔《荆楚岁时记》载:"五月五日……四民并踏百草。又有斗百草之戏。"但宋代在春社、清明之际已开始斗草。

③穿针:指七月七日七巧节。《西京杂记》载:"汉宫女以七月七日登开襟楼,寄七子针",以示向天上织女乞求织锦技巧,称之为"七巧节"。

④"罗裙"句,七夕月夜,你身着罗裙,裙湿香露;头戴玉钗,鬓插香花,立于夜风之中。唐代温庭筠《菩萨蛮》云:"双鬓隔香红,玉钗头上风。"

⑤"流水"句,从李煜"流水落花春去也,天上人间"句化来,此处指女子去远,无处寻觅。

⑥行云:这里用"巫山云雨"的典故。这里指心爱的女子行踪不定。

⑦飞雨:微雨。

【诗词译文】

当你在阶前与女伴斗草时我们初次相见,当你在楼上与女伴穿针时我们再次相逢。

少女踏青斗草游戏,只见你在阶前和别的姑娘斗草,裙子上沾满露水,玉钗在头上迎风微颤,那活泼唯美的情态给我留下了深刻印象。另一次是七夕,少女夜须穿针乞巧拜新月。我和你在穿针楼上重逢,只见你靓妆照人,眉际沁出翠黛,羞得粉脸生出娇红,我们两个人已生情意,却道得空灵。不料年华似水,伊人亦如行云,不知去向了。

【诗词精讲】

这首词系作者为思念一个自己曾经深爱过的女子而作,全词写情婉转而含蓄。作者正面写了与女子的初见与重逢,而对于两人关系更为接近后的锦屏前相叙一节却未作正面表现,给读者留下了充分的想象空间。梦中相寻一节也写得很空蒙,含蓄地暗示了多量的情感内涵,把心中的哀愁抒写得极为深沉婉曲。

上片不过是寥寥五句,可是一句一景,一景一情。景中不仅有人,也有人物的感情透出;而且,通过这情景交融的描写,又暗暗交代了双方的感情由浅入深,逐步递变。更妙的是,这个女子的音容笑貌,也仿佛可以呼之欲出。

"斗草阶前初见,穿针楼上曾逢。"忆叙他与她在两个特定环境中的初次相见和再次相逢。"斗草阶前初见"写有一天女子同别的姑娘阶前斗草的时候,词人第一次看见了她。斗草,据《荆楚岁时记》:"五月五日,四民并踏百草。又有斗百草之戏"。"穿针楼上曾逢"写转眼又到了七夕。女子楼上对着牛郎织女双星穿针,以为乞巧。这种风俗从汉代就一直流传下来。这天晚上,穿针楼上,他又同她相逢了。

"罗裙香露玉钗风。靓妆眉沁绿,羞脸粉生红"这三句,是补叙两次见面时她的情态。她的裙子沾满了花丛中的露水,玉钗头上迎风微颤。她"靓妆眉沁绿,羞脸粉生红",靓妆才罢,新画的眉间沁出了翠黛,她突然看到了他,粉脸上不禁泛起了娇红。以上既有泛写,又有细腻的刻画,一位天真美丽的女子形象如在眼前。末句一"羞"字,已露情意。

下片则陡转话题,抛开往日美好的回忆,陷入眼前苦苦相思的苦闷之中。

"流水便随春远,行云终与谁同"用巫山神女的典故,表达了心中的无限惆怅。"流水便随春远"说随着时光的流逝,共同生活结束了,姑娘不知流落何方。"春"也是象征他们的欢聚,可惜不能长久。"行云终与谁同",用巫山神女"旦为朝云,暮为行雨"(见《高唐赋》)的典故,说她像传说中的神女那样,不知又飘向何处,依附谁人了。

"酒醒长恨锦屏空",人是早已走了,再也不回来了。可是,那情感却一直留了下来。每当夜阑酒醒的时候,总觉得围屏是空荡荡的,他永远也找不回能够填满这空虚的那一段温暖了。正因为她像行云流水,不知去向,所以只好梦里相寻了。"相寻梦里路,飞雨落花中"，春雨飞花中，他独自跋山涉水，到处寻找那女子。尽管这是梦里，他仍然希望能够找到她。此处以梦境相寻表现了词人对自己深爱过的女子深沉的爱恋和思念。

这首词写怀人。表现作者对往日相逢的美好回忆和如今孤独相思的不堪。全词前后反衬，对比鲜明，形成强烈的情感落差，所以有很强的感染力。

蝶恋花·醉别西楼醒不记

【创作背景】

晏几道年轻时，曾有过一段舒适安逸的生活。后来，他家道衰落，就连正常的衣食起居都成了问题。这使他深谙人生的无常。这是一篇抒写人生聚散的作品。

【诗词原文】

蝶恋花①·醉别西楼醒不记

醉别西楼②醒不记，春梦秋云③，聚散真容易。

斜月半窗还少睡，画屏闲展吴山翠④。

衣上酒痕诗里字，点点行行，总是凄凉意。

红烛自怜无好计，夜寒空替人垂泪⑤。

【诗词注解】

①蝶恋花：唐教坊曲名，后用作词牌名。又名"鹊踏枝""凤栖梧"。

②西楼：泛指欢宴之所。

③春梦秋云：喻美好而又虚幻短暂、聚散无常的事物。白居易《花非花》诗："来如春梦不多时，去似秋朝无觅处。"晏殊《木兰花》："长于春梦几多时，散似秋云无觅处。"

④吴山：画屏上的江南山水。

⑤"红烛"二句：化用唐杜牧《赠别二首》之二："蜡烛有心还惜别，替人垂泪到天明。"将蜡烛拟人化。

【诗词译文】

醉别西楼的情景醒后全都忘记。犹如春梦秋云，人生聚散实在太容易。月光斜照窗棂，我难以入睡，闲看画屏上吴山的葱翠。

衣上的酒痕和诗里的字，一点点，一行行，都是那凄凉的情意。可怜的红烛自怜没有好办法,只能在寒夜中白白地为人垂泪。

【诗词精讲】

这是一首伤别的恋情之作,写别后的凄凉情景。此词没有事件的具体描述,通过一组意象反复诉说离愁的无处不在。

开篇忆昔,写往日醉别西楼,醒后却浑然不记。这似乎是追忆往日某一幕具体的醉别,又像是泛指所有的前欢旧梦,实虚莫辨,笔意殊妙。二、三句用"春梦"、"秋云"作比喻,抒发聚散离合无常之感。春梦旖旎温馨而虚幻短暂,秋云高洁明净而缥缈易逝,用它们来象征美好而不久长的情事,最为真切形象而令人遐想。

"聚散"偏义于"散",与上句"醉别"相应,再缀以"真容易"三字,好景轻易便散的感慨便显得非常强烈。这里的聚散之感,似主要指爱情方面,但与此相关的生活情事,以至整个往昔繁华生活,也自然包括在内。

上片最后两句,转写眼前实境。斜月已低至半窗,夜已经深了,由于追忆前尘,感叹聚散,却仍然不能入睡,而床前的画屏却烛光照映下悠闲平静的展示着吴山的青翠之色。这一句似闲实质,正是传达心境的妙笔。心情不静、辗转难寐的人看来,那画屏上的景色似乎显得特别平静悠闲,这"闲"字正从反面透露了他的郁闷伤感。

过片三句承上"醉别""衣上酒痕",是西楼欢宴时留下的印迹;"诗里字",是筵席上题写的词章。它们原是欢游生活的表征,只是此时旧侣已风流云散,回视旧欢陈迹,翻引起无限凄凉意绪。前面讲到"醒不记",这"衣上酒痕诗里字"却触发他对旧日欢乐生活的记忆。至此,可知词人的聚散离合之感和中宵辗转不寐之情由何而生了。

结拍两句,直承"凄凉意"而加以渲染。人的凄凉,似乎感染了红烛。它虽然同情词人,却又自伤无计消除其凄凉,只好寒寂的永夜里空自替人长洒同情之泪了。

这首词为离别感忆之作,但却更广泛地慨叹于过去欢情之易逝,此时孤怀之难遣,将来重会之无期,所以情调比其他一些伤别之作,更加低回往复,沉郁悲凉。词境含蓄蕴藉,情意深长。全词充满无可排遣的惆怅和悲凉心绪。作者用拟人化的手法,从红烛无法留人、为惜别而流泪,反映出自己别后的凄凉心境,结构新颖,词意感人,很能代表小山词的风格。

鹧鸪天·彩袖殷勤捧玉钟

【创作背景】

宋神宗熙宁二年(1069 年)二月以富弼为宰相,王安石为参知政事,议行新法,朝中政治风云突变。而早在仁宗至和二年(1055 年)晏殊就已亡故,欧阳修则因反对新法,逐渐失势,后于熙宁五年(1072 年)病故,这些亲人或父执的亡故或失势,使晏几道失去了政治上的依靠,兼之个性耿介、不愿阿附新贵,故仕途坎坷,陆沉下位,生活景况日趋恶化。在这段与先前富贵雍华的生活形成鲜明对比的日子里,晏几道采用忆昔思今对比手法写下了许多追溯当年回忆的词作,《鹧鸪天·彩袖殷勤捧玉钟》便是这其中的佼佼之作。

【诗词原文】

鹧鸪天^①·彩袖殷勤捧玉钟

彩袖^②殷勤捧玉钟^③,当年拚却^④醉颜红。

舞低杨柳楼心月,歌尽桃花扇底风^⑤。

从别后,忆相逢,几回魂梦与君同^⑥。

今宵剩把^⑦银釭^⑧照,犹恐相逢是梦中。

【诗词注解】

①鹧鸪天:词牌名,又名"思佳客",五十五字。此词黄升《花庵词选》题作《佳会》。

②彩袖:代指穿彩衣的歌女。

③玉钟:古时指珍贵的酒杯,是对酒杯的美称。

④拚(pàn)却:甘愿,不顾惜。却:语气助词。

⑤"舞低"二句:歌女舞姿曼妙,直舞到挂在杨柳树梢照到楼心的一轮明月低沉下去;歌女清歌婉转,直唱到扇底儿风消歇(累了停下来),极言歌舞时间之久。桃花扇,歌舞时用作道具的扇子,绘有桃花。歌扇风尽,形容不停地挥舞歌扇。这两句是《小山词》中的名句。"低"字为使动用法,使……低。

⑥同:聚在一起。

⑦剩把:剩,通"尽(jǐn)",只管。把,持,握。

⑧银釭(gāng):银质的灯台,代指灯。

【诗词译文】

当年首次相逢,你酥手捧杯殷勤劝酒频举玉盅,是那么的温柔美丽和多情,我开怀畅饮喝得酒醉脸通红。翩翩起舞从月上柳梢的傍晚时分开始,直到楼顶月坠楼外树梢的深夜,我们尽情地跳舞歌唱,筋疲力尽累到无力再把桃花扇摇动。

自从那次离别后,我总是怀念那美好的相逢,多少回梦里与你相拥。今夜里我举起银灯把你细看,还怕这次相逢又是在梦中。

【诗词精讲】

这首词写词人与一个女子久别重逢的情景,以相逢抒别恨。上片回忆当年佳会,用重笔渲染,见初会时情重;过片写别后思念,忆相逢实则盼重逢,相逢难再,结想成梦,见离别后情深;结尾写久别重逢,竟然将真疑梦,足见重逢时情厚。

作品以时为序,上片回忆当年酒宴时的觥筹交错,两人初次相逢,一见钟情,尽欢尽兴的情景。"彩袖殷勤捧玉钟。当年拚却醉颜红。舞低杨柳楼心月,歌尽桃花扇底风。"四句是回忆当年的奢靡生活。"彩袖"的歌女"殷勤捧玉钟",此情此景,此人不惜"拚却"为求"醉颜红"也成了理所当然,足可见当时词人与歌女的浓情蜜意,与词人为求美人欢颜的豪情。

而后句"舞低杨柳楼心月,歌尽桃花扇底风",以月亮的升落极写时间之长,又是以夸张的手法生动地描写了舞宴歌席的环境,霓裳歌女舞姿妙曼,直到月儿低沉,歌声婉转,直到桃花扇下回荡的歌声都消失了,言极其歌舞盛况。其中,"杨柳""桃花""月""楼"都是那时春天夜晚的景色,但是"杨柳"和"月"是实景,"桃花"和"风"则是虚写。对仗精巧,似实却虚,给人一种如梦如幻的美感。

下片说道重逢之喜前先讲相思之苦。作者以自述的方式,吐露了自从分别之后的思念,初遇的情景时常浮现眼前,"从别后,忆相逢。几回魂梦与君同。"是别后魂梦相思,其中"从别后,忆相逢"饱含了词人与那位歌女何等的思念与无限的情愫,故而会产生"几回魂梦与君同"这样的梦中之忆,言极相思之深,常常魂牵梦绕。词人这是运用了几乎白描的手法,与上片的"彩袖""玉钟""杨柳""桃花"之着色浓艳成对比,反映了"君龙疾废卧家,廉叔下世"后词人心境的变化。

"今宵剩把银釭照,犹恐相逢是梦中。"是秉烛相对伤心夜谈,从杜甫《羌村》诗"夜阑更秉烛,相对如梦寐"两句脱化而出,但表达更为轻灵婉转。有多少回自己在睡梦里与恋人欢聚相见。今天真得重逢了,却又难以相信这是真的,所以点亮银灯,一次又一次地照看,唯恐还是在睡梦里相见。

情思委婉缠绵,辞句清空如话,而其妙处更在于能用声音配合之美,造成一种迷离惝恍的梦境,有情文相生之妙。而久别重逢,是人类普遍的生活现象之一,也是文学作品习见的表现题材。

这首词的艺术手法是上片利用彩色字面,描摹当年欢聚情况,似实而却虚,当前一现,倏归乌有;下片抒写久别相思不期而遇的惊喜之情,似梦却真,利用声韵的配合,宛如一首乐曲,使听者也仿佛进入梦境。

细品全篇,词情婉丽,曲折深婉,浓情厚韵。尤其是这首作品同传统的恋情词大不相同,格调欢快,意境清新,语言活泼,具有极大的创新性。故成为传诵千古、脍炙人口的名篇。

清平乐·留人不住

【创作背景】

晏殊的去世,门祚的式微,晏几道的境况也起了很大的变化。加上他孤高耿介、不愿阿附权势的个性,以致生活的道路很不顺利。身世的坎坷和世情的冷暖,使诗人在耿介特立的个性之外,又具有一往情深、善感任真的品格。所以他的词虽不离伤春悲秋、别怨离愁、相思情苦的内容,但是于情文之间缭绕着一股郁勃而深挚的情思,可为激动人心。这首词便是其中著名的一首。

【诗词原文】

清平乐·留人不住

留人不住①,醉解兰舟②去。

一棹碧涛春水路,过尽晓莺啼处。

渡头杨柳青青,枝枝叶叶离情。

此后锦书③休寄,画楼云雨④无凭⑤。

【诗词注解】

①留人不住:郑文宝《柳枝词》:"亭亭画舸系春潭,直到行人酒半酣。不管烟波与风雨,载将离恨过江南。"此处翻用其意。

②兰舟:木兰舟,以木兰树所造之船。此处泛指船只。

③锦书:书信的美称。前秦苏若兰织锦为字成回文诗,寄给丈夫窦滔。后世泛称情书为锦书。

④云雨:隐喻男女交合之欢。

⑤无凭:靠不住。

【诗词译文】

想留住情郎却无济于事,他酒醉后登上画船,扬帆而去。碧波荡漾的春江中,那船儿一定乘风疾驶,黄莺啼晓之声,会充满他的耳际。

渡口空空荡荡只剩下杨柳郁郁青青,枝枝叶叶都满含着别意离情。从此后休要寄锦书再诉衷情,画楼里的欢娱不过一场春梦,那山盟海誓毕竟空口无凭。

【诗词精讲】

这首词是一首离情词。当是托为妓女送别情之作。送者有意,而别者无情,从送者的角度来写,写尽其痴人痴情。

"留人不住"四个字将送者、行者双方不同的情态描绘了出来:一个是再三挽留,一个是去意已决,毫无留恋之情。"醉解兰舟去",恋人喝醉了,一解开船缆就决绝地走了。"留"而"不住",又为末两句的怨语作了铺垫。

"一棹碧涛春水路,过尽晓莺啼处"二句紧承"醉解兰舟去",写的是春晨江景,也是女子揣想情人一路上所经的风光。江中是碧绿的春水,江上有婉转的莺歌,场景是那样的宜人。当然,景色的美好只是女子的想象,或许更是她的期望,即使他决然地离开了她,她也仍旧希望自己的情人在路上有美景相伴,可见痴情至深。"过尽"两个字,暗示女子与恋人天各一方的事实,含蓄透露出她的忧伤。

"渡头杨柳青青,枝枝叶叶离情"。情人已经走了很久,不见踪影,但女子依旧站在那里。堤边杨柳青青,枝叶茂盛繁多,千丝万缕,依依有情,它们与女子一起伫立于渡口,安静凝望远方。古人有折柳枝送别的习俗,所以"枝枝叶叶"含有离情的意思,此处即借杨柳的枝叶来暗示女子黯然的离情。

"此后锦书休寄,画楼云雨无凭",所表达的感情非常激烈。女子负气道:"以后你不必给我寄信了,反正我们之间那犹如一场春梦的欢会没有留下任何凭证,你的心里也没有我的位置。""画楼云雨"四个字道出了女子与男子曾经的美好过往,只可惜男子决然绝情。相守的期盼落空之后,她只有怀着无限的怨恨选择放弃,从特意提及"锦书"可知,女子内心并不想如此决绝,只是无可奈何罢了。

这首词在技巧上运用了很多对比方法:一个苦苦挽留,一个"醉解兰舟";一个"一棹碧涛"、晓莺轻啼,一个独立津渡、满怀离情;一个意浅,一个情深,让人一目了然。

在结构上,亦是先含情脉脉,后决绝断念。结尾二句虽似负气怨恨,但正因为爱得执着,才会有如此烦恼,所以更能反衬出词人的一片痴情。总之,此词刻画细腻,惟妙惟肖地表现出一个女子痴中含怨的微妙心理。

木兰花·秋千院落重帘暮

【创作背景】

晏几道早年常与诗朋酒友、歌儿舞女聚会游冶,后来时过境迁,故人星散,词人脑海中保留了一桩桩美好的记忆。该篇即为重游故地、追怀旧友而作。

【诗词原文】

木兰花·秋千院落重帘暮

秋千院落重帘暮,彩笔①闲来题绣户。

墙头丹杏雨余花,门外绿杨风后絮。

朝云信断知何处? 应作襄王春梦去②。

紫骝③认得旧游踪,嘶过画桥东畔路。

【诗词注解】

①彩笔:江淹有五彩笔,因而文思敏捷。

②襄王春梦:实为先王梦之误传。"先王"游高唐,梦神女荐枕,临去,神女有"旦为行云,暮为行雨"语。(见宋玉《高唐赋序》)

③紫骝:本来指一种马,这里泛指骏马。

【诗词译文】

院落里秋千摇曳,重重的帘幕低垂,闲暇时在华丽的门上挥笔题诗。墙里佳人犹如出墙红杏雨后花,门外游子好像绿杨飞絮随风飘。

音讯断了,犹如飞逝的轻云,不知她身处何方? 就做个襄王觅神女的好梦让我归去。紫骝马还认得旧时游玩路迹,嘶叫着跑过了画桥东边路。

【诗词精讲】

晏几道写情沉郁顿挫,除感情真挚外,艺术表现上也别具一格,这就是:以婉曲的方式表情达意,尽量避免尽情直泻。此词充分体现了这一特点,是一首以深婉含蓄见长的言情词。

上片前两句写旧地重游时似曾相识的情景。在这秋千院落、垂帘绣户之内,仿佛有一位佳人在把笔题诗。佳人是谁,词中未作交代。然从过片"朝云"二字来看,可能是指莲、鸿、苹、云中的一位。

"秋千院落",本是佳人游戏之处,如今不见佳人,唯见秋千,已有空寂之感;益之以"重帘暮"一词,暮色苍茫,帘幕重重,其幽邃昏暗可知。在这种环境中居住的佳人,孤寂无聊,难以解忧。"彩笔闲来题绣户"一句,作出了回答。

"彩笔",即五色笔,相传南朝梁代江淹,才思横溢,名章隽语,层出不穷,后梦中为郭璞索还彩笔,从此作品决无佳者。这位佳人闲来能以彩笔题诗,可见位才女。"题绣户"者,当窗题诗耳。一位佳人当窗题诗之美景,当系词人旧地重游所想见的,这位佳人已经不在了。

上片歇拍两句,主要写词人从外面所看到的景色,以及由此景色所触发的情思。此时词人恍如从幻梦中醒来,眼前只见一枝红杏出墙头,几树绿杨飘白絮。美丽的景色勾起美好的回忆,那红杏就像昔日佳人娇艳的容颜,经过风吹雨打已变得憔悴;那绿杨飘出的残絮又好似词人漂泊的行踪,幸喜又回到故枝。这工整的一联,韵致缠绵,寄情深远,以眼前景,写胸中情,意寓言外。

过片用楚王梦遇巫山神女的典故,表达对这位佳人的怀念。据《小山词》自序云,莲、鸿、苹、云四位歌妓,后来"俱流转于人间",不知去向。这里说佳人像朝云一样飞去,从此音信杳然,也许又去赴另一个人的约会。事虽出于猜想,但却充满关切之情,从中也透露了这位女子沦落风尘的消息。惝恍迷离,昔梦前尘,尽呈眼底。

结拍词意陡转,从佳人写到自己。然而似离仍合,虚中带实,形象更加优美,感情更加真挚。词人不说这位佳人的住处他很熟悉,而偏偏以拟人化的手法,托诸骏马。这一比喻很符合词人作为贵家子弟的身份,可知词人确曾身骑骏马,来到这秋千深院,与玉楼绣户中人相会。由于常来常往,连马儿也认得游踪了。

紫骝骄嘶,柳映画桥,意境极美,这是虚中写实,实中有虚。清人沈谦说:"填词结句,或以动荡见奇,或以迷离称胜,著一实语,败矣。康伯可'正是销魂时候也,撩乱花飞';晏叔原'紫骝认得旧游踪,嘶过画桥东畔路';秦少游'放花无语对斜晖,此恨谁知',深得此法。"(《填词杂说》)所说颇中肯綮。

这首词以深婉含蓄见胜。黄蓼园《蓼园词选》分析此词:"首二句别后,想其院宇深沉,门阑紧闭。接言墙内之人,如雨余之花;门外行踪,如风后之絮。后段起二句言此后杳无音信,末二句言重经其地,马尚有情,况于人乎?"然而,这些意蕴,作者都未实说,而是为读者留下了充分的想象空间。

阮郎归·天边金掌露成霜

【创作背景】

晏几道是晏殊幼子,年轻的时候过着酒筵歌席的富贵生活。晏殊死后,家道中落,生活陷于贫困,晏几道对于人情世故、悲欢离合有了更多的感受.他的词作由直率走向深沉,这首词即是他情思深沉的代表作之一。

【诗词原文】

阮郎归①·天边金掌露成霜

天边金掌②露成霜，云随雁字③长。

绿杯红袖趁重阳④，人情似故乡⑤。

兰佩紫，菊簪黄⑥，殷勤理旧狂⑦。

欲将沉醉换悲凉，清歌莫断肠！

【诗词注解】

①阮郎归：词牌名，又名"碧桃春""醉桃源"等。"神仙记"载刘晨、阮肇入天台山采药，遇二仙女。留住半年，思归甚苦。既归则乡邑零落，经已十世。曲名本此，故作凄音。四十七字，前后片各四平韵。

②金掌：汉武帝时在长安建章宫筑柏梁台，上有铜制仙人以手掌托盘，承按露水。此处以"金掌"借指国都，即汴京。即谓汴京已入深秋。

③雁字：雁群飞行时排列成人字，有时排列成一字，故称雁字。

④绿杯红袖：代指美酒佳人。

⑤人情：风土人情。

⑥"兰佩紫"两句：佩戴紫色兰花，头上插黄菊。屈原《离骚》中有"纫秋兰以为佩"。

⑦理旧狂：重又显出从前狂放不羁的情态。

【诗词译文】

天边的云彩有如仙人金掌承玉露。玉露凝成了白霜，浮云随着大雁南翔，排成一字长。举绿杯，舞红袖，趁着九九重阳，人情温厚似故乡。

身佩紫兰，头簪菊黄，急切切重温旧日的颠狂。想借一番沉醉换掉失意悲凉，清歌莫唱悲曲，一唱断人肠。

【诗词精讲】

这首词写于汴京，是重阳佳节宴饮之作。表达凄凉的人生感怀。其中饱含倍尝坎坷沧桑之意，全词写情波澜起伏，步步深化，由空灵而入厚重，音节从和婉到悠扬，适应感情的变化，整首词的意境是悲凉凄冷的。

上片写景生情。秋雁南飞，主人情长，引起思乡之情，正是"独在异乡为异客，每逢佳节倍思亲"。

"天边金掌露成霜，云随雁字长。"两句以写秋景起，点出地点是在京城汴梁，时序是在深秋，为下文的"趁重阳"作衬垫。汉武帝在长安建章宫建高二十丈的铜柱，上有铜人，掌托承露盘，以承武帝想饮以求长生的"玉露"。

承露金掌是帝王宫中的建筑物，词以"天边金掌"指代宋代汴京景物，选材突出，起笔峻峭。但作者词风不求以峻峭胜，故第二句即接以闲淡的笔调。白露为霜，天上的长条云彩中飞出排成一字的雁队，云影似乎也随之延长了。这两句意象绵妙，满怀悲凉，为全词奠定了秋气瑟瑟的基调。

"绿杯红袖趁重阳，人情似故乡。"两句将客居之情与思乡之情交织来写，用笔细腻而蕴涵深厚，一方面赞美故乡人情之美，表达出思乡心切的情怀；另一方面又赞美了重阳友情之美，表达了对友情的珍惜。

下片抒发感慨。因自己的孤高的性格，而仕途失意，想以狂醉来排遣忧愁，然而却是"断肠"。

"兰佩紫，菊簪黄，殷勤理旧狂。"从《离骚》中"纫秋兰以为佩"和杜牧"尘世难逢开口笑，菊花须插满头归"化出的"兰佩紫，菊簪黄"两句，写出了人物之盛与服饰之美，渲染了宴饮的盛况。

接下来一句，写词人仕宦连蹇，陆沉下位，情绪低落，不得不委屈处世，难得放任心情，今日偶得自在，于是不妨再理旧狂，甚至"殷勤"而"理"，以不负友人的一片盛情。试想，本是清狂耽饮的人，如今要唤起旧情酒兴，还得"殷勤"去"理"才行，此中的层层挫折，重重矛盾，必有不堪回首、不易诉说之慨，感情的曲折，自然把意境推向比前更为深厚的高度。

"欲将沉醉换悲凉，清歌莫断肠。"由上面的归结，再来一个大的转折，又引出很多层次。词人想寻求解脱、忘却，而他自己又明知这并不能换来真正的欢乐，这是真正的悲哀。

《蕙风词话》又说："'欲将沉醉换悲凉'，是上句注脚；'清歌莫断肠'仍含不尽之意。"此乃中肯之语。词之结句，竟体空灵，包含着万般无奈而聊作旷达的深沉苦楚，极尽回旋曲折、一咏三叹之妙纵观全词，尽管作者那种披肝沥胆的真挚一如既往，但在经历了许多风尘磨折之后，悲凉已压倒缠绵；虽然还有镂刻不灭的回忆，可是已经害怕回忆了。

晏几道生性耿直，不趋炎附势，不同流合污，故一生抑郁不得志。这首词，写景洗练，写情起伏跌宕，很好地表达了他失意的感慨。

玉楼春·东风又作无情计

【创作背景】

这首词抒写花落春残的伤感。创作时间不详。晏殊《蝶恋花》结拍二句"门外落花随水逝，相看莫惜樽前醉"，与这首词"金盏直须深，看尽落花能几醉"结意相近。

【诗词原文】

玉楼春·东风又作无情计

东风又作无情计,艳粉娇红①吹满地。

碧楼帘影不遮愁,还似去年今日意。

谁知错管春残事,到处登临曾费泪。

此时金盏②直须③深,看尽落花能几醉!

【诗词注解】

①艳粉娇红:指娇艳的花。

②金盏:酒杯的美称。

③直须:只管,尽管。

【诗词译文】

东风又施行着无情的心计,娇艳的红花被它吹落了满地。青楼上珠帘透入落花残影遮不住零星愁,犹如去年今日又惹伤春意。谁知误管了暮春残红的情事,到处登山临水竟耗费我多少春泪。金杯美酒,此刻只求痛深举杯,直把落花看尽,人生在世,青春短暂,有多少欢乐,还能有几次陶醉!

【诗词精讲】

起首一句气势不凡,笔力沉重,着一"又"字,言东风无情,实则人有情,烘衬出内心的愁怨之深,此意直贯全篇。第二句的"艳粉娇红吹满地",正面描写落花,"粉"是"艳","红"是"娇",不仅描绘了花的色彩,而且写出了花的艳丽娇冶如人。着力写花的美,也就更反衬出"吹满地"的景象之惨,满目繁华,转瞬即逝,使人触目惊心。

"吹"字暗接"东风",进一步写东风的无情。上片歇拍两句,上句词意深厚,楼台高远,帘影层深,是怕见春残花落触动愁肠,虽然较之近观增加了几分隐约朦胧,但花飞花谢仍然依稀可见,"不遮愁"三字十分生动、传神。

景既不能遮断,愁自然油然而生。下句语浅而情深,红稀绿暗的春残景色"还似"去年一样,"还似"二字,回应首句"又"字,申说花飞花谢的景象、春残春去的愁情,不是今年才有,而是年年如此,情意倍加深厚,语气愈益沉痛。

过片表面上自责"错管",实际上写有情,花落春去,人力无法挽回,惜春怜花,只能是徒然多事而已。当初不能通晓此理,每逢登临游春都为花落泪,现看来都属多余的感情浪费。表面上看似怨悔,实是感伤。

结拍两句,化用崔敏童的"能向花前几回醉,十千沽酒莫辞频"(《宴城东庄》),转写今日此时,表面上自解自慰,说伤春惜花费泪无益,不如痛饮美酒,恣赏落花,语极旷达,实际上却极为沉痛,较之惋惜更深一层。

　　群花飞谢,还没有委埋泥土、坠随流水之前,"吹满地"的"艳粉娇红"还可供人怜惜,然而这种景象转瞬间即将消逝无踪,又能够看到几次?更又能看得几时!"临轩一盏悲春酒,明日池塘是绿阴"(韩偓《惜花》),"直须深"的连连呼唤中,蕴藏着无计留春、悲情难抑的痛苦,但这种感情却故以问语相诘,就显得十分婉转。此二句明朗显豁、抑扬顿挫,有一唱三叹之妙。

临江仙·梦后楼台高锁

【创作背景】

　　据晏几道在《小山词·自跋》里说:"沈廉叔,陈君宠家有莲、鸿、苹、云几个歌女。"晏每填一词就交给她们演唱,晏与陈、沈"持酒听之,为一笑乐"。晏几道写的词就是通过两家"歌儿酒使,俱流传人间",可见晏跟这些歌女结下了不解之缘。他的《破阵子·柳下笙歌庭院》有"记得青楼当日事,写向红窗夜月前,凭伊寄小莲"之句,写的就是歌女。这首《临江仙·梦后楼台高锁》不过是他的好多怀念歌女词作中的一首。

【诗词原文】

临江仙①·梦后楼台高锁

梦后楼台高锁,酒醒帘幕低垂②。

去年春恨却来时,落花人独立,微雨燕双飞③。

记得小苹初见④,两重心字罗衣⑤。

琵琶弦上说相思,当时明月在,曾照彩云归⑥。

【诗词注解】

　　①临江仙:双调小令,唐教坊曲名,后用为词牌。《乐章集》入"仙吕调",《张子野词》入"高平调"。五十八字,上下片各三平韵。约有三格,第三格增二字。柳永演为慢曲,九十三字,前片五平韵,后片六平韵。

　　②"梦后"两句:眼前实景,"梦后""酒醒"互文,犹晏殊《踏莎行·小径红稀》所云"一场秋梦酒醒时";"楼台高锁",从外面看,"帘幕低垂",就里面说,也只是一个地方的互文,表示春来意与非常阑珊。许浑《客有卜居不遂薄游汴陇因题》:"楼台深锁无人到,落尽春风第一花。"

　　③却来:又来,再来。"去年春恨"是较近的一层回忆,独立花前,闲看燕子,比今年的醉眠愁卧,静掩房栊意兴还稍好一些。郑谷《杏花》:"小桃初谢后,双燕却来时。""独立"

与双燕对照,已暗逗怀人意。《五代诗话》卷七引翁宏《官词》"落花人独立,微雨燕双飞。"(翁诗全篇见《诗话总龟》前集卷十一。)

④以下直到篇末,是更远的回忆,即此篇的本事。小苹,当时歌女名。汲古阁本《小山词》作者自跋:"始时沈十二廉叔,陈十君宠家,有莲鸿苹云,品清讴娱客。每得一解,即以草授诸儿。"小莲、小苹等名,又见他的《玉楼春》词中。

⑤心字罗衣:未详。杨慎《词品》卷二:"心字罗衣则谓心字香薰之尔,或谓女人衣曲领如心字。"说亦未必确。疑指衣上的花纹。"心"当是篆体,故可作为图案。"两重心字",殆含"心心"义。李白《宫中行乐词八首》之一:"山花插鬓髻,石竹绣罗衣",仅就两句字面,虽似与此句差远,但太白彼诗篇末云:"只愁歌舞散,化作彩云飞",显然为此词结句所本,则"罗衣"云云盖亦相绾合。前人记诵广博,于创作时,每以联想的关系,错杂融会,成为新篇。此等例子正多,殆有不胜枚举者。

⑥彩云:比喻美人。江淹《丽色赋》:"其少进也,如彩云出崖。"其比喻美人之取义仍从《高唐赋》"行云"来,屡见李白集中,如《感遇四首》之四"巫山赋彩云"、《凤凰曲》"影灭彩云断"及前引《宫中行乐词》。白居易《简简吟》:"彩云易散琉璃脆。"此篇"当时明月""曾照彩云",与诸例均合,寓怀追昔之意,即作者自跋所云。

【诗词译文】

深夜梦回楼台朱门紧锁,宿酒醒后帘幕重重低垂。去年的春恨涌上心头时,人在落花纷扬中幽幽独立,燕子在微风细雨中双双翱飞。

记得与小苹初次相见,她穿着两重心字香薰过的罗衣。琵琶轻弹委委倾诉相思。当时明月如今犹在,曾照着她彩云般的身影回归。

【诗词精讲】

这首词抒发作者对歌女小苹怀念之情。比较起来,这首《临江仙·梦后楼台高锁》在作者众多的怀念歌女词中更有其独到之处。

全词共四层:"梦后楼台高锁,酒醒帘幕低垂"为第一层。这两句首先给人一种梦幻般的感觉。如不仔细体味,很难领会它的真实含义。其实是词人用两个不同场合中的感受来重复他思念小苹的迷惘之情。由于他用的是一种曲折含蓄,诗意很浓的修词格调。所以并不使人感到啰嗦,却能更好地帮助读者理解作者的深意。

如果按常规写法,就必须大力渲染梦境,使读者了解词人与其意中人过去生活情状及深情厚谊。而作者却别开生面,从他笔下进出来的是"梦后楼台高锁"。即经过甜蜜的梦境之后,含恨望着高楼,门是锁着的,意中人并不真的在楼上轻歌曼舞。作者不写出梦境,让读者去联想。这样就大大地增添了词句的内涵和感染力。

至于"梦"和"楼"有什么必然联系，只要细心品味词中的每一句话，就会找到答案。这两句的后面紧接着"去年春恨却来时"。既然词人写的是"春恨"，他做的必然是春梦了。回忆梦境，却怨"楼台高锁"，那就等于告诉读者，他在梦中是和小苹歌舞于高楼之上。

请再看晏几道的一首《清平乐·幺弦写意》："幺弦写意，意密弦声碎。书得凤笺无限事，却恨春心难寄。卧听疏雨梧桐，雨余淡月朦胧，一夜梦魂何处？那回杨叶楼中。"这首词虽然也没有写出梦境，却能使读者联想到，这是非常使人难以忘怀的梦境。以上所谈是词人第一个场合的感受。另一个场合的感受是："酒醒帘幕低垂"，在不省人事的醉乡中是不会想念小苹的，可是一醒来却见小苹原来居住的楼阁，帘幕低垂，门窗是关着的，人已远去，词人想借酒消愁，但愁不能消。

"去年春恨却来时，落花人独立，微雨燕双飞"。三句为第二层。"去年"两字起了承前启后的作用。有了"去年"二字第一层就有了依据。说明两人相恋已久，刻骨铭心。下文的"记得""当时""曾照"就有了着落，把这些词句串联起来，整首词就成了一件无缝的天衣。

遣词之妙，独具匠心！"却"字和李商隐《夜雨寄北》中"却话巴山夜雨时"中的"却"字一样，当"又"字"再"字解。意思是说：去年的离愁别恨又涌上了心头。紧接着词人借用五代翁宏《春残》"又是春残也，如何出翠帏？落花人独立，微雨燕双飞"的最后两句，但比翁诗用意更深。"落花"示伤春之感，"燕双飞"寓缱绻之情。

古人常用"双燕"反衬行文中人物的孤寂之感。如：冯延巳《醉桃源·南园春半踏青时》"秋千慵困解罗衣，画梁双燕飞"就是其中一例。晏词一写"人独立"再写"燕双飞"形成了鲜明的对比。此篇盖袭用成语，但翁宏诗作不出名，小晏词句却十分煊赫。

这里也有好些原因：(一)乐府向例可引用诗句，所谓"以诗入乐"，如用得浑然天成，恰当好处，评家且认为是一种优点。(二)诗词体性亦不尽同，有用在诗中并不甚好，而在词中却很好的，如晏殊《浣溪沙·一曲新词酒一杯》的"无可奈何""似曾相识"一联。(三)优劣当以全篇论，不可单凭摘句。

"记得小苹初见，两重心字罗衣，琵琶弦上说相思"。为第三层。欧阳修《好女儿令·眼细眉长》："一身绣出，两重心字，浅浅金黄。"词人有意借用小苹穿的"心字罗衣"来渲染他和小苹之间倾心相爱的情谊，已够使人心醉了。他又信手拈来，写出"琵琶弦上说相思"，使人很自然地联想起白居易《琵琶行》"低眉信手续续弹，说尽心中无限事"的诗句来，给词的意境增添了不少光彩。

第四层是最后两句："当时明月在，曾照彩云归"这两句是化用李白《宫中行乐词》"只愁歌舞散,化作彩云飞"。中国社会科学院文学研究所编的《唐宋词选》把"当时明月在,曾照彩云归"解释为"当初曾经照看小苹归去的明月仍在,而眼前小苹却已不见",这样解释虽然不错,但似乎比较乏味。

如果把这两句解释为"当时皓月当空,风景如画的地方,现在似乎还留下小苹归去时,依依惜别的身影"。这样会增加美的感受,像彩云一样的小苹在读者的头脑里,会更加妩媚多姿了。把"在"字当作表示处所的方位词用,因为在吴系语中,"在"能表达这种意思,某处可说成"某在"。

杨万里《明发南屏》"新晴在在野花香"。"在在"犹"处处"也,可作佐证。这首《临江仙》含蓄真挚,字字关情。词的上片"去年春恨却来时"可说是词中的一枚时针,它表达了词人处于痛苦和迷惘之中,其原因是由于他和小苹有过一段甜蜜幸福的爱情。

时间是这首词的主要线索。其余四句好像是四个相对独立的镜头(即 1. 梦后,2. 酒醒,3. 人独立,4. 燕双飞),每个镜头都渲染着词人内心的痛苦,句句景中有情。

秦观

秦观(1049—1100 年),北宋词人,字少游,一字太虚,号邗沟居士,学者称淮海先生。扬州高邮(今属江苏)人。曾任秘书省正字、国史院编修官等职。因政治上倾向于旧党,被视为元祐党人,绍圣后贬谪。文辞为苏轼所赏识,为"苏门四学士"之一。工诗词,词多写男女情爱,也颇有感伤身世之作,风格委婉含蓄,清丽淡雅。诗风与词相近。有《淮海集》40 卷、《淮海居士长短句》(又名《淮海词》)。

望海潮·洛阳怀古

【创作背景】

这首词不止于追怀过去的游乐生活,还有政治失意之慨叹其中。有一年早春时节,作者重游洛阳。洛阳这个古代名城,是北宋的西京,也是当时繁华的大城市之一。词人曾经在这里生活过一段时间,对此地留下了难忘的记忆。词人旧地重游,人事沧桑给他以深深的触动,使他油然而生惜旧之情,写下了这首词。

【诗词原文】

望海潮^①·洛阳怀古

梅英疏淡,冰澌溶泄^②,东风暗换年华^③。

金谷俊游^④,铜驼巷陌^⑤,新晴细履平沙。

长记误随车。正絮翻蝶舞,芳思^⑥交加。

柳下桃蹊,乱分春色到人家。

西园夜饮鸣笳^⑦。有华灯碍月,飞盖妨花。

兰苑未空,行人渐老,重来是事^⑧堪嗟!

烟暝^⑨酒旗斜。但倚楼极目,时见栖鸦。

无奈归心,暗随流水到天涯。

【诗词注解】

①望海潮:柳永创调,见《乐章集》。此调咏钱塘(今浙江杭州),当是以钱塘作为观潮胜地取意。

②冰澌(sī)溶泄:冰块融化流动。

③东风暗换年华:是说东风吹起不知不觉又换了岁月。

④金谷:金谷园,在洛阳西北。俊游:同游的好友。

⑤铜驼苍陌:古洛阳宫门南四会道口,有二铜陀夹着相对,后称铜陀陌。苍陌:街道。

⑥芳思(sì):春天引起了错综复杂的情思。

⑦西园:北宋时洛阳有董氏西园为著名的园林。后世泛指风景优美的园林。鸣笳:奏乐助兴。胡笳是古代传自北方少数民族的一种乐器。

⑧是事:事事。

⑨烟暝:烟雾弥漫,天色昏暗。

【诗词译文】

梅花稀疏,色彩轻淡,冰雪正在消融,春风吹拂暗暗换了年华。想昔日金谷胜游的园景,铜驼街巷的繁华,趁新晴漫步在雨后平沙。总记得曾误追了人家香车,正是柳絮翻飞蝴蝶翩舞,引得春思缭乱交加。柳荫下桃花小径,乱纷纷将春色送到千家万户。

西园夜里宴饮,乐工们吹奏起胡笳。缤纷高挂的华灯遮掩了月色,飞驰的车盖碰损了繁花。花园尚未凋残,游子却渐生霜发,重来旧地事事感慨吁嗟。暮霭里一面酒旗斜挂。空倚楼纵目远眺,时而看见栖树归鸦。见此情景,我油然而生归隐之心,神思已暗自随着流水奔到天涯。

【诗词精讲】

这是一首伤春怀旧之作。上片起头三句,写初春景物:梅花渐渐地稀疏,结冰的水流已经溶解,东风的煦拂之中,春天悄悄地来了。"暗换年华",既指眼前自然界的变化,又指人事沧桑、政局变化。此种双关的今昔之感,直贯结句思归之意。

"金谷俊游"以下十一句,都是写的旧游,实以"长记"两字领起,"误随车"固"长记"之中,即前三句所写金谷园中、铜驼路上的游赏,也同样在内。但由于格律关系就把"长记"作为领起的字移后了。

"金谷"三句所写都是欢娱之情,纯为忆旧。"长记"之事甚多,而这首词写的只是两年前春天的那一次游宴。金谷园是西晋石崇的花园,洛阳西北。铜驼路是西晋都城洛阳皇宫前一条繁华的街道,以宫前立有铜驼而得名。

故人们每以金谷、铜驼代表洛阳的名胜古迹。但词里,西晋都城洛阳的金谷园和铜驼路,却是用以借指北宋都城汴京的金明池和琼林苑,而非实指。与下面的西园也非实指曹魏邺都(今河北临漳西)曹氏兄弟的游乐之地,而是指金明池(因为它位于汴京之西)。这三句,乃是说前年上已,适值新晴,游赏幽美的名园,漫步繁华的街道,缓踏平沙,非常轻快。

因忆及"细履平沙"故连带想起当初最令人难忘的"误随车"那件事来。"误随车"出韩愈《游城南十六首》的《嘲少年》:"直把春偿酒,都将命乞花。只知闲信马,不觉误随车。"而李白的《陌上赠美人》:"白马骄行踏落花,垂鞭直拂五云车。美人一笑搴珠箔,遥指红楼是妾家。"以及张泌的《浣溪沙》:"晚逐香车入凤城,东风斜揭绣帘轻,慢回娇眼笑盈盈。消息未通何计是?便须佯醉且随行,依稀闻道太狂生。"则都可作随车的注释。尽管那次"误随车"只是无心之误,但却也引起了词人温馨的遐思,使他对之长远地保持着美好的记忆。

"正絮翻蝶舞"四句,写春景。"絮翻蝶舞""柳下桃蹊",正面形容浓春。春天的气息四处洋溢着,人这种环境之中,自然也就"芳思交加",即心情充满着青春的欢乐了。此处"乱"字用得极好,它将春色无所不至,乱哄哄地呈现着万紫千红的图景出色地反映出来了。

换头"西园"三句,从美妙的景物写到愉快的饮宴,时间则由白天到了夜晚,以见当时的尽情欢乐。西园借指西池。曹植的《公宴》写道:"清夜游西园,飞盖相追随。明月澄清景,列宿止参差。"曹丕《与吴质书》云:"白日既匿,继以朗月。同乘并载,以游后园。舆轮徐动,参从无声;清风夜起,悲笳微吟。"又云:"从者鸣笳以启路,文学托乘于后车。"词用二曹诗文中意象,写日间外面游玩之后,晚间又到国夫人园中饮酒、听乐。

各种花灯都点亮了,使得明月也失去了它的光辉;许多车子园中飞驰,也不管车盖擦损了路旁的花枝。写来使人觉得灯烛辉煌,车水马龙,如在眼前一般。"碍"字和"妨"字,不但显出月朗花繁,而且也显出灯多而交映,车众而并驰的盛况。把过去写得越热闹就越衬出现在的凄凉、寂寞。

"兰苑"二句,暗中转折,逼出"重来是事堪嗟",点明怀旧之意,与上"东风暗换年华"相呼应。追忆前游,是事可念,而"重来"旧地,则"是事堪嗟",感慨至深。此时酒楼独倚,只见烟暝旗斜,暮色苍茫,既无飞盖而来的俊侣,也无鸣筲夜饮的豪情,极目所至,已经看不到絮、蝶、桃、柳这样一些春色,只是"时见栖鸦"而已。这时候,宦海风波、仕途蹉跌,也使得词人不得不离开汴京,于是归心也就自然而然地同时也是无可奈何地涌上心头。

这首词的艺术特色主要是:其一,结构别具一格,上片先写今、后写昔,下片先承上写昔后再写今,忆昔部分贯通上、下两片;其二,大量运用对比手法,以昔衬今,极富感染力。

八六子·倚危亭

【创作背景】

此词为一首怀人之作,写于元丰三年(1080年),适时秦观三十二岁,还未能登得进士第,更未能谋得一官半职。在这种处境下,忆想起以往与佳人欢娱的美好时光,展望着今后的路程,使他不能不感怀身世而有所感叹。

【诗词原文】

八六子①·倚危亭

倚危亭,恨如芳草②,萋萋刬③尽还生。

念柳外青骢④别后,水边红袂⑤分时,怆然暗惊。

无端天与娉婷⑥,夜月一帘幽梦,春风十里柔情⑦。

怎奈向⑧、欢娱渐随流水,素弦声断,翠绡香减,

那堪片片飞花弄晚,蒙蒙残雨笼晴。

正销凝⑨,黄鹂⑩又啼数声。

【诗词注解】

①八六子:杜牧始创此调,又名"感黄鹂"。

②恨如芳草:李煜《清平乐》诗句"离恨恰如芳草,更行更远还生。"

③刬(chǎn):同"铲"。

④青骢(cōng):毛色青白相间的马。

⑤袂(mèi)红:红袖,指女子,情人。

⑥娉(pīng)婷:美貌,指美人。

⑦"春风"句:杜牧《赠别》诗:"春风十里扬州路,卷上珠帘总不如。"

⑧怎奈向:即怎奈、如何。宋人方言,"向"字为语尾助词。

⑨销凝:消魂凝恨。

⑩黄鹂:又名黄莺。

【诗词译文】

我独自靠在危亭子上,那怨情就像春草,刚刚被清理,不知不觉又已长出来。一想到在柳树外骑马分别的场景,一想到水边与那位红袖佳人分别的情形,我就伤感不已。

佳人,上天为何赐你如此美丽?让我深深投入无力自拔?当年在月夜里,我们共同醉入一帘幽梦,温柔的春风吹拂着你和我。真是无可奈何,往日的欢乐都伴随着流水远去,绿纱巾上的香味渐渐淡去,再也听不到你那悦耳的琴声。如今已到了暮春时分,片片残红在夜色中飞扬,点点细雨下着下着又晴了,雾气一片迷迷蒙蒙。我的愁思正浓,忽然又传来黄鹂的啼叫声,一声一声……

【诗词精讲】

这首词表达作者与他曾经爱恋的一位歌女之间的离别相思之情。全词由情切入,突兀而起,其间绘景叙事,或回溯别前之欢,或追忆离后之苦,或感叹现实之悲,委婉曲折,道尽心中一个"恨"字。

首先,秦观词最大的特色是"专主情致"。抒情性原本就是词长于诗的特点,秦观则将词的这一特长加以光大,在这首词中体现得十分明显。词的上片临亭远眺,回忆与佳人分手,以情直入,点出词眼在于一个"恨"字。以"芳草"隐喻离恨,又是眼前的景物。忆及"柳外""水边"分手之时词人以"怆然暗惊"抒发感受,落到现实,无限凄楚。

词的下片则设情境写"恨"。用"怎奈""那堪""黄鹂又啼数声"等词句进一步把与佳人分手之后的离愁别绪与仕途不顺,有才得不到施展的身世之"恨",融于一处,并使之具体化、形象化,达到融情于景、情景交融的境界。

其次,这首词的意境蕴藉含蓄,情致悠长,耐人寻味。秦观善于通过凄迷、朦胧的意境米传达自己伤感、迷惘的意绪。在这首词中,上片以"萋萋刬尽还生"的芳草写离恨,使人感到词人的离别之恨就像原上之草,春风吹又生,生生不灭。

下片创设了三个情境具体表现这一点:"夜月一帘幽梦,春风十里柔情"的欢娱都随流水而去,"素弦声断,翠绡香减",词人对好景不长、离别在即的无奈溢于言表,此其一;其二,离别之时情境的渲染,"片片飞花弄晚,蒙蒙残雨笼晴",词人以凄迷之景寓怅惘、伤感之情,意蕴十分丰富,是极妙的景语;其三,结尾二句,以景结情,急转直下,声情并茂,"销凝之时,黄鹂又啼数声",一"又"字,既与起笔"倚危亭,恨如芳草,萋萋刬尽还生"遥相呼应,又再次突出了前面所述的两种情境,意蕴境中,韵逸言外,凄楚伤感之思自在其中。作者善用画面说话,举重若轻,寄凝重之思于轻灵的笔触之中,如游龙飞空,似春风拂柳。

最后,这首词的语言清新自然,情辞相称,精工而无斧凿之痕。前人曾这样评论:"子瞻辞胜乎情,耆卿情胜乎辞,辞情相称者,惟少游而已。"秦观的词之所以能有如此高超的语言成就,主要是因为他工于炼字。

这首词中"飞花弄晚""残雨笼晴"这二句是互文的,意思是飞花残雨在逗弄晚晴。这里的一"弄"一"笼",既音韵和谐,又能使人产生无限想象,十分贴切生动。由于秦观长于化用古人诗句入词,使之为己所用,更加富于表现力,达到青出于蓝而胜于蓝的效果。

"倚危亭"三句周济称为"神来之笔",实则从李后主《清平乐》词"离恨恰如春草,更行更远还生"脱化而来;"夜月一帘幽梦,春风十里柔情"则暗用杜牧的"春风十里扬州路,卷上珠帘总不如";洪迈《容斋随笔》认为词的结尾两句是模仿杜牧同一词牌的结尾"正消魂,梧桐又有移翠阴"。不论模仿是否属实,秦观这两句的妙处远胜过杜牧的此句却是不争的事实。可见,秦观继承前人语言是有创造性的,唯有创造方能显其生命力。

满庭芳·山抹微云

【创作背景】

这首《满庭芳》是秦观最杰出的词作之一,写于元丰二年(1079 年),暮冬。

【诗词原文】

满庭芳①·山抹微云

山抹微云,天连②衰草,画角声断谯门③。

暂停征棹,聊共引离尊④。

多少蓬莱旧事⑤,空回首、烟霭⑥纷纷。

斜阳外,寒鸦万点,流水绕孤村。

消魂⑦当此际,香囊暗解,罗带轻分。

谩赢得青楼薄幸⑧名存。

此去何时见也? 襟袖上、空惹啼痕。

伤情处,高城望断,灯火已黄昏。

【诗词注解】

①满庭芳:词牌名。

②连:一作黏。

③谯门:城门。

④引:举。尊:酒杯。

⑤蓬莱旧事:男女爱情的往事。

⑥烟霭:指云雾。

⑦消魂:形容因悲伤或快乐到极点而心神恍惚不知所以的样子。

⑧谩:徒然。薄幸:薄情。

【诗词译文】

会稽山上,云朵淡淡的,像是水墨画中轻抹上去的一般;越州城外,衰草连天,无穷无际。城门楼上的号角声,时断时续。在北归的客船上,与歌妓举杯共饮,聊以话别。回首多少男女间情事,此刻已化作缕缕烟云散失而去。眼前夕阳西下,万点寒鸦点缀着天空,一弯流水围绕着孤村。

悲伤之际又有柔情蜜意,心神恍惚下,解开腰间的系带,取下香囊。徒然赢得青楼中薄情的名声罢了。此一去,不知何时重逢?离别的泪水沾湿了衣襟与袖口。正是伤心悲情的时候,城已不见,万家灯火已起,天色已入黄昏。

【诗词精讲】

这首《满庭芳》是秦观最杰出的词作之一。起拍开端"山抹微云,天连衰草",雅俗共赏,只此一个对句,便足以流芳词史了。

一个"抹"字出语新奇,别有意趣。"抹"字本意,就是用另外一个颜色,掩去了原来的底色之谓。传说,唐德宗贞元时阅考卷,遇有词理不通的,他便"浓笔抹之至尾"。至于古代女流,则时时要"涂脂抹粉"亦即用脂红别色以掩素面本容之义。

按此说法,"山抹微云",原即山掩微云。若直书"山掩微云"四个大字,那就风流顿减,而意致全无了。词人另有"林梢一抹青如画,知是淮流转处山"的名句。这两个"抹"字,一写林外之山痕,一写山间之云迹,手法俱是诗中之画,画中之诗,可见作者是有意将绘画笔法写入诗词的。

少游这个"抹"字上极享盛名,婿宴席前遭了冷眼时,便"遽起,又手而对曰:某乃山抹微云女婿也!"以至于其虽是笑谈,却也说明了当时人们对作者炼字之功的赞许。山抹微云,非写其高,概写其远。它与"天连衰草",同是极目天涯的意思:一个山被云遮,便勾勒出一片暮霭苍茫的境界;一个衰草连天,便点明了暮冬景色惨淡的气象。全篇情怀,皆由此八个字里透发出来。

"画角"一句,点明具体时间。古代傍晚,城楼吹角,所以报时,正如姜白石所谓"正黄昏,清角吹寒,都空城",正写具体时间。"暂停"两句,点出赋别、饯送之本事。词笔至此,便有回首前尘、低回往事的三句,稍稍控提,微微唱叹。妙"烟霭纷纷"四字,虚实双关,前后相顾。"纷纷"之烟霭,直承"微云",脉络清晰,是实写;而昨日前欢,此时却忆,则也正如烟云暮霭,分明如,而又迷茫怅惘,此乃虚写。

接下来只将极目天涯的情怀,放眼前景色之间,又引出了那三句使千古读者叹为绝唱的"斜阳外,寒鸦万点,流水绕孤村"。于是,这三句可参看元人马致远的名曲《天净沙·秋思》:"枯藤老树昏鸦;小桥流水人家;古道西风瘦马,夕阳西下,断肠人在天涯",抓住典型意象,巧用画笔点染,非大手不能为也。

少游写此,全神理,谓天色既暮,归禽思宿,却流水孤村,如此便将一身微官濩落,去国离群的游子之恨以"无言"之笔言说得淋漓尽致。词人此际心情十分痛苦,他不去刻画这一痛苦的心情,却将它写成了一种极美的境界,难怪令人称奇叫绝。

下片中"青楼薄幸"亦值得玩味。此是用"杜郎俊赏"的典故:杜牧之,官满十年,弃而自便,一身轻净,亦万分感慨,不屑正笔稍涉宦郴字,只借"闲情"写下了那篇有名的"十年一觉扬州梦,赢得青楼薄幸名",其词意怨愤谑静。而后人不解,竟以小杜为"冶游子"。少游之感慨,又过乎牧之之感慨。

结尾"高城望断","望断"这两个字,总收一笔,轻轻点破题旨,此前笔墨倍添神采。而灯火黄昏,正由"山抹微云"的傍晚到"纷纷烟霭"的渐重渐晚再到满城灯火,一步一步,层次递进,井然不紊,而惜别停杯,流连难舍之意也就尽在其中了。

这首词笔法高超还韵味深长,至情至性而境界超凡,非用心体味,不能得其妙也。后来,秦观因此得名"山抹微云君"。

满庭芳·晓色云开

【创作背景】

秦观在《与李乐天简》中称自己于北宋元丰二年(1079 年)岁暮,自会稽还乡,"杜门却扫,日以文史自娱,时复扁舟,循邗沟而南,以适广陵"。从词中所描写的景色以及"豆蔻梢头旧恨,十年梦、屈指堪惊"等用语来看,这首词极有可能就是秦观在次年春天游历扬州时所作。

【诗词原文】

满庭芳·晓色云开

晓色①云开,春随人意,骤雨才过还晴。

古台芳榭②,飞燕蹴红英③。

舞困榆钱自落④,秋千外、绿水桥平⑤。

东风里,朱门映柳,低按小秦筝⑥。

多情,行乐处,珠钿翠盖⑦,玉辔红缨⑧。

渐酒空金榷⑨,花困蓬瀛⑩。

豆蔻梢头旧恨⑪,十年梦⑫、屈指堪惊。

凭阑久,疏烟淡日,寂寞下芜城⑬。

【诗词注解】

①晓色:拂晓时的天色。

②芳榭:华丽的水边楼台。

③蹴(cù):踢。红英:此指飘落的花瓣。

④榆钱:春天时榆树初生的榆荚,形状似铜钱而小,甜嫩可食,俗称榆钱。

⑤绿水桥平:春水涨满了小河,与小河平齐。

⑥秦筝:古代秦地所造的一种弦乐器,形似瑟,十三弦。

⑦珠钿翠盖:形容装饰华丽的车子。珠钿,指车上装饰有珠宝和嵌金。翠盖,指车盖上缀有翠羽。

⑧玉辔红缨:形容马匹装扮华贵。玉辔,用玉装饰的马缰绳。红缨,红色穗子。

⑨金榷(què):金制的饮酒器。

⑩花困蓬瀛:花指美人。蓬瀛,传说中的海上仙山蓬莱、瀛州。此指饮酒之地。

⑪"豆蔻"句:化用杜牧《赠别》诗"娉娉袅袅十三余,豆蔻梢头二月初。春风十里扬州路,卷上珠帘总不如"句意,写旧识的少女。

⑫"十年"句:用杜牧《遣怀》诗"十年一觉扬州梦,赢得青楼薄幸名"句意,抒今昔之感慨。

⑬芜城:即广陵城,今之扬州。因鲍照作《芜城赋》讽咏扬州城的废毁荒芜,后世遂以芜城代指扬州。

【诗词译文】

韵译拂晓的曙色中云雾散净,好春光随人意兴,骤雨才过,天色转晴。古老的亭台,芳美的水榭,飞燕穿花踩落了片片红英。榆钱儿像是舞得困乏,自然地缓缓飘零,秋千摇荡的院墙外,漫涨的绿水与桥平。融融的春风里杨柳垂荫朱门掩映,传出低低弹奏小秦筝的乐声。

回忆起往日多情人,邀游行乐的盛景。她乘着翠羽伞盖的香车,珠玉头饰簪发顶,我骑着缰绳精美的骏马,装饰了几缕红缨。金杯里美酒渐空,如花美人厌倦了蓬瀛仙境。豆蔻年华的青春少女啊,往日同我有多少恨离情,十年间浑然大梦,屈指算令人堪惊。凭倚着栏杆久久眺望,但见烟雾稀疏,落日昏蒙,寂寞地沉入了扬州城。

【诗词精讲】

秦观善于以长调抒写柔情。这首词记芜城春游感怀,写来细腻自然,悠悠情长,语尽而意不尽。这首词的情调是由愉悦转为忧郁,色调从明快渐趋暗淡,词人的心情随着时间和环境的改换而在起着变化,却又写得那样婉转含蓄,不易琢磨,只好用他自己的话来形容了,"自在飞花轻似梦,无边丝雨细如愁。"(《浣溪沙·漠漠轻寒上小楼》)

词的上片写明媚春光。"晓色云开"三句,奠定了春日清晨的明朗基调。雨过天晴,晓云初霁,春光如此美好,令人欣欣然以为春天是多么地随人心意。

接下去春日明丽景象,从游赏于春色中的人眼中一一展现,如电影之特写镜头连篇而来:本来苍凉的古时台榭,在这姹紫嫣红时节,也显得春意盎然,似乎散发着无限的生机;飞燕自由地上下翻飞,不时地碰触到柔嫩的花瓣;串串榆钱愉快地随风飘舞,似乎直到舞到困倦了才从树上飘落下来;秋千高荡,但见外面绿波荡漾,几与桥面相平。此处写景,颇见功力。

以苍凉古台写春,更见春色之明媚;飞燕、榆钱不但是组成春色的一道风景,更是与人一样为春沉醉的精灵。它们或不时碰碰花瓣,或在风中舞蹈,既见此物形态,更见万物心情之明朗;而写秋千则暗示出荡秋千之人,暗转入庭院、花园中的春色和春色映照下的佳人。"东风里"三句,由写景过渡到写人,却写得极有韵致。朱门之内,绿柳掩映下,红妆少女弹奏着秦筝,秦声悠扬,令朱门外的人心动神驰,浮想联翩。

下片写昔日行乐与当前寂寥寡欢之情。"多情"四句承接上片写游乐场景。作者用极为简练的语言形象地描绘出春游之乐。华贵的马车,华美的马匹,只从游乐时所用舟车的不凡,就已经令人想见其冶游盛况了。古时出游,女子多乘车,而男子多骑马。典型的代步工具的渲染,让人想象男女同行远游之乐。

"渐酒空"句,将许多行乐场面省略,而从行乐之结果来写冶游时间之长和游乐之尽兴。"豆蔻"三句,急转直下,点出以上所写盛况美景,都是前尘旧梦。而如此丰富的内容,用杜牧诗意表现,用典贴切,辞约义丰。"堪惊"两字,黯然神伤,用在此处,有千钧之重。

结末三句,转写面前萧瑟景色与忆旧者怅惘之情。凭栏久立,抚今追昔,十年人世遭际令人感叹不已。而眼前只见淡淡的落日,疏疏落落的烟雾,如此凄凉景物,与人物悲苦心情合二为一。随着夕阳西下,伤感的人与夕阳一样孤独落寞。

全词结构精巧,形容巧妙,语言精练生动。景随情变,情景交融,具有良好的艺术效果。

从结构上分析,这首词有三条线索交织构成。第一条是时间线索,以清晨雨过天晴开始,到黄昏的疏烟淡日结束,中间于描写景物之中点出酒空花困的午时情怀。第二条是游历所经的线索,从古台到横桥,从朱门到芜城凭栏,将一日游赏展现出来。第三条是情感线索,从清晨出发时的逸兴满怀,到中午时分的意阑无绪,再到日暮时分独下芜城的寂寞无聊,将词人游赏因所见所闻而产生的情绪变化展现出来。

虽然进行艺术分析时,可以清理出这么许多条线索来,但是,由于词人熔裁得体,使三条线索浑然融为一体,不仅没有造成滞碍之嫌,反而使词风更趋婉约,词情也更有风致了。

鹊桥仙·纤云弄巧

【创作背景】

农历的七月七日成了闺中女子的一个节日——乞巧节,据说是在月下穿针,穿上了,就是向织女"乞"得了巧。鹊桥相会,也成为坚贞爱情的象征。秦观的这首《鹊桥仙》,写的就是七月七日织女会牛郎的故事。

【诗词原文】

鹊桥仙[①]·纤云弄巧

纤云[②]弄巧[③],飞星[④]传恨,银汉[⑤]迢迢[⑥]暗度[⑦]。

金风玉露[⑧]一相逢,便胜却人间无数。

柔情似水,佳期如梦,忍顾[⑨]鹊桥归路。

两情若是久长时,又岂在朝朝暮暮[⑩]。

【诗词注解】

①鹊桥仙:此调专咏牛郎织女七夕相会的故事。始见欧阳修词,中有"鹊迎桥路接天津"句故名。又名《金风玉露相逢曲》《广寒秋》等。双调,五十六字,仄韵。

②纤云:轻盈的云彩。

③弄巧:指云彩在空中幻化成各种巧妙的花样。

④飞星:流星。一说指牵牛、织女二星。

⑤银汉:银河。

⑥迢迢:遥远的样子。

⑦暗度:悄悄渡过。

⑧金风玉露:指秋风白露。李商隐的《辛未七夕》:"由来碧落银河畔,可要金风玉露时。"

⑨忍顾:怎忍回视。

⑩朝朝暮暮:指朝夕相聚。语出宋玉《高唐赋》。

【诗词译文】

纤薄的云彩在天空中变幻多端,天上的流星传递着相思的愁怨,遥远无垠的银河今夜我悄悄渡过。在秋风白露的七夕相会,就胜过尘世间那些长相厮守却貌合神离的夫妻。

共诉相思,柔情似水,短暂的相会如梦如幻,分别之时不忍去看那鹊桥路。只要两情至死不渝,又何必贪求卿卿我我的朝欢暮乐呢?

【诗词精讲】

这是一首咏七夕的节序词,起句展示七夕独有的抒情氛围,"巧"与"恨",则将七夕人间"乞巧"的主题及"牛郎织女"故事的悲剧性特征点明,练达而凄美。借牛郎织女悲欢离合的故事,歌颂坚贞诚挚的爱情。结句"两情若是久长时,又岂在朝朝暮暮"最有境界,这两句既指牛郎织女的爱情模式的特点,又表述了作者的爱情观,是高度凝练的名言佳句。这首词因而也就具有了跨时代、跨国度的审美价值和艺术品位。

这首词熔写景、抒情与议论于一炉,叙写牵牛织女二星相爱的神话故事,赋予这对仙侣浓郁的人情味,讴歌了真挚、细腻、纯洁、坚贞的爱情。词中明写天上双星,暗写人间情侣;其抒情,以乐景写哀,以哀景写乐,倍增其哀乐,读来荡气回肠,感人肺腑。

词篇一开始即写"纤云弄巧",轻柔多姿的云彩,变化出许多优美巧妙的图案,显示出织女的手艺何其精巧绝伦。可是,这样美好的人儿,却不能与自己心爱的人共同过美好的生活。"飞星传恨",那些闪亮的星星仿佛都传递着他们的离愁别恨,正飞驰长空。

关于银河,《古诗十九首》云:"河汉清且浅,相去复几许?盈盈一水间,脉脉不得语。"盈盈一水间,近咫尺,似乎连对方的神情语态都宛然在目。这里,秦观却写道:"银汉迢迢暗渡","以迢迢"二字形容银河的辽阔,牛女相距之遥远。这样一改,感情深沉了,突出了相思之苦。迢迢银河水,把两个相爱的人隔开,相见多么不容易。"暗度"二字既点"七夕"题意,同时紧扣一个"恨"字,他们踽踽宵行,千里迢迢来相会。

接下来词人宕开笔墨,以富有感情色彩的议论赞叹道:"金风玉露一相逢,便胜却人间无数!"一对久别的情侣金风玉露之夜,碧落银河之畔相会了,这美好的一刻,就抵得上人间千遍万遍的相会。词人热情歌颂了一种理想的圣洁而永恒的爱情。

"金风玉露"用李商隐的《辛未七夕》诗:"恐是仙家好别离,故教迢递作佳期。由来碧落银河畔,可要金风玉露时。"用以描写七夕相会的时节风光,同时还另有深意,词人把这次珍贵的相会,映衬于金风玉露、冰清玉洁的背景之下,显示出这种爱情的高尚纯洁和超凡脱俗。

"柔情似水",那两情相会的情意啊,就像悠悠无声的流水,是那样的温柔缠绵。"柔情似水","似水"照应"银汉迢迢",即景设喻,十分自然。一夕佳期竟然像梦幻一般倏然而逝,才相见又分离,怎不令人心碎!

"佳期如梦",除言相会时间之短,还写出爱侣相会时的复杂心情。"忍顾鹊桥归路",转写分离,刚刚借以相会的鹊桥,转眼间又成了和爱人分别的归路。不说不忍离去,却说怎忍看鹊桥归路,婉转语意中,含有无限惜别之情,含有无限辛酸眼泪。回顾佳期幽会,疑真疑假,似梦似幻,及至鹊桥言别,恋恋之情,已至于极。

词笔至此忽又空际转身,爆发出高亢的音响:"两情若是久长时,又岂在朝朝暮暮!"秦观这两句词揭示了爱情的真谛:爱情要经得起长久分离的考验,只要能彼此真诚相爱,即使终年天各一方,也比朝夕相伴的庸俗情趣可贵得多。这两句感情色彩很浓的议论,与上片的议论遥相呼应,这样上、下片同样结构,叙事和议论相间,从而形成全篇连绵起伏的情致。这种正确的恋爱观,这种高尚的精神境界,远远超过了古代同类作品,是十分难能可贵的。

这首词的议论,自由流畅,通俗易懂,却又显得婉约蕴藉,余味无穷。作者将画龙点睛的议论与散文句法与优美的形象、深沉的情感结合起来,起伏跌宕地讴歌了人间美好的爱情,取得了极好的艺术效果。

此词的结尾两句,是爱情颂歌当中的千古绝唱。

踏莎行·郴州旅舍

【创作背景】

这首词为秦观在绍圣四年(1097 年)因坐党籍连遭贬谪于郴州旅店所写。当时秦观因新旧党争先贬杭州通判,再贬监州酒税,后又被罗织罪名贬谪郴州,削去所有官爵和俸禄;又贬横州,这首词作于离郴前,元祐六年(1091年)七月,苏轼受到贾易的弹劾。秦观从苏轼处得知自己亦附带被弹劾,便立刻去找有关台谏官员疏通。秦观的失态使得苏轼兄弟的政治操行遭到政敌的攻讦,而苏轼与秦观的关系也因此发生了微妙的变化。有人认为,这首《踏莎行》的下片,很可能是秦观在流放岁月中,通过同为苏门友人的黄庭坚,向苏轼所作的曲折表白。

【诗词原文】

踏莎行①·郴州②旅舍

雾失楼台③,月迷津渡④,桃源望断无寻处⑤。

可堪⑥孤馆闭春寒,杜鹃⑦声里斜阳暮。

驿寄梅花⑧,鱼传尺素⑨,砌⑩成此恨无重数⑪。

郴江⑫幸自⑬绕郴山,为谁流下潇湘去⑭?

【诗词注解】

①踏莎行:词牌名。

②郴(chēn)州:今属湖南。

③雾失楼台:暮霭沉沉,楼台消失在浓雾中。

④月迷津渡:月色朦胧,渡口迷失不见。

⑤"桃源"句:拼命寻找也看不见理想的桃花源。桃源,语出晋陶渊明《桃花源记》,指生活安乐、合乎理想的地方。无寻处,找不到。

⑥可堪:怎堪,哪堪,受不住。

⑦杜鹃:鸟名,相传其鸣叫声像人言"不如归去",容易勾起人的思乡之情。

⑧驿寄梅花:陆凯的《赠范晔诗》:"折梅逢驿使,寄与陇头人。江南无所有,聊寄一枝春。"这里作者是将自己比作范晔,表示收到了来自远方的问候。

⑨鱼传尺素:东汉蔡邕的《饮马长城窟行》中有"客从远方来,遗我双鲤鱼。呼儿烹鲤鱼,中有尺素书"。另外,古时舟车劳顿,信件很容易损坏,古人便将信件放入匣子中,再将信匣刻成鱼形,美观而又方便携带。"鱼传尺素"成了传递书信的又一个代名词。这里也表示接到朋友问候的意思。

⑩砌:堆积。

⑪无重数:数不尽。

⑫郴江:清顾祖禹《读史方舆纪要·湖广》载:郴水在"州东一里,一名郴江,源发黄岑山,北流经此……下流会来水及自豹水入湘江。"

⑬幸自:本自,本来是。

⑭"为谁"句：为什么要流到潇湘去呢？意思是连郴江都耐不住寂寞何况人呢？为谁：为什么。潇湘：潇水和湘水,是湖南境内的两条河流,合流后称湘江,又称潇湘。

【诗词译文】

雾迷蒙,楼台依稀难辨,月色朦胧,渡口也隐匿不见。望尽天涯,理想中的桃花源,无处寻觅。怎能忍受得了独居在孤寂的客馆,春寒料峭,斜阳西下,杜鹃声声哀鸣！

远方友人的音信,寄来了温暖的关心和嘱咐,却平添了我深深的别恨离愁。郴江啊,你就绕着你的郴山流得了,为什么偏偏要流到潇湘去呢？

【诗词精讲】

这首词大约作于绍圣四年(1097年)春三月,秦观初抵郴州之时。词人因党争遭贬,远徙郴州(今属湖南),精神上备感痛苦。

上片写谪居中寂寞凄冷的环境。开头三句,缘情写景,劈面推开一幅凄楚迷茫、黯然销魂的画面:漫天迷雾隐去了楼台,月色朦胧中,渡口显得迷茫难辨。"雾失楼台,月迷津渡。"互文见义,不仅对句工整,也不只是状写景物,而是情景交融的佳句。"失""迷"二字,既准确地勾勒出月下雾中楼台、津渡的模糊,又恰切地写出了作者无限凄迷的意绪。"雾失""月迷",皆为下句"望断"出力。

"桃源望断无寻处"。词人站在旅舍观望应该已经很久了,他目寻当年陶渊明笔下的那块世外桃源。桃源,其地在武陵(今湖南常德),离郴州不远。词人由此生联想:即是"望断",亦为枉然。着一"断"字,让人体味出词人久伫苦寻幻想境界的怅惘目光及其失望痛苦心情。他的《点绛唇·桃源》词中"尘缘相误,无计花间住"。写的当是同样的心情。

"桃源"是陶渊明心目中的避乱圣地,也是词人心中的理想乐土,千古关情,异代同心。而"雾""月"则是不可克服的现实阻碍,它们以其本身的虚无缥缈呈现其不可言喻的象征意义。而"楼台""津渡",在中国文人的心目中,同样被赋予了文化精神上的内涵,它们是精神空间的向上与超越的拓展。

词人希望借此寻出一条通向"桃源"的秘道,然而他只有失望而已。一"失"一"迷",现实回报他的是这片雾笼烟锁的景象。"适彼乐土"《诗经·魏风·硕鼠》之不能,旨在引出现实之不堪。于是放纵的目光开始内敛,逗出"可堪孤馆闭春寒,杜鹃声里斜阳暮。"桃源无觅,又谪居远离家乡的郴州这个湘南小城的客舍里,本自容易滋生思乡之情,更何况不是宦游他乡,而是天涯沦落啊。这两句正是意在渲染这个贬所的凄清冷寞。

春寒料峭时节,独处客馆,念往事烟霭纷纷,瞻前景不寒而栗。一个"闭"字,锁住了料峭春寒中的馆门,也锁住了那颗欲求拓展的心灵。更有杜鹃声声,催人"不如归去",勾起旅人愁思;斜阳沉沉,正坠西土,怎能不触动一腔身世凄凉之感。

词人连用"孤馆""春寒""杜鹃""斜阳"等引人感发,令人生悲伤心景物于一境,即把自己的心情融入景物,创造"有我之境"。又以"可堪"二字领起一种强烈的凄冷气氛,好像他整个的身心都被吞噬在这片充斥天宇的惨淡愁云之中。前人多病其"斜阳"后再着一"暮"字,以为重累。其实不然,这三字表明着时间的推移,为"望断"作注。

夕阳偏西,是日斜之时,慢慢沉落,始开暮色。"暮",为日沉之时,这时间顺序,蕴含着词人因孤寂而担心夜晚来临更添寂寞难耐的心情。这是处境顺利、生活充实的人所未曾体验到的愁人心绪。因此,"斜阳暮"三字,正大大加重了感情色彩。

下片由叙实开始,写远方友人殷勤致意、安慰。"驿寄梅花,鱼传尺素。"连用两则有关友人投寄书信的典故,分见于《荆州记》和古诗《饮马长城窟行》。寄梅传素,远方的亲友送来安慰的信息,按理应该欣喜为是,但身为贬谪之词人,北归无望,却"别是一般滋味在心头",每一封裹寄着亲友慰安的书信,触动的总是词人那根敏感的心弦,奏响的是对往昔生活的追忆和痛省今时困苦处境的一曲曲凄伤哀婉的歌。

每一封信来,词人就历经一次这个心灵挣扎的历程,添其此恨绵绵。故于第三句急转,"砌成此恨无重数",一切安慰均无济于事。离恨犹如"恨墙"高砌,使人不胜负担。一个"砌"字,将那无形的伤感形象化,好像还可以重重累积,终如砖石垒墙般筑起一道高无重数、沉重坚实的"恨墙"。恨谁,恨什么,身处逆境的词人没有明说。联系他在《自挽词》中所说:"一朝奇祸作,漂零至于是。"可知他的恨,与飘零有关,他的飘零与党祸相连。

在词史上,作为婉约派代表词人,秦观正是以这堵心中的"恨墙"表明他对现实的抗争。他何尝不欲将心中的悲愤一吐为快?但他忧谗畏讥,不能说透。于是化实为虚,作宕开之笔,借眼前山水作痴痴一问:"郴江幸自绕郴山,为谁流下潇湘去?"无理有情,无理而妙。

好像词人在对郴江说:郴江啊,你本来是围绕着郴山而流的,为什么却要老远地北流向潇湘而去呢?关于这两句的蕴意,或以为:"郴江也不耐山城的寂寞,流到远方去了,可是自己还得待在这里,得不到自由。"(胡云翼《宋词选》)或以为词人"反躬自问",慨叹身世:"自己好端端一个读书人,本想出来为朝廷做一番事业,正如郴江原本是绕着郴山而转的呀,谁会想到如今竟被卷入一切政治斗争旋涡中去呢?"(《唐宋词鉴赏辞典》)见仁见智。

依笔者拙意,对这两句蕴意的把握,或可空灵一些。词人在幻想、希望与失望、展望的感情挣扎中,面对眼前无言而各得其所的山水,也许他悄然地获得了一种人生感悟:生活本身充满了各种解释,有不同的发展趋势,生活并不是从一开始便固定了的故事,就像这绕着郴山的郴江,它自己也是不由自主地向北奔流朝潇湘而去。

生活的洪流,依着惯性,滚滚向前,它总是把人带到深不可测的远方。与秦观悲剧性一生"同升而并黜"的苏轼,同病相怜更具一份知己的灵感犀心,亦绝爱其尾两句,及闻其死,叹曰:"少游已矣,虽万人何赎!"自书于扇面以志不忘。

综上所述,这首词最佳处在于虚实相间,互为生发。上片以虚带实,下片化实为虚,以上下两结饮誉词坛。激赏"可堪孤馆闭春寒,杜鹃声里斜阳暮"的王国维,以东坡赏其后二语为"皮相"。持论未免偏颇。深味末二句"郴江"之问,其气格、意蕴,毫不愧色于"可堪"二句。所谓东坡"皮相"之赏,亦可谓"解人正不易得"。

阮郎归·湘天风雨破寒初

【创作背景】

《阮郎归》这个词牌,又名"醉桃源""碧桃春",其名来源于古代神仙故事,适合写凄苦的情感。

宋哲宗绍圣三年(1096年),秦观被贬为监处州酒税,他平时不敢过问政治,常常到法海寺修行,但还是被罗织罪名,再次被贬至郴州,并被削去了所有官职和俸禄。词人丢官削禄,越贬越远,内心悲愤异常。在经过潇湘南徙的时刻,他几乎哭泣着说:"人人道尽断肠初,哪堪肠已无!"(《阮郎归》其三)。词人在郴州贬所度过了整整一年,岁末时节,心情无比哀伤,便提笔写了这首词。

【诗词原文】

阮郎归·湘天风雨破寒初

湘天①风雨破寒初,深沉庭院虚。

丽谯吹罢《小单于》②,迢迢清夜徂③。

乡梦断,旅魂孤。峥嵘岁又除④。

衡阳犹有雁传书⑤,郴阳和雁无⑥。

【诗词注解】

①湘天:指湘江流域一带。

②"丽谯"句:丽谯,城门更楼。《庄子·徐无鬼》:"君亦必无盛鹤列于丽谯之间。"郭象注:"丽谯,高楼也。"陆德明释文:"谯,本亦作譙。"成玄英疏:"言其华丽瞧蛲也。"小单于,乐曲名。李益《听晓角》诗:"无限寒鸿飞不度,秋风卷入小单于。"《乐府诗集》:"按唐

大角曲有《大单于》《小单于》《大梅花》《小梅花》等曲,今其声犹有存者。"

③"迢迢"句:迢迢,漫长沉寂。清夜,清静之夜。徂(音 cú),往,过去。

④"峥嵘"句:峥嵘,比喻岁月艰难,极不寻常。鲍照《舞鹤赋》诗句"岁峥嵘而莫愁"。除,逝去。

⑤"衡阳"句:衡阳,古衡州治所。相传衡阳有回雁峰,鸿雁南飞望此而止。《舆地记胜》:"回雁峰在州城南。或曰雁不过衡阳,或曰峰势如雁之回。"陆佃《埤雅》:"南地极燠,雁望衡山而止。"雁书,典出《汉书.苏武传》:"汉求武等,匈奴诡言武死,……教使者谓单于。言天子射上林中得雁,足有系帛书,言武等在某泽中。"

⑥"郴阳"句:郴阳,今湖南郴州市,在衡阳之南。王水照先生的《元佑党人贬谪心态的缩影——论秦观(千秋岁)及苏轼等和韵词》云:"从郴州至横州,当时必须先北上至衡州,然后循湘水,入广西境,至桂州兴安,由灵渠顺漓水下梧州,复由浔江、郁水西至横州。"由此可证,郴州在衡阳之南,道路险阻,书信难传。和雁无,连雁也无。《诗词曲语辞汇释》卷一谓"和"犹"连"也,并引此句释云:"言连传书之雁亦无有也。"

【诗词译文】

湘南的天气多风多雨,风雨正在送走寒气。深深的庭院寂寥空虚。在彩绘小楼上吹奏着"小单于"的乐曲,漫漫的清冷的长夜,在寂寥中悄悄地退去。

思乡的梦断断续续在公馆中感到特别孤独,那种清凉寂寞的情怀实在无法描述;何况这正是人们欢乐团聚的除夕。衡阳还可以有鸿雁传书捎信。这郴阳比衡阳还远,连鸿雁也只影皆无。

【诗词精讲】

《阮郎归·湘天风雨破寒初》这首词系秦观贬谪郴州时岁暮天寒的感慨之作,抒发的是思乡之情。

词的上片写除夕夜间长夜难眠的苦闷。起首二句,以简练的笔触勾勒了一个寂静幽深的环境。满天风雨冲破了南方的严寒,似乎呼唤着春天的到来。然而词人枯寂的心房,却毫无复苏的希望。

环顾所居庭院的四周,深沉而又空虚,人世间除旧岁、迎新年的气象一点也看不到。寥寥十二字,不仅点明了时间——破寒之初,点明了地点——湘南的庭院;而且描写了一个巨大的空间:既写了湖南南部辽阔的天空,也写了蜗居一室狭小的贬所。

更堪注意的是,在凄凉孤寂的氛围中,隐然寓有他人的欢娱。因为除夕是中国的传统节日,这一天家家户户围炉守岁,乐叙天伦,个中意味,不言自明。由此可见,词人此处用了隐寓的手法,让读者以经验和想象来补充他所描写的环境。这就是词学家们所常说的"含蓄得妙"。

"丽谯"二句是写词人数尽更筹,等待着天明。从字面上看,秦观的构思似乎受到《庄子》和李益诗的影响,但所写的感情,完全是词人独特的感受。

除夕之夜,人们是合家守岁,而此刻的词人却深居孤馆,耳中听到的只是风声、雨声,以及凄楚的从城门楼上传来的画角声。这种声音,仿佛是乱箭,不断刺激着词人的心灵,在这种情况下,词人好容易度过"一夜长如岁"的除夕。

"迢迢"二字,极言岁之长;着一"清"字,则突出了夜之静谧,心之凄凉。而一个"徂"字,则将时光的流逝写得很慢、很慢。可以看出,词人的用字,是极为精审而又准确的。

整个上片,情调是低沉的,节奏是缓慢的。然而到了换头的地方,词人却以快速的节奏发出"乡梦断,旅魂孤"的咏叹。自从贬谪以来,离开家乡已经三年了,这个"乡"字当是广义的,包括京都和家乡。词人日日夜夜盼望回乡,可是如今却像游魂一样,孑然一身,漂泊在外。当此风雨之夕,即使他想在梦中回乡,也因角声萦耳,进不了梦境。

"乡梦断,旅魂孤"这六个字,凝聚着多么深挚的感情啊!至"峥嵘岁又除"一句,词人始正面点除夕。峥嵘,不寻常、不平凡之谓也,中寓艰难之义,杜甫诗云:"旅食岁峥嵘",词意同此。然而着一"又"字,却表明了其中蕴有多少次点燃了复又熄灭的希望之火,一个又一个除夕的到来了,接着又一个一个地消逝了,词人依旧流徙外地。痛楚之情,溢于言外。

词的结尾,写离乡日远,音讯久疏,连用二事,贴切而又自然。鸿雁传书的典故,出于《汉书·苏武传》。衡阳有回雁峰,相传鸿雁至此而北返。这两个故事,用得不着痕迹,表现词人音信全无的失望心情。

明人沈际飞评此词曰"伤心",确是表现了此篇感情的特点。从词的内容到词的音调,无不充满了凄苦哀伤的色彩。在宋代词坛上,以抒写凄婉情感见长的词人,独推淮海、小山。在淮海词中,情调最为凄婉的,此片也是其中之一。细读全篇,浅语淡语之中蕴有深远意味。

减字木兰花·天涯旧恨

【创作背景】

词中出语凝重,显出沉郁顿挫的风致,有强烈的起伏跌宕之感,应是谪于郴州所写。

【诗词原文】

减字木兰花①·**天涯旧恨**

天涯旧恨,独自凄凉人不问。

欲见回肠,断尽金炉小篆香②。

黛蛾③长敛,任是春风吹不展。

困倚危楼,过尽飞鸿字字愁。

【诗词注解】

①减字木兰花:词牌名。此调将《偷声木兰花》上下阕起句各减三字,故名。

②篆(zhuàn)香:比喻盘香和缭绕的香烟。

③黛蛾:指眉毛。

【诗词译文】

远隔天涯旧恨绵绵,凄凄凉凉孤独度日无人问讯。要想知道我是如何愁肠百结,就像金炉中燃尽的篆香。

长眉总是紧锁,任凭春风劲吹也不舒展。困倦地倚靠高楼栏杆,看那高飞的雁行,字字都是愁。

【诗词精讲】

这首词写一女子独处怀人的苦闷情怀。上片写女子独自凄凉,愁肠欲绝;下片写百无聊赖的女主人公困倚危楼。全词先着力写内心,再着重写外形,触物兴感,借物喻情,词采清丽,

笔法多变,细致入微地表现了女主人公深重的离愁,抒写出一种深沉的怨愤激楚之情。"天涯"点明所思远隔,"旧恨"说明分离已久,四字写出空间、时间的悬隔,为"独知凄凉"张本。

独居高楼,已是凄凉,而这种孤凄的处境与心情,竟连存问同情的人都没有,就更觉得难堪了。"人"为泛指,也包括所思念的远人,这两句于伤离嗟独中含有怨意。如此由情直入起笔颇陡峭。

"欲见回肠,断尽金炉小篆香。"是说要想了解她内心的痛苦吗?请看金炉中寸寸断尽的篆香!篆香,盘香,因其形状回环如篆,故称。盘香的形状恰如人的回肠百转,这里就近取譬,触物兴感,显得自然浑成,不露痕迹。"断尽"二字着意,突出了女主人公柔肠寸断、一寸相思一寸灰的强烈感情状态。这两句哀怨伤感中寓有沉痛激愤之情。上片前两句直抒怨情,后两句借物喻情,笔法变化有致。

过片"黛蛾长敛,任是春风吹不展",从内心转到表情的描写。人们的意念中,和煦的春风给万物带来生机,它能吹开含苞的花朵,展开细眉般的柳叶,似乎也应该吹展人的愁眉,但是这长敛的黛蛾,却是任凭春风吹拂,也不能使它舒展,足见愁恨的深重。

"任是"二字,着意强调,加强了愁恨的分量。这两句的佳处是无理之妙。读到这两句,眼前便会浮现在拂面春风中双眉紧锁、脉脉含愁的女主人公形象。

结拍"困倚危楼,过尽飞鸿字字愁"结拍两句,点醒女主人公独处高楼的处境和引起愁恨的原因。高楼骋望,见怀远情般,而"困倚""过尽",则骋望之久、失望之深自见言外。旧有鸿雁传书之说,仰观飞鸿,自然会想到远人的书信,但"过尽"飞鸿,却盼不到来自天涯的音书。因此,这排列成行的"雁字",困倚危楼的闺人眼中,便触目成愁了。两句意蕴与温庭筠的《望江南·梳洗罢》词:"过尽千帆皆不是,斜晖脉脉水悠悠,肠断白蘋洲"相似,而秦观的这两句,主观感情色彩更为浓烈。

此词通体悲凉,可谓断肠之吟,尤其上下片结句,皆愁极伤极之语,但并不显得柔靡纤弱。词中出语凝重,显出沉郁顿挫的风致,读来愁肠百结,抑扬分明,有强烈的起伏跌宕之感。

苏轼

苏轼(1037—1101年),字子瞻,一字和仲,号东坡居士,眉州眉山(今属四川)人。苏洵之子。嘉祐年间(1056—1063年)进士。曾上疏力言王安石新法之弊,后因作诗讽刺新法而下御史狱,贬黄州。宋哲宗时任翰林学士,曾出知杭州、颍州,官至礼部尚书。后又贬谪惠州、儋州。在各地均有惠政。卒后追谥文忠。学识渊博,喜好奖励后进。与父苏洵、弟苏辙合称"三苏"。其文纵横恣肆,为"唐宋八大家"之一。其诗题材广阔,清新豪健,善用夸张比喻,独具风格。与黄庭坚并称"苏黄"。词开豪放一派,与辛弃疾并称"苏辛"。又工书画。有《东坡七集》《东坡易传》《东坡书传》《东坡乐府》等。

题西林壁

【创作背景】

苏轼于宋神宗元丰七年(1084年)由黄州(治所在今湖北黄冈)贬所改迁汝州(治所在今河南临汝)团练副使,赴汝州时经过九江,与友人参寥同游庐山。瑰丽的山水触发逸兴壮思,于是写下了若干首庐山记游诗。《题西林壁》是游观庐山后的总结。据南宋施宿《东坡先生年谱》记载可知此诗约作于元丰七年(1084年)五月间。

【诗词原文】

题西林壁^①

横看成岭侧成峰^②,远近高低各不同^③。

不识庐山真面目^④,只缘身在此山中^⑤。

【诗词注解】

①题西林壁:写在西林寺的墙壁上。西林寺在庐山西麓。题,书写,题写。西林,西林寺,在江西庐山。

②"横看"句:横看,从正面看。庐山总是南北走向,横看就是从东面、西面看。侧,侧面。

③各不同:各不相同。

④"不识"句:不识,不能认识,辨别。真面目,指庐山真实的景色、形状。

⑤"只缘"句:缘,因为;由于。此山,这座山,指庐山。

【诗词译文】

从正面、侧面看庐山山岭连绵起伏、山峰耸立,从远处、近处、高处、低处看庐山,庐山呈现各种不同的样子。我之所以认不清庐山真正的面目,是因为我自身处在庐山之中。

【诗词精讲】

此诗描写庐山变化多姿的面貌,并借景说理,指出观察问题应客观全面,如果主观片面,就得不出正确的结论。

开头两句"横看成岭侧成峰,远近高低各不同",实写游山所见。庐山是座丘壑纵横、峰峦起伏的大山,游人所处的位置不同,看到的景物也各不相同。这两句概括而形象地写出了移步换形、千姿万态的庐山风景。

结尾两句"不识庐山真面目,只缘身在此山中",是即景说理,谈游山的体会。之所以不能辨认庐山的真实面目,是因为身在庐山之中,视野为庐山的峰峦所局限,看到的只是庐山的一峰一岭一丘一壑的局部而已,这必然带有片面性。

这两句奇思妙发,整个意境浑然托出,为读者提供了一个回味经验、驰骋想象的空间。这不仅仅是游历山水才有这种理性认识。游山所见如此,观察世上事物也常如此。这两句诗有着丰富的内涵,它启迪人们认识为人处事的一个哲理——由于人们所处的地位不同,看问题的出发点不同,对客观事物的认识难免有一定的片面性;要认识事物的真相与全貌,必须超越狭小的范围,摆脱主观成见。

仁者见仁,智者见智。一首小诗激起人们无限的回味和深思。所以,《题西林壁》不单单是诗人歌咏庐山的奇景伟观,同时也是苏轼以哲人的眼光从中得出的真理性的认识。由于这种认识是深刻的,是符合客观规律的,所以诗中除了有谷峰的奇秀形象给人以美感之外,又有深永的哲理启人心智。因此,这首小诗格外来得含蓄蕴藉,思致渺远,使人百读不厌。

这首诗寓意十分深刻,但所用的语言却异常浅显。深入浅出,这正是苏轼的一种语言特色。苏轼写诗,全无雕琢习气。诗人所追求的是用一种质朴无华、条畅流利的语言表现一种清新的、前人未曾道的意境;而这意境又是不时闪烁着荧荧的哲理之光。

从这首诗来看,语言的表述是简明的,而其内涵却是丰富的。也就是说,诗语的本身是形象性和逻辑性的高度统一。诗人在四句诗中,概括地描绘了庐山的形象的特征,同时又准确地指出看山不得要领的道理。鲜明的感性与明晰的理性交织一起,互为因果,诗的形象因此升华为理性王国里的典型,这就是人们为什么千百次地把后两句当作哲理的警句的原因。

如果说宋以前的诗歌传统是以言志、言情为特点的话,那么到了宋朝尤其是苏轼,则出现了以言理为特色的新诗风。这种诗风是宋人在唐诗之后另辟的一条蹊径,用苏轼的话来说,便是"出新意于法度之中,寄妙理于豪放之外"。形成这类诗的特点是:语浅意深,因物寓理,寄至味于淡泊。《题西林壁》就是这样的一首好诗。

饮湖上初晴后雨(其二)

【创作背景】

苏轼于宋神宗熙宁四年至七年(1071—1074 年)任杭州通判,曾写下大量有关西湖景物的诗。这组诗作于熙宁六年(1073 年)正、二月间。

【诗词原文】

饮湖上初晴后雨(其二)

水光潋滟晴方好①,山色空蒙雨亦奇②。

欲把西湖比西子③,淡妆浓抹总相宜④。

【诗词注解】

①"水光"句:潋滟,水波荡漾、波光闪动的样子。方好,正显得美。

②"山色"句:空濛,细雨迷蒙的样子。濛,一作"蒙"。亦,也。奇,奇妙。

③"欲把"句:欲,可以;如果。西子,即西施,春秋时代越国著名的美女。

④总相宜:总是很合适,十分自然。

【诗词译文】

晴天,西湖水波荡漾,在阳光照耀下,光彩熠熠,美极了。下雨时,远处的山笼罩在烟雨之中,时隐时现,眼前一片迷茫,这朦胧的景色也是非常漂亮的。如果把美丽的西湖比作美人西施,那么淡妆也好,浓妆也罢,总能很好地烘托出她的天生丽质和迷人神韵。

【诗词精讲】

一天,苏轼和朋友在西湖边上饮美酒。开始天气晴朗,不大工夫竟然阴了天,下起雨来。这样,饮酒未尽,诗人便饱览了西湖上晴和雨两种截然不同的风光。于是诗人赞叹说:晴天的西湖,水上鳞波荡漾,闪烁耀眼,正好展示着那美丽的风貌;雨天的西湖,山中云雾朦胧,缥缥缈缈,又显出别一番奇妙景致。

西湖无论是晴是雨无时不美。我想,最好把西湖比作西子,空蒙山色是她淡雅的妆饰,潋滟水光是她浓艳的粉脂,不管她怎样打扮,总能很好地展现出她的美丽容颜和动人的风采。

这首小诗前两句是描写:写晴天的水、雨天的山,从两种地貌、两种天气表现西湖山水风光之美和晴雨多变的特征,写得具体、传神,具有高度的艺术概括性,以至于有人评论说,古来多少西湖诗全被这两句扫尽了。

后两句是比喻:天地之间,人类最灵;人类之中,西子最美。在前两句描写的基础上,把西湖比作美女西施,说它和西施一样同为天下灵与美的极至,何况又经过淡妆或浓抹的精心打扮呢!

然而,极写西湖之美还不是这个比喻的全部奥妙。历史上有些女子,美名和西子不相上下,诗人何以偏偏要拿西子来和西湖相比呢? 这是因为,西子除了她灵秀美丽,她和西湖还有两点独特的契合:一是西子家乡离西湖不远,同属古越之地;二是西子、西湖,头上都有"西"字,叫起来自然天成。由于这种种原因,苏轼这个妙手偶得的比喻,博得了后人的称道,西湖也就被称作西子湖了。

这首诗概括性很强,它不是描写西湖的一处之景、一时之景,而是对西湖美景的全面评价。这首诗的流传,给西湖的景色增添了光彩,也表达了作者对西湖的喜爱。

惠崇春江晚景（其一）

【创作背景】

惠崇春江晚景是元丰八年（1085年）苏轼在逗留江阴期间，为惠崇所绘的鸭戏图而作的题画诗。苏轼的题画诗内容丰富，取材广泛，遍及人物、山水、鸟兽、花卉、木石及宗教故事等众多方面。这些作品鲜明地体现了苏轼雄健豪放、清新明快的艺术风格，显示了苏轼灵活自如地驾驭诗画艺术规律的高超才能。而这首《惠崇＜春江晚景＞》历来被看作苏轼题画诗的代表作。

【诗词原文】

惠崇春江晚景（其一）

竹外桃花三两枝，

春江水暖鸭先知。

蒌蒿①满地芦芽②短，

正是河豚③欲上④时。

【诗词注解】

①蒌蒿：草名，有青蒿、白蒿等种。《诗经》："呦呦鹿鸣，食野之蒿。"

②芦芽：芦苇的幼芽，可食用。

③河豚：鱼的一种，学名"鲀"，肉味鲜美，但是卵巢和肝脏有剧毒。产于我国沿海和一些内河。每年春天逆江而上，在淡水中产卵。

④上：指逆江而上。

【诗词译文】

竹林外两三枝桃花初放，鸭子在水中游戏，它们最先察觉了初春江水的回暖。河滩上已经满是蒌蒿，芦笋也开始抽芽，而河豚此时正要逆流而上，从大海洄游到江河里来了。

一片竹林，三两枝桃花，一条江，几只鸭子，河岸上满是蒌蒿，芦芽刚刚破土，天上还有两两归鸿。

【诗词精讲】

图画以鲜明的形象，使人有具体的视觉感受，但它只能表现一个特定的画面，有一定的局限性。而一首好诗，虽无可视的图像，却能用形象的语言，吸引读者进入一个通过诗人独特构思而形成的美的意境，以弥补某些画面所不能表现的东西。

这首题画诗既保留了画面的形象美,也发挥了诗的长处。苏轼用他饶有风味、虚实相间的笔墨,将原画所描绘的春色展现得那样令人神往。在根据画面进行描写的同时,苏轼又有新的构思,从而使得画中的优美形象更富有诗的感情和引人入胜的意境。

苏轼先从身边写起:初春,大地复苏,竹林已被新叶染成一片嫩绿,更引人注目的是桃树上也已绽开了三两枝早开的桃花,色彩鲜明,向人们报告春的信息。接着,诗人的视线由江边转到江中,那在岸边期待了整整一个冬季的鸭群,早已按捺不住,抢着下水嬉戏了。

苏轼由江中写到江岸,更细致地观察描写初春景象:由于得到了春江水的滋润,满地的蒌蒿长出新枝了,芦芽儿吐尖了;这一切无不显示了春天的活力,惹人怜爱。诗人进而联想到,这正是河豚肥美上市的时节,引人更广阔地遐想。全诗洋溢着一股浓厚而清新的生活气息。

这是一首题画诗,惠崇的《春江晚景图》没有流传下来,不过从苏轼的诗中,我们可以想个大概:一片竹林,三两枝桃花,一条江,几只鸭子,河岸上满是蒌蒿,芦芽刚刚破土,天上还有两两归鸿。河豚是看不到的,是馋嘴的苏轼在想:河豚该上来了,用蒌蒿和芦芽一炖,比肉鲜多了。

惠崇为宋初"九诗僧"之一,跟苏轼不是一个时代的人。苏轼是只见其画,未见其人。此僧诗画俱佳,尤其擅长画水乡,再放上几只飞禽走兽,人称"惠崇小景"。

王安石很推崇他的画,在《纯甫出僧惠崇画要予作诗》中赞道:"画史纷纷何足数,惠崇晚年吾最许。"

明清两朝眼里只有唐诗,从不把宋诗放在眼里。康熙年间大学者、大诗人毛希龄就批评苏轼这首诗说:"春江水暖,定该鸭知,鹅不知耶?"

这老头真有点瞎抬杠。春江水暖,鹅当然也知。宋人还有"春到人间草木知"的诗呢。这是题画诗,可能画上根本没有鹅啊。

不过毛希龄也不是就跟苏轼过不去,他谁也看不上眼。他读朱子,身边都得摆个稻草人朱熹,看到他哪地方解得不对了,就要连打带骂,非得让这稻草人朱熹认错才行。对苏轼,已经够客气了。

著名国画史学家郭若虚说他"工画鹅、雁、鹭鸶,尤工小景,善为寒江远渚。萧洒虚旷之景,人所难到也"(《图画见闻志》卷四)。由此可见,惠崇的画享誉一时,而《春江晚景》(钱钟书《宋诗选注》作"晚景")应是他擅长的得意之作。惠崇原画已经失传,但从诗人传神的描写中,我们可以想到画面图景。北宋诗人晁补之说:"诗传画外意,贵有画中态。"(《和苏翰林题李甲画雁》)苏轼的这首诗妙在既能写出"画中态",又能传出"画外意",使诗情、画意完美地结合起来。

江城子·乙卯正月二十日夜记梦

【创作背景】

苏轼十九岁时,与年方十六的王弗结婚。王弗年轻美貌,且侍亲甚孝,二人恩爱情深。可惜天命无常,王弗二十七岁就去世了。这对苏东坡是绝大的打击,其心中的沉痛,精神上的痛苦,是不言而喻的。苏轼在《亡妻王氏墓志铭》里说:"治平二年(1065 年)五月丁亥,赵郡苏轼之妻王氏(名弗),卒于京师。六月甲午,殡于京城之西。其明年六月壬午,葬于眉之东北彭山县安镇乡可龙里先君、先夫人墓之西北八步。"于平静语气下,寓绝大沉痛。公元熙宁八年(1075 年),苏轼来到密州,这一年正月二十日,他梦见爱妻王氏,便写下了这首"有声当彻天,有泪当彻泉"(陈师道语)且传诵千古的悼亡词。

【诗词原文】

江城子①·乙卯②正月二十日夜记梦

十年③生死两茫茫,不思量④,自难忘。

千里孤坟⑤,无处话凄凉。

纵使⑥相逢应不识,尘满面,鬓如霜⑦。

夜来幽梦⑧忽还乡,小轩窗⑨,正梳妆。

相顾⑩无言,惟有泪千行。

料得年年肠断处⑪,明月夜,短松冈⑫。

【诗词注解】

①江城子:词牌名。

②乙卯(mǎo):1075 年,即北宋熙宁八年。

③十年:指结发妻子王弗去世已十年。

④思量:想念。"量"按格律应念平声。

⑤"千里"句:千里,王弗葬地四川眉山与苏轼任所山东密州,相隔遥远,故称"千里"。孤坟,孟启《本事诗·徵异第五》载张姓妻孔氏赠夫诗:"欲知肠断处,明月照孤坟。"其妻王氏之墓。

⑥纵使:即使。

⑦尘满面,鬓如霜:形容饱经沧桑,面容憔悴。

⑧幽梦:梦境隐约,故云幽梦。

⑨小轩窗:指小室的窗前,小轩,有窗槛的小屋。

⑩顾:看。

⑪料得:料想,想来。肠断处:一作"断肠处"。

⑫"明月"句:苏轼葬妻之地。短松:矮松。

【诗词译文】

俩人一生一死,隔绝十年,相互思念却很茫然,无法相见。不想让自己去思念,自己却难以忘怀。妻子的孤坟远在千里,没有地方跟她诉说心中的凄凉悲伤。即使相逢也应该不会认识,因为我四处奔波,灰尘满面,鬓发如霜。

晚上忽然在隐约的梦境中回到了家乡,只见妻子正在小窗前对镜梳妆。俩人互相望着,千言万语不知从何说起,只有相对无言泪落千行。料想那明月照耀着、长着小松树的坟山,就是与妻子思念年年痛欲断肠的地方。

【诗词精讲】

中国文学史上,从《诗经》开始,就已经出现"悼亡诗"。从悼亡诗出现一直到北宋的苏轼这期间,悼亡诗写得最有名的有西晋的潘岳和中唐的元稹。晚唐的李商隐亦曾有悼亡之作。他们的作品悲切感人。或写爱侣去后,处孤室而凄怆,睹遗物而伤神;或写作者既富且贵,追忆往昔,慨叹世事乖舛、天命无常;或将自己深沉博大的思念和追忆之情,用恍惚迷离的文字和色彩抒发出来,读之令人心痛。而用词写悼亡,是苏轼的首创。

苏轼的这首悼亡之作与前人相比,它的表现艺术却另具特色。这首词是"记梦",而且明确写了做梦的日子。但虽说是"记梦",其实只有下片五句是记梦境,其他都是直抒胸臆,诉悲怀的,写得真挚朴素,沉痛感人。

题中"乙卯"年指的是宋神宗熙宁八年(1075年),其时苏轼任密州(今山东诸城)知州,年已四十。这首"记梦"词,实际上除了下片五句记叙梦境,其他都是抒情文字。开头三句,排空而下,真情直语,感人至深。

"十年生死两茫茫"生死相隔,死者对人世是茫然无知了,而活着的人对逝者,也是同样的。恩爱夫妻,撒手永诀,时间倏忽,转眼十年。"不思量,自难忘",人虽云亡,而过去美好的情景"自难忘"怀。王弗逝世转眼十年了,想当初年方十六的王弗嫁给了十九岁的苏轼,少年夫妻情深意重自不必说,更难得她蕙质兰心,明事理。

这十年间,苏轼因反对王安石的新法,颇受压制,心境悲愤;到密州后,又逢凶年,忙于处理政务,生活困苦到食杞菊以维持的地步,而且继室王润之(或许正是出于对爱妻王弗的深切思念,东坡续娶了王弗的堂妹王润之,据说此女颇有其堂姐风韵,及儿子均在身旁,故不能年年月月，朝朝暮暮都把逝世的妻子老挂在心间。不是经常想念，但绝不是已经忘却。这种深深地埋在心底的感情，是难以消除的。因为苏轼时至中年，那种共担忧患的夫妻感情，久而弥笃，是一时一刻都不能消除的。

苏轼将"不思量"与"自难忘"并举，利用这两组看似矛盾的心态之间的张力，真实而深刻地揭示自己内心的情感。十年忌辰，触动人心的日子里，他不能"不思量"那聪慧明理的贤内助。往事蓦然来到心间，久蓄的情感潜流，忽如闸门大开，奔腾澎湃难以遏止。于是乎有梦，是真实而又自然的。

"千里孤坟，无处话凄凉"。想到爱妻华年早逝，感慨万千，远隔千里，无处可以话凄凉，话说得极为沉痛。其实即便坟墓近在身边，隔着生死，也是不能话凄凉的。这是抹杀了生死界线的痴语、情语，最大程度表达了苏轼孤独寂寞、凄凉无助而又急于向人诉说的情感，格外感人。

接着，"纵使相逢应不识，尘满面，鬓如霜"，这三个长短句，又把现实与梦幻混同了起来，把死别后的个人种种忧愤，包括在容颜的苍老、形体的衰败之中，这时他才四十岁，已经"鬓如霜"了。明明她辞别人世已经十年，却要"纵使相逢"，这是一种绝望的、不可能的假设，感情是深沉、悲痛，而又无奈的，表现了苏轼对爱侣的深切怀念，也把个人的变化做了形象的描绘，使这首词的意义更加深了一层。

苏轼曾在《亡妻王氏墓志铭》记述了"妇从汝于艰难，不可忘也"的父训。而此词写得如梦如幻，似真非真，其间真情恐怕不是仅仅依从父命，感于身世吧。苏轼索于心、托于梦，确实是一份"不思量，自难忘"的患难深情。

下片的头五句，才入了题开始"记梦"。"夜来幽梦忽还乡"，是记叙，写自己在梦中忽然回到了时在念中的故乡，在那个俩人曾共度甜蜜岁月的地方相聚、重逢。"小轩窗，正梳妆"，那小室，亲切而又熟悉，她情态容貌，依稀当年，正在梳妆打扮。这犹如结婚未久的少妇，形象很美，带出苏轼当年的闺房之乐。

苏轼以这样一个常见而难忘的场景表达了爱侣在自己心目中的永恒的印象。夫妻相见，没有出现久别重逢、卿卿我我的亲昵，而是"相顾无言，惟有泪千行"。这正是东坡笔力奇崛之处，妙绝千古。

正唯"无言"，方显沉痛；正唯"无言"，才胜过了万语千言；正唯"无言"，才使这个梦境令人感到无限凄凉。"此时无声胜有声"，无声之胜，全在于此。别后种种从何说起，只有任凭泪水倾盈。一个梦，把过去拉了回来，但当年的美好情景，并不存在。这是把现实的感受融入了梦中，使这个梦也令人感到无限凄凉。

结尾三句，又从梦境落回到现实上来。"料得年年肠断处；明月夜，短松冈。"料想长眠地下的爱侣,在年年伤逝的这个日子,为了眷恋人世、难舍亲人,而柔肠寸断。推己至人,作者设想此时亡妻一个人在凄冷幽独的"明月"之夜的心境,可谓用心良苦。在这里作者设想死者的痛苦,以寓自己的悼念之情。这种表现手法,有点像杜甫的名作《月夜》,不说自己如何,反说对方如何,使得诗词意味,更加蕴蓄。

苏轼这首词最后这三句,意深,痛巨,余音袅袅,让人回味无穷。特别是"明月夜,短松冈"二句,凄清幽独,黯然魂销。正所谓"天长地久有时尽,此恨绵绵无绝期"。(白居易《长恨歌》)这番痴情苦心实可感天动地。

这首词运用分合顿挫,虚实结合以及叙述白描等多种艺术的表现方法,来表达作者怀念亡妻的思想感情,在对亡妻的哀思中又糅进自己的身世感慨,因而将夫妻之间的情感表达得深婉而执着,使人读后无不为之动情而感叹哀惋。

念奴娇·赤壁怀古

【创作背景】

这首词是公元宋神宗元丰五年(1082年)苏轼谪居黄州时所写,当时苏轼四十七岁,因"乌台诗案"被贬黄州已两年余。苏轼由于诗文讽喻新法,为新派官僚罗织论罪而被贬,心中有无尽的忧愁无从诉说,于是四处游山玩水以放松情绪。正巧来到黄州城外的赤壁(鼻)矶,此处壮丽的风景使苏轼感触良多,更是让苏轼在追忆当年三国时期周瑜无限风光的同时也感叹时光易逝,因而写下这首词。

【诗词原文】

念奴娇①·赤壁②怀古

大江③东去,浪淘④尽,千古风流人物⑤。

故垒⑥西边,人道是,三国周郎⑦赤壁。

乱石穿空,惊涛拍岸,卷起千堆雪⑧。

江山如画,一时多少豪杰。

遥想⑨公瑾当年,小乔初嫁了⑩,雄姿英发⑪。

羽扇纶巾⑫,谈笑间樯橹⑬灰飞烟灭。

故国神游⑭,多情应笑我,早生华发⑮。

人生如梦,一尊还酹江月⑯。

【诗词注解】

①念奴娇:词牌名。又名"百字令""酹江月"等。

②赤壁:此指黄州赤壁,一名"赤鼻矶",在今湖北黄冈西。而三国古战场的赤壁,文化界认为在今湖北赤壁市蒲圻县西北。

③大江:指长江。

④淘:冲洗,冲刷。

⑤风流人物:指杰出的历史名人。

⑥故垒:过去遗留下来的营垒。

⑦周郎:指三国时吴国名将周瑜,字公瑾,少年得志,二十四为中郎将,掌管东吴重兵,吴中皆呼为"周郎"。下文中的"公瑾",即指周瑜。

⑧雪:比喻浪花。

⑨遥想:形容想得很远;回忆。

⑨"小乔"句:《三国志·吴志·周瑜传》载,周瑜从孙策攻皖,"得桥公两女,皆国色也。策自纳大桥,瑜纳小桥。"乔,本作"桥"。其时距赤壁之战已经十年,此处言"初嫁",是言其少年得意,倜傥风流。

⑩"雄姿"句:谓周瑜体貌不凡,言谈卓绝。英发,谈吐不凡,见识卓越。

⑪羽扇纶(guān)巾:古代儒将的便装打扮。羽扇,羽毛制成的扇子。纶巾,青丝制成的头巾。

⑫樯橹(qiánglǔ):这里代指曹操的水军战船。樯,挂帆的桅杆。橹,一种摇船的桨。"樯橹"一作"强虏",又作"樯虏",又作"狂虏"。《宋集珍本丛刊》之《东坡乐府》,元延祐刻本,作"强虏"。延祐本原藏杨氏海源阁,历经季振宜、顾广圻、黄丕烈等名家收藏,卷首有黄丕烈题辞,述其源流甚详,实今传各版之祖。

⑬"故国"句:"神游故国"的倒文。故国,这里指旧地,当年的赤壁战场。神游,于想象、梦境中游历。

⑭"多情"二句:"应笑我多情,早生华发"的倒文。华发(fà),花白的头发。

⑮"一尊"句:古人祭奠以酒浇在地上祭奠。这里指洒酒酬月,寄托自己的感情。尊,通"樽",酒杯。

【诗词译文】

大江浩浩荡荡向东流去,滔滔巨浪淘尽千古英雄人物。那旧营垒的西边,人们说那就是三国周瑜鏖战的赤壁。陡峭的石壁直耸云天,如雷的惊涛拍击着江岸,激起的浪花好似卷起千万堆白雪。雄壮的江山奇丽如图画,一时间涌现出多少英雄豪杰。

遥想当年的周瑜春风得意,绝代佳人小乔刚嫁给他,他英姿奋发豪气满怀。手摇羽扇头戴纶巾,谈笑之间,强敌的战船烧得灰飞烟灭。我今日神游当年的战地,可笑我多愁善感,过早地生出满头白发。人生犹如一场梦,且洒一杯酒祭奠江上的明月。

【诗词精讲】

清代词论家徐轨谓东坡词"自有横槊气概,固是英雄本色"(《词苑丛谈》卷三)。在《东坡乐府》中,最具有这种英雄气格的代表作,首推这篇被誉为"千古绝唱"的《念奴娇·赤壁怀古》。这首词是苏轼游赏黄冈城外的赤壁(鼻)矶时写下的,是北宋词坛上最为引人注目的作品之一。

此词上片,先即地写景,为英雄人物出场铺垫。开篇从滚滚东流的长江着笔,随即用"浪淘尽",把倾注不尽的大江与名高累世的历史人物联系起来,布置了一个极为广阔而悠久的空间时间背景。它既使人看到大江的汹涌奔腾,又使人想见风流人物的卓荦气概,更可体味到作者兀立江岸凭吊胜地才人所诱发的起伏激荡的心潮,气魄极大,笔力非凡。

接着"故垒"两句,点出这里是传说中的古代赤壁战场。在苏轼写此词的八百七十多年前,东吴名将周瑜曾在长江南岸,指挥了以弱胜强的赤壁之战。

关于当年的战场的具体地点,向来众说纷纭,东坡在此不过是聊借怀古以抒感,读者不必刻舟求剑。"人道是",下字极有分寸。"周郎赤壁",既是拍合词题,又是为下片缅怀公瑾预伏一笔。

以下"乱石"三句,集中描写赤壁雄奇壮阔的景物:陡峭的山崖散乱地高插云霄,汹涌的骇浪猛烈地搏击着江岸,滔滔的江流卷起千万堆澎湃的雪浪。这种从不同角度而又诉诸不同感觉的浓墨健笔的生动描写,一扫平庸萎靡的气氛,把读者顿时带进一个奔马轰雷、惊心动魄的奇险境界,使人心胸为之开阔,精神为之振奋。

煞拍二句,总束上文,带起下片。"江山如画",这明白精切、脱口而出的赞美,应是作者和读者从以上艺术地提供的大自然的雄伟画卷中自然而然地得出的结论。"地灵人杰",锦绣山河,必然产生、哺育和吸引无数出色的英雄,三国正是人才辈出的时代:横槊赋诗的曹操,驰马射虎的孙权,隆中定策的诸葛亮,足智多谋的周公瑾……真可说是"一时多少豪杰"!

上片重在写景,将时间与空间的距离紧缩集中到三国时代的风云人物身上。但苏轼在众多的三国人物中,尤其向往那智破强敌的周瑜,故下片由"遥想"领起五句,集中腕力塑造青年将领周瑜的形象。

苏轼在历史事实的基础上、挑选足以表现人物个性的素材,经过艺术集中、提炼和加工,从几个方面把人物刻画得栩栩如生。据史载,建安三年(198年)东吴孙策亲自迎请二十四岁的周瑜,授予他"建威中郎将"的职衔,并同他一齐攻取皖城。

周瑜娶小乔,正在皖城战役胜利之时,而后十年他才指挥了有名的赤壁之战。此处把十年间的事集中到一起,在写赤壁之战前,忽插入"小乔初嫁了"这一生活细节,以美人烘托英雄,更见出周瑜的丰姿潇洒、韶华似锦、年轻有为,足以令人艳羡。

同时也使人联想到:赢得这次抗曹战争的胜利,乃是使东吴据有江东、发展胜利形势的保证,否则难免出现如杜牧《赤壁》诗中所写的"铜雀春深锁二乔"的严重后果。这可使人意识到这次战争的重要意义。

"雄姿英发,羽扇纶巾",是从肖像仪态上描写周瑜束装儒雅,风度翩翩。纶巾,青丝带头巾,"葛巾毛扇",是三国以来儒将常有的打扮,着力刻画其仪容装束,正反映出作为指挥官的周瑜临战潇洒从容,说明他对这次战争早已成竹在胸、稳操胜券。

"谈笑间、樯橹灰飞烟灭",抓住了火攻水战的特点,精确地概括了整个战争的胜利场景。据《三国志》引《江表传》,当时周瑜指挥吴军用轻便战舰,装满燥荻枯柴,浸以鱼油,诈称请降,驶向曹军,一时间"火烈风猛,往船如箭,飞埃绝烂,烧尽北船"。

词中只用"灰飞烟灭"四字,就将曹军的惨败情景形容殆尽。可以想见,在滚滚奔流的大江之上,一位卓异不凡的青年将军周瑜,谈笑自若地指挥水军,抗御横江而来不可一世的强敌,使对方的万艘舳舻,顿时化为灰烬,这是何等的气势。

苏轼如此向慕周瑜,是因为他觉察到北宋国力的软弱和辽夏军事政权的严重威胁,他时刻关心边庭战事,有着一腔报国疆场的热忱。面对边疆危机的加深,目睹宋廷的萎靡慵懦,他是非常渴望有如三国那样称雄一时的豪杰人物,来扭转这很不景气的现状。这正是苏轼所以要缅怀赤壁之战,并精心塑造导演这一战争活剧的中心人物周瑜的思想契机。

然而,眼前的政治现实和词人被贬黄州的坎坷处境,却同他振兴王朝的祈望和有志报国的壮怀大相抵牾,所以当词人一旦从"神游故国"跌入现实,就不免思绪深沉、顿生感慨,而情不自禁地发出自笑多情、光阴虚掷的叹惋了。仕路蹭蹬,壮怀莫酬,使词人过早地自感苍老,这同年华方盛即卓有建树的周瑜适成对照。然而人生短暂,不必让种种"闲愁"萦回于心,还不如放眼大江、举酒赏月。

"一尊还酹江月",玩味着这言近意远的诗句,一位襟怀超旷、识度明达、善于自解自慰的诗人,仿佛就呈现在读者眼前。词的收尾,感情激流忽作一跌宕,犹如在高原阔野中奔涌的江水,偶遇坎谷,略作回旋,随即继续流向旷远的前方。

这是历史与现状、理想与实际经过尖锐的冲突之后在作者心理上的一种反映,这种感情跌宕,更使读者感到真实,从某种意义上说,更能引起读者的思考。

这首词从总的方面来看,气象磅礴,格调雄浑,高唱入云,其境界之宏大,是前所未有的。通篇大笔挥洒,却也衬以谐婉之句,英俊将军与妙龄美人相映生辉,昂奋豪情与感慨超旷的思绪迭相递转,做到了庄中含谐,直中有曲。

特别是它第一次以空前的气魄和艺术力量塑造了一个英气勃发的人物形象,透露了苏轼有志报国、壮怀难酬的感慨,为用词体表达重大的社会题材,开拓了新的道路,产生了重大影响。

据俞文豹《吹剑录》记载,当时有人认为这首词须关西大汉手持铜琵琶、铁绰板进行演唱,虽然他们囿于传统观念,对东坡词新风不免微带讥诮,但也从另一方面说明,这首词的出现,对于仍然盛行缠绵悱恻之调的北宋词坛,确有振聋发聩的作用。

卜算子·黄州定慧院寓居作

【创作背景】

据史料记载,这首词为元丰五年(1082 年)十二月或宋神宗元丰六年(1083 年)初作于黄州,定慧院在今天的湖北黄岗县东南,又作定惠院,苏轼另有《游定惠院记》一文。由上可知这首词是苏轼初贬黄州寓居定慧院时所作。苏轼因所谓的"乌台诗案",被贬为黄州团练副使。苏轼自元丰三年(1080 年)二月至黄州,至元丰七年(1084 年)六月移居汝州,在黄州贬所居住四年多。

【诗词原文】

卜算子·黄州定慧院寓居作①

缺月挂疏桐,漏②断人初静。

时(谁)见幽人独往来③,缥缈孤鸿影④。

惊起却回头,有恨无人省⑤。

拣尽寒枝不肯栖⑥,寂寞沙洲⑦冷。

【诗词注解】

①词题一本作"黄州定惠寺寓居作"。定慧院,一作定惠院,在今湖北省黄岗县东南。苏轼初贬黄州,寓居于此。

②漏:指更漏而言,古人计时用的漏壶。这里"漏断"即指深夜。

③"时(谁)见"句:"时"有版本用"谁"。幽人,幽居的人,形容孤雁。幽,《易·履卦》:"幽人贞吉",其义为幽囚。引申为幽静、优雅。

④"缥缈"句:缥缈,隐隐约约,若有若无。孤鸿,张九龄《感遇十二首》之四:"孤鸿海上来。"胡仔《苕溪渔隐丛话》前集三十九:"此词本咏夜景,至换头但只说鸿,正如《贺新郎》词'乳燕飞华屋',至换头但只说榴花"。……"按两词均系泛咏,本未尝有夜景"等题,多说鸿,多说石榴,既无所妨,亦未必因之而奇妙。胡评似未谛。

⑤省(xǐng):理解,明白。"无人省",犹言"无人识"。

⑥"拣尽"句:或以为"拣尽寒枝"有语病。稗海本《野客丛书》:"观隋李元操《鸿雁行》曰:'夕宿寒枝上,朝飞空井旁。'坡语岂无自邪?"此言固是。寒枝意广泛,又说"不肯栖",本属无碍。此句亦有良禽择木而栖的意思。《左传·哀公十一年》:"鸟则择木,木岂能择鸟"。杜甫《遣愁》:"择木知幽鸟"。

⑦沙洲:江河中由泥沙淤积而成的陆地。末句一本作"枫落吴江冷",全用唐人崔信明断句,且上下不接,恐非。

【诗词译文】

弯弯月亮挂在梧桐树梢,漏尽夜深人已静。有时见到幽居人独自往来,仿佛那缥缈的孤雁身影。

突然惊起又回过头来,心有怨恨却无人知情。挑遍了寒枝也不肯栖息,甘愿在沙洲忍受寂寞凄冷。

【诗词精讲】

苏轼被贬黄州后,虽然自己的生活都有问题,但他是乐观旷达的,能率领全家通过自身的努力来渡过生活难关。但内心深处的幽独与寂寞是他人无法理解的。在这首词中,作者借月夜孤鸿这一形象托物寓怀,表达了孤高自许、蔑视流俗的心境。

上片写的正是深夜院中所见的景色。"缺月挂疏桐,漏断人初静"营造了一个夜深人静、月挂疏桐的孤寂氛围,为"幽人""孤鸿"的出场作铺垫。

"漏"指古人计时用的漏壶:"漏断"即指深夜。在漏壶水尽,更深人静的时候,苏轼步出庭院,抬头望月,这是一个非常孤寂的夜晚。月儿似乎也知趣,从稀疏的桐树间透出清辉,像是挂在枝丫间。

这两句出笔不凡,渲染出一种孤高出生的境界。接下来的两句,"时见幽人独往来,缥缈孤鸿影",周围是那么宁静幽寂,在万物入梦的此刻,没有谁像自己这样在月光下孤寂地徘徊,就像是一只孤单飞过天穹的凄清的大雁。先是点出一位独来独往、心事浩茫的"幽人"形象,随即轻灵飞动地由"幽人"而孤鸿,使这两个意象产生对应和契合,让人联想到"幽人"那孤高的心境,正像缥缈若仙的孤鸿之影。

这两句,既是实写,又通过人、鸟形象的对应、嫁接,极富象征意味和诗意之美地强化了"幽人"的超凡脱俗。物我同一,互为补充,使孤独的形象更具体感人。

下片,更是把鸿与人同写,"惊起却回头,有恨无人省",这是直写自己孤寂的心境。人孤独的时候,总会四顾、回头地寻觅,找到的是更多的孤独,"有恨无人省",没有谁能理解自己孤独的心。世无知音,孤苦难耐,情何以堪?

"拣尽寒枝不肯栖,寂寞沙洲冷",写孤鸿遭遇不幸,心怀幽恨,惊恐不已,在寒枝间飞来飞去,拣尽寒枝不肯栖息,只好落宿于寂寞荒冷的沙洲,度过这样寒冷的夜晚。

这里,词人以象征手法,匠心独运地通过鸿的孤独缥缈、惊起回头、怀抱幽恨和选求宿处,表达了作者贬谪黄州时期的孤寂处境和高洁自许、不愿随波逐流的心境。作者与孤鸿惺惺相惜,以拟人化的手法表现孤鸿的心理活动,把自己的主观感情加以形象化,显示了高超的艺术技巧。

这首词的境界高妙,前人谓"似非吃烟火食人语"。这种高旷洒脱、绝去尘俗的境界,得益于高妙的艺术技巧。作者"以性灵咏物语",取神题外,意中设境,托物寓人;对孤鸿和月夜环境背景的描写中,选景叙事均简约凝练,空灵飞动,含蓄蕴藉,生动传神,具有高度的典型性。

定风波·莫听穿林打叶声

【创作背景】

这首记事抒怀之词作于宋神宗元丰五年(1082年)春,当时是苏轼因"乌台诗案"被贬为黄州(今湖北黄冈)团练副使的第三个春天。词人与朋友春日出游,风雨忽至,朋友深感狼狈,词人却毫不在乎,泰然处之,吟咏自若,缓步而行。

【诗词原文】

定风波①·莫听穿林打叶声

三月七日,沙湖②道中遇雨。

雨具先去,同行皆狼狈③,余独不觉,已而④遂晴,故作此。

莫听穿林打叶声⑤,何妨吟啸⑥且徐行。

竹杖芒鞋⑦轻胜马,谁怕?一蓑烟雨任平生⑧。

料峭⑨春风吹酒醒,微冷,山头斜照⑩却相迎。

回首向来⑪萧瑟⑫处,归去,也无风雨也无晴⑬。

【诗词注解】

①定风波:词牌名。

②沙湖:在今湖北黄冈东南三十里,又名螺丝店。

③狼狈:进退皆难的困顿窘迫之状。

④已而:过了一会儿。

⑤穿林打叶声:指大雨点透过树林打在树叶上的声音。

⑥吟啸:放声吟咏。

⑦芒鞋:草鞋。

⑧"一蓑"句:披着蓑衣在风雨里过一辈子也处之泰然。一蓑(suō),蓑衣,用棕制成的雨披。

⑨料峭:微寒的样子。

⑩斜照:偏西的阳光。

⑪向来:方才。

⑫萧瑟:风雨吹打树叶声。

⑬"也无"句:意谓既不怕雨,也不喜晴。

【诗词译文】

三月七日,在沙湖道上赶上了下雨,拿着雨具的仆人先前离开了,同行的人都觉得很狼狈,只有我不这么觉得。过了一会儿天晴了,就作了这首词。

不用注意那穿林打叶的雨声,不妨一边吟咏长啸着,一边悠然地行走。竹杖和草鞋轻捷得胜过骑马,有什么可怕的? 一身蓑衣任凭风吹雨打,照样过我的一生。

春风微凉,将我的酒意吹醒,寒意初上,山头初晴的斜阳却应时相迎。回头望一眼走过来遇到风雨的地方,回去吧,对我来说,既无所谓风雨,也无所谓天晴。

【诗词精讲】

此词为醉归遇雨抒怀之作。词人借雨中潇洒徐行之举动,表现了虽处逆境屡遭挫折而不畏惧、不颓丧的倔强性格和旷达胸怀。全词即景生情,语言诙谐。

首句"莫听穿林打叶声",一方面渲染出雨骤风狂,另一方面又以"莫听"二字点明外物不足萦怀之意。"何妨吟啸且徐行",是前一句的延伸。

在雨中照常舒徐行步,呼应小序"同行皆狼狈,余独不觉",又引出下文"谁怕"即不怕来。徐行而又吟啸,是加倍写;"何妨"二字透出一点俏皮,更增加挑战色彩。首两句是全篇枢纽,以下词情都是由此生发。

"竹杖芒鞋轻胜马",写词人竹杖芒鞋,顶风冲雨,从容前行,以"轻胜马"的自我感受,传达出一种搏击风雨、笑傲人生的轻松、喜悦和豪迈之情。"一蓑烟雨任平生",此句更进一步,由眼前风雨推及整个人生,有力地强化了作者面对人生的风风雨雨而我行我素、不畏坎坷的超然情怀。

以上数句,表现出旷达超逸的胸襟,充满清旷豪放之气,寄寓着独到的人生感悟,读来使人耳目一新,心胸舒阔。

过片到"山头斜照却相迎"三句,是写雨过天晴的景象。这几句既与上片所写风雨对应,又为下文所发人生感慨作了铺垫。

结拍"回首向来萧瑟处,归去,也无风雨也无晴。"这饱含人生哲理意味的点睛之笔,道出了词人在大自然微妙的一瞬所获得的顿悟和启示:自然界的雨晴既属寻常,毫无差别,社会人生中的政治风云、荣辱得失又何足挂齿?

句中"萧瑟"二字,意谓风雨之声,与上片"穿林打叶声"相应和。"风雨"二字,一语双关,既指野外途中所遇风雨,又暗指几乎致他于死地的政治"风雨"和人生险途。

蝶恋花·春景

【创作背景】

由于这首词没有编写时间,但依据《全宋词》所载的顺序,此篇当于苏轼被贬任密州(今山东诸城)太守时所作。

【诗词原文】

蝶恋花·春景①

花褪残红青杏小②。燕子飞时③,绿水人家绕④。

枝上柳绵⑤吹又少,天涯何处无芳草⑥!

墙里秋千墙外道。墙外行人,墙里佳人笑。

笑渐不闻声渐悄,多情却被无情恼⑦。

【诗词注解】

①春景:原本无题,傅本存目缺词。

②"花褪"句:花褪残红,褪,脱去。小,毛本作"子"。

③"燕子"句:子,毛本误作"小"。"飞",《二妙集》、毛本注"一作来。"

④绕:元本注"一作晓。"

⑤柳绵:即柳絮。韩偓《寒食日重游李氏园亭有怀》诗:"往年同在莺桥上,见倚朱阑咏柳绵。"

⑥"何处无芳草"句:谓春光已晚,芳草长遍天涯。《离骚》:"何所独无芳草兮,尔何怀乎故宇?"

⑦"墙里秋千"五句:张相《诗词曲语辞汇释》卷五:"恼,犹撩也。……言墙里佳人之笑,本出于无心情,而墙外行人闻之,枉自多情,却如被其撩拨也。"又卷一:"却,犹倒也;谨也。""却被",反被。唐胡曾《汉宫》诗:"何事将军封万户,却令红粉为和戎。"多情:这里代指墙外的行人。无情:这里代指墙内的佳人。

【诗词译文】

春天将尽,百花凋零,杏树上已经长出了青涩的果实。燕子飞过天空,清澈的河流围绕着村落人家。柳枝上的柳絮已被吹得越来越少,但不要担心,到处都可见茂盛的芳草。

围墙里面,有一位少女正在荡秋千,少女发出动听的笑声,墙外的行人都可听见。慢慢地,围墙里边的笑声就听不见了,行人惘然若失,仿佛多情的自己被无情的少女所伤害。

【诗词精讲】

本首词是伤春之作。苏轼长于豪放,亦最擅婉约,本首词写春景清新秀丽。同时,景中又有情理,我们仍用"何处无芳草(知音)"以自慰自勉。作者的"多情却被无情恼",也不仅仅局限于对"佳人"的相思。

本首词下片所写的是一个爱情故事的片段,未必有什么寄托。只是一首很好的婉约词。王士禛所说的"枝上柳绵,恐屯田缘情绮靡。未必能过。"《花草蒙拾》指出本首词与风格婉约的柳永词不相上下。

"花褪残红青杏小",褪对旨颜色变浅或消失。开头一句描写的是暮春景象,句意为:暮春时节,杏花凋零枯萎,枝头只挂着又小又青的杏子。

苏轼的视线是从一棵杏树开始的:花儿已经凋谢,所余不多的红色也正在一点一点褪去,树枝上开始结出了幼小的青杏。"残红",他特别注意到初生的"青杏",语气中透出怜惜和喜爱,有意识地冲淡了先前浓郁的伤感之情。

"燕子飞时,绿水人家绕",燕子在空中飞来飞去,绿水环绕着一户人家。这两句又描绘了一幅美丽而生动的春天画面,但缺少了花树的点缀,仍显美中不足。"绕"字,曾有人以为应是"晓"。通读全词,并没有突出的景物表明这是清晨的景色,因而显得没有着落。而燕子绕舍而飞,绿水绕舍而流,行人绕舍而走,这一"绕"字,则非常真切。

"枝上柳棉吹又少,天涯何处无芳草",两句大意是:树上的柳絮在风的吹拂下越来越少,春天行将结束,难道天下之大,竟找不到一处怡人的景色吗?柳絮纷飞,春色将尽,固然让人伤感;而芳草青绿,又自是一番境界。苏轼的旷达于此可见。"天涯"一句,语本屈原《离骚》"何所独无芳草兮,尔何怀乎故宇",是卜者灵氛劝屈原的话,其思想与苏轼在《定风波》中所说的"此心安处是吾乡"一致。最后竟被远谪到万里之遥的岭南。此时,他人已到晚年,遥望故乡,几近天涯。这境遇和随风飘飞的柳絮何其相似。

上片描写了一组暮春景色,虽也有些许亮色,但由于缺少了花草,他感到更多的是衰败和萧索,这正如作者此时的心境。作者被贬谪在外,仕途失意又远离家人,所以他感到孤独惆怅,想寻找一些美好的景物来排解心中的郁闷,谁知佳景难觅,心情更糟。上片表达了作者的惜春之情及对美好事物的追求。

"墙里秋千墙外道。墙外行人,墙里佳人笑",墙外是一条道路,行人从路中经过,只听见墙里有荡秋千的声音,一阵阵悦耳的笑声不时从里面传出,原来是名女子在荡秋千。这一场景顿扫上片之萧索,充满了青春的欢快旋律,使行人禁不住止步,用心地欣赏和聆听着这令人如痴如醉的欢声笑语。

苏轼在艺术处理上十分讲究藏与露的关系。这里,他只写露出墙头的秋千和佳人的笑声,其他则全部隐藏起来,让"行人"去想象,在想象中产生无穷意味。小词最忌词语重复,但这三句总共十六字,"墙里""墙外"分别重复,竟占去一半。而读来错落有致,耐人寻味。墙内是家,墙外是路;墙内有欢快的生活,年轻而富有朝气的生命;墙外是赶路的行人。行人的心情和神态如何,作者留下了空白。不过,在这无语之中,让人感受到一种冷落寂寞。"笑渐不闻声渐悄,多情却被无情恼。"也许是行人伫立良久,墙内佳人已经回到房间;也许是佳人玩乐依旧,而行人已渐渐走远。

总之,佳人的笑声渐渐听不到了,四周显得静悄悄。但是行人的心却怎么也平静不下来。墙院里女子的笑声渐渐地消失了,而墙外的行人听到笑声后却心绪难平。他听到女子甜美的笑声,却一直无法看到女子的模样;心情起伏跌宕不已,而女子也并不知道墙外有个男子正为她苦恼。

男子多情,女子无情。这里的"多情"与"无情"常被当爱情来解释,有感怀身世之情,有思乡之情,有对年轻生命的向往之情,有报国之情,等等。的确可谓"有情"之人;而佳人年轻单纯、无忧无虑,既没有伤春感时,也没有为人生际遇而烦恼,真可以说是"无情"。

苏轼发出如此深长的感慨,那"无情"之人究竟会撩拨起他什么样的思绪呢?也许是勾起他对美好年华的向往,也许是对君臣关系的类比和联想,也许倍增华年不再的感慨,也许是对人生哲理的一种思索和领悟,苏轼并未言明,却留下了丰富的余韵,让人回味、想象。

下片写人,描述了墙外行人对墙内佳人的眷顾及佳人的淡漠,让行人更加惆怅。在这里,"佳人"即代表上片作者所追求的"芳草","行人"则是词人的化身。词人通过这样一组意象的刻画,表现了其抑郁终不得排解的心绪。

综观全词,词人写了春天的景,春天的人,而后者也可以算是一种特殊的景观。词人意欲奋发有为,但终究未能如愿。全词真实地反映了词人的一段心路历程,意境朦胧,令人回味无穷。

北宋后期

北宋后期,词的创作极为繁荣。其主导的风格,是沿着欧阳修、二晏以来典雅含蓄、委婉细腻的一路,虽然继承了柳永的婉约词风,同时又脱离了柳永的浅俗,使词风向着高雅化方面发展。黄庭坚的诗词敢于独辟蹊径,冲破传统婉约词的园囿,在"随俗"与"反俗"中,给词坛带来了一股清新之气。而最难得的是周邦彦无论用雅语还是俗语,都能够化雅为俗,化俗为雅,使它们在一首词中融为一个整体,不显得突出碍眼。他的成就主要是融合诸家之长,使词这一体裁发展得更加精致。无论在艺术形式还是技巧方面都堪称北宋词的又一个集大成者,为后人提供了许多经验。

周邦彦

周邦彦(1056—1121年)北宋词人,字美成,号清真居士,钱塘(今浙江杭州)人。官历太学正、庐州教授、知溧水县等。少年时期个性比较疏散,但相当喜欢读书,宋神宗时,写《汴都赋》赞扬新法。徽宗时为徽猷阁待制,提举大晟府(最高音乐机关)。精通音律,曾创作不少新词调。作品多写闺情、羁旅,也有咏物之作。格律谨严,语言曲丽精雅,长调尤善铺叙,为后来格律派词人所宗。作品在婉约词人中长期被尊为"正宗"。旧时词论称他为"词家之冠"或"词中老杜"。有《清真居士集》,已佚,今存《片玉集》。

瑞龙吟·章台路

【创作背景】

绍圣四年(1097年)春,周邦彦出任外官期满后,回到京师,旧地重游,追怀往事,思念并寻找当年恋过的一个歌妓,由此引发了无限的感触。词人因遭党祸罢黜庐州教授,十年后方被召回京师任国子监主簿。此词便是写回京后访问旧友的复杂心情。

【诗词原文】

瑞龙吟①·章台路

章台路②,还见褪粉梅梢,试花③桃树,

愔愔④坊陌⑤人家,定巢燕子⑥,归来旧处。

黯⑦凝伫,因念个人⑧痴小,乍窥门户⑨。

侵晨浅约宫黄⑩,障风映袖,盈盈笑语。

前度刘郎⑪重到,访邻寻里。

同时歌舞,惟有旧家秋娘⑫,声价如故。

吟笺赋笔,犹记燕台句⑬。

知谁伴,名园露饮⑭,东城闲步⑮。

事与孤鸿去⑯,探春尽是,伤离意绪。

官柳低金缕⑰,归骑晚、纤纤池塘飞雨,

断肠院落,一帘风絮⑱。

【诗词注解】

①瑞龙吟:周邦彦创调。此调有不同诸格体,俱为三片,在此只列一体。前、中片第

一、三、六句和后片第三、五、七、九、十、十二、十三、十五、十七句押韵,均用仄声韵。前两片称为"双拽头"。

②章台路:章台,台名。秦昭王曾于咸阳造章台,台前有街,故称章台街或章台路,其地繁华,妓馆林立,后人因以章台代指妓女聚居之地。

③试花:形容刚开花。

④愔愔(yīn):幽深的样子,悄寂的样子。

⑤坊陌:一作坊曲,意与章台路相近。

⑥"定巢"句:语出杜甫《堂成》诗:"暂止飞乌将数子,频来语燕定新巢。"又寇准《点绛唇》词云:"定巢新燕,湿雨穿花转。"

⑦黯:心神沮丧的样子。

⑧个人:那人,伊人。

⑨"乍窥"句:宋人称妓院为门户人家,此有倚门卖笑之意。

⑩浅约宫黄:浅约宫黄即轻涂宫黄,细细按抹之意。又称约黄,古代妇女涂黄色脂粉于额上作妆饰,故称额黄。宫中所用者为最上,故称宫黄。梁简文帝《美女篇》:"约黄能效月,裁金巧作星。"庾信《舞媚娘》:"眉心浓黛直点,额角轻黄细安。"约,指涂抹时约束使之像月之意。

⑪"前度"句:指唐代诗人刘禹锡。刘禹锡的《元和十年自朗州承召至京戏赠看花诸君子》诗:"紫陌红尘拂面来,无人不道看花回。玄都观里桃千树,尽是刘郎去后栽。"又有《再游玄都观绝句并引》曰:"余贞元二十一年为屯田员外郎,时此观未有花。是岁出牧连州,寻贬朗州司马。居十年,召至京师,人人皆言有道士手植仙桃,满观如红霞,遂有前篇以志一时之事。旋又出牧,今十有四年,复为主客郎中。重游玄都,荡然无复一树,惟菟葵燕麦动摇于春风耳,因再题二十八字以俟后游。时大和二年三月。"诗云:"百亩中庭半是苔,桃花净尽菜花开。种桃道士归何处?前度刘郎今又来。"此处词人以刘郎自比。

⑫旧家秋娘:本为唐代名妓,这里泛指歌妓舞女。元稹、白居易、杜牧诗中屡有言及谢秋娘和杜秋娘者,盖谢、杜云云别其姓氏,秋娘则衍为歌妓的代称。一作作者熟悉的一个歌女。

⑬燕台句:指[唐]李商隐《燕台四首》。李曾作《燕台》诗四首,分题春夏秋冬,为洛阳歌妓柳枝所叹赏,手断衣带,托人致意,约李商隐偕归,后因事未果。不久,柳枝为东诸侯娶去。李商隐又有《柳枝五首》(并序)以纪其事。又李商隐的《梓州罢吟寄同舍》诗云:"楚雨含情皆有托,漳滨卧病竟无憀。长吟远下燕台去,惟有衣香染未销。"此处用典,暗示昔日情人已归他人。

⑭露饮:梁简文帝《六根忏文》:"风禅露饮",此借用字面,指露天而饮,极言其欢纵。

⑮"东城"句:用杜牧与旧爱张好好事。杜牧的《张好好诗》序云:"牧大和三年,佐故吏部沈公江西幕。好好年十三,始以善歌来乐籍中。后一岁,公移镇宣城,复置好好于宣城籍中。后二岁,为沉着作述师以双鬟纳之。后二岁,于洛阳东城重睹好好,感旧伤怀,故题诗赠之。"

⑯"事与"句:化用杜牧的《题安州浮云寺楼寄湖州张郎中》诗句"恨如春草多,事与孤鸿去。"

⑰"官柳"句:柳丝低拂之意。官柳,指官府在官道上所植杨柳。金缕,喻指初春时嫩黄的柳条。杜甫的《郓城西原送李判官》诗句"野花随处发,官柳著行新。"牛峤的《杨柳枝》词句:"无端袅娜临官路,舞送行人过一生。"

⑱风絮:随风飘悠的絮花。多指柳絮。

【诗词译文】

繁华的长街上,还能见到将谢的梅花挂在枝头,含苞欲放的桃花已长满一树。街巷里青楼寂无人声,只有那忙着修巢的燕子,又重新回到去年的旧处。

我沮丧地凝神伫立,寻思那位玲珑娇小的旧情人。那日清晨初见时,她恰好倚门观望。她前额头上抹着淡淡的宫黄,扬起彩袖来遮挡晨风,嘴里发出银铃般的笑语。

如今我故地重游,访问她原来的邻里和同时歌舞的姐妹,只有从前的秋娘,她的声价依然如故。我如今再吟词作赋,还清楚地记得她对我的爱慕。可惜伊人不见,还有谁伴我在花园纵情畅饮,到城东漫步?欢情旧事都已随着天边飞逝的孤雁远去。满怀兴致回来有意探春,却尽是离情别绪、感人伤怀。官道旁的柳树低垂着金黄色的枝条,仿佛在为我叹惜。我骑马归来时天色已晚,秋雨绵绵,纤纤雨丝打湿了衣襟,落满了池塘。那令人伤怀断肠的院落啊,风吹柳絮,满院狼藉,那门帘上也落满了随风飘飞的柳絮。

【诗词精讲】

词是作者最有代表性的作品。它首写旧地重游所见所感,次写当年旧人旧事,末写抚今追昔之情,处处以今昔对衬。全词层次分明,曲折盘旋,情思缠绵,艺术上颇具匠心。

篇首的写景不同凡响。梅花谢了,桃花开了,本是平常习见的事物,而词里却说"褪粉""试花",造语相当别致;褪粉、试花紧相连,使人仿佛感觉到了季节时令的更替,这就巧妙而生动了。使用倒装句法,把"梅梢"和"桃树"放后面,足见作者的用心。此二句俨然天然巧成,极为精致华美。

本篇开头还错落地交代了有关的一些情况。"章台""坊陌",是京城繁华的街道和舞榭歌台聚集的"坊陌人家",使同时点明作者所怀念的人物的歌妓身份。

"愔愔"二字极言冷清,暗示了物是人非,今夕对比之意。用燕子的"归来旧处"兼喻作者的重游故地,这是显而易见的,而用燕子的"定巢"有三叠,首叠本是写词人初临旧地所见所感,但通体只写景状物,不说人,只暗说,不明说,显得感情沉郁,有待抒发,从而为下文作了铺垫。

次叠以"黯凝伫"三字为引领,"黯凝伫",是用滞重之笔点出思念之深,但引出的下文却是一串轻脱活跃的词句,正好相映成趣。"个人痴小,乍窥门户"八个字相当传神,既写出了那位坊陌人当时还没有失却少女的天真活泼,又浸透着作者对她的亲昵爱怜之情。

以下几句,写少女站门口招揽客人,初春余寒尚存,晓风多厉,她不得不以袖遮风,因而晨妆后鲜艳的容颜,就掩映衣袖之间了。"盈盈笑语"写出了少女的天真烂漫。描写人物的这几句,笔墨生动,准确传神。

第三叠"前度刘郎重到"的重点是追忆往事,对照今昔,抒发"伤离意绪"。"前度刘郎重到"用了刘义庆的《幽明录》所载东汉刘晨入天台山遇仙女的故事,兼用刘禹锡《再游玄都观》:"种桃道士归何处,前度刘郎今又来"的诗句。以刘郎自喻,恰与前文"桃树""人家"暗相关合,亦是笔法巧妙处。

以下四句写词人寻访邻里,方知自己怀念中的人物亦如仙女之踪迹渺然,"同时歌舞"而"声价如故"者,唯有"旧家秋娘"。"秋娘",是唐代妓女喜欢使用的名字。这里以秋娘作陪衬,就说明了作者所怀念的那位歌妓当年色艺声价之高。

"吟笺赋笔"以下几句,是追怀往事的具体内容。"燕台",是唐代诗人李商隐的典故。当时有位洛阳女子名柳枝者,喜诗歌,解音律,能为天海风涛之曲,幽忆怨断之音,闻人吟李商隐《燕台》诗,惊为绝世才华,亟追询作者,知为商隐,翌日遇于巷,柳枝梳丫头双鬟,抱立扇下,风障一袖,与语,约期欢会,并引出了一段神魂离合的传奇故事(见李商隐《柳枝五首》序)这两句不只是写双方相识相好的经过,而且还暗示了对方的爱才之心和与自己的知遇之感,以至于今日怀念旧情时,不能不连带想起自己过去曾经打动过她心弦的"吟笺赋笔"来。

"知谁伴"三句,写如今不可再遇理想伴侣,当年名园露顶畅饮、东城闲步寻花那样的赏心乐事也就无从重现,只能深深地铭刻自己的记忆之中了。

"露饮",是说饮宴时脱帽露顶,不拘形迹。"事与孤鸿去"借用唐人杜牧诗句,"恨如春草多,事与孤鸿去",一笔收束往事,回到当前清醒的现实,而不露痕迹。"探春尽是,伤离意绪",这是全篇主旨。显得沉着深厚。结尾再次写景,先以"官柳"与开头的"章台""归骑"与开头的"归来"遥相照应,再写池塘、院落、帘栊,而"飞雨"与"风絮"之足以令人

"断肠",更增添了离愁别恨。

此词由"凝伫"而"访、寻",由回忆而清醒,最后写归途之凄清,抒写抚今追昔,物是人非的慨叹,这与唐朝诗人崔护的诗"去年今日此门中,人面桃花相映红。人面不知何处去,桃花依旧笑春风"有异曲同工之妙。

风流子·新绿小池塘

【创作背景】

词作于词人元祐八年(1093 年)调知溧水后三年间,是一首诉说相思怀人的作品。王明清《挥麈余话》卷二载:"周美成为江宁府溧水令,主簿之室,有色而慧,美成每款洽于尊席之间。世所传《风流子》词,盖所寓意焉。新绿,待月皆簿所亭轩之名也。"此说法虽未必可信,亦不必拘泥于事实,然这首词确实抒发的是相思之情。

【诗词原文】

风流子①·新绿小池塘

新绿②小池塘,风帘动,碎影舞斜阳。

羡金屋③去来,旧时巢燕;土花④缭绕,前度莓墙⑤。

绣阁⑥里,凤帏⑦深几许?听得理丝簧⑧。

欲说又休,虑乖⑨芳信;未歌先噎,愁近清觞⑩。

遥知新妆了,开朱户,应自待月⑪西厢。

最苦梦魂,今宵不到伊行⑫。

问甚时说与,佳音密耗⑬,寄将秦镜⑭,偷换韩香⑮?

天便教人,霎时厮见何妨。

【诗词注解】

①风流子:词牌名。原唐教坊曲名,后用为词调之称,又称为"内家娇"。有单调及双调两体。风流子,与菩萨蛮、念奴娇、如梦令等都是词牌名,主要流行于宋朝时期。著名的词人谢懋、张耒等都曾经以"风流子"作词牌名创作过词。

②新绿:指开春后新涨的绿水。

③金屋:美女住的地方。汉武帝幼时曾说:"若得阿娇,当以金屋储之。"

④土花:苔藓。

⑤莓墙:长满青苔的墙。

⑥绣阁:绣房。女子的居室装饰华丽如绣,故称。

⑦凤帏:闺中的帷帐。

⑧丝簧:指管弦乐器。

⑨乖:违误,错过。

⑩清觞(shāng):洁净的酒杯。

⑪待月:元稹《会真记》莺莺与张生诗句"待月西厢下,迎风户半开。"

⑫不到伊行(háng):不到她身边。行,那边,旁边。

⑬密耗:秘密消息。

⑭秦镜:汉代秦嘉妻徐淑赠其明镜。此处指情人送的物品。

⑮韩香:原指晋贾充之女贾午爱恋韩寿,以御赐西域奇香赠之。此处指情人的赠品。
乐府诗云:"盘龙明镜饷秦嘉,辟恶生香寄韩寿。"

【诗词译文】

　　碧绿的春水涨满小小的池塘,风吹帘动,斜照的阳光被帘子挡住,碎影舞弄满地金光。我真羡慕那燕子,在旧年筑巢的梁上又筑新巢,能在金屋里来去飞翔;还有那苔藓,在前番生过的围墙上,又绕着院落再度生长。那锦绣的闺房、华丽的帷帐究竟有多深? 我只能听到从房中传出丝竹悠扬。那曲调像载着欲说还休的重重心事,大概是担心乖违了佳期,还没有唱歌先已哽咽,连清酒也厌入愁肠。

　　远远知道她梳理了新妆,推开了红窗,该是期待明月照西厢。最苦的是我咫尺天涯,梦中魂灵儿,今夜也不能到她身旁。问何时才能向她倾诉衷肠,互通情款,互订密约,寄予她明镜,偷换她的奇香。天公呵,与人行个方便,叫人霎时间相见又有何妨!

【诗词精讲】

　　全词由景及情,抒情由隐而显,人的心理描绘极为细致周到。词中怀人,层层深入,有时用对照手法,从双方写来,层次极为清楚。

　　"新绿小池塘,风帘动、碎影舞斜阳",词作上片开首三句写景。先出小池塘,然接下去并未描绘池中或池周之景,而是单提池面映出的风吹帘动之影。有帘,就有窗,有屋,有人,可见主人公注意之所在。"舞"是动景,然而"舞"在水面上则构成一幅无声的静景,此外,"舞"在水面,由于风吹波动,帘影是破碎而不完整的,有暗示主人公心态的作用。

　　接下陡转笔触,发出感慨:"羡金屋去来,旧时巢燕;土花缭绕,前度莓墙。""羡"为领字,直贯四句。人羡慕无知的燕子,因为它照旧可以度过以前度过的"土花缭绕"的"莓墙",而飞进"金屋"。"金屋",华丽的楼房,此指所眷恋者的住处。这里亦暗用"金屋藏娇"典故,暗示所思恋之人已属他人。"旧时巢燕",去年曾巢于"金屋"的燕子,真是"似曾相识燕归来"。燕子跟往年一样,度过"莓墙",飞入"金屋",而人却被莓墙所阻,只能望"金屋"兴叹。

这里词人的手法十分高超巧妙,短短十七个字,却描绘出一幅充满情趣的生动图画。画面以小池塘为中心,池塘对岸是一堵长满土花的墙,紧贴墙内露出一座华丽的楼阁,楼阁窗户的帘幕飘动着;池塘这边伫立着主人公,他正翘首抬眼望着飞入"金屋"的燕子,脸上流露出羡慕之色。这幅画不仅形象,且极富戏剧性,有助于读者理解该词的内容和主人公的心态。

接下来,主人公展开想象,"绣阁里,凤帏深几许? 听得理丝簧。"一本作"绣阁凤帏深几许? 曾听得理丝簧。""绣阁",即前面的"金屋"。"凤帏",绣有凤鸟的帷幕。"深几许",用欧阳修的《蝶恋花》:"庭院深深深几许? 杨柳堆烟,帘幕无重数"词意,写出不深而似深的景象。有"侯门一入深似海"之意。

"曾",读 zēng,张相《诗词曲语辞汇释》卷二:"曾,犹争也,怎也。""曾听得理丝簧",怎么好像听见弹奏乐器之声,语气表明主人公也许真听见了,也许只不过是他的想象。这为下面进一步展开想象作了铺垫。"欲说又休,虑乖芳信,未歌先噎,愁近清觞",从乐器弹奏声中,主人公想象对方打算通过歌声传达情意,却又担心允诺了约会无法实践,所以歌未出口就先鸣咽起来,只好饮酒浇愁。

"遥知新妆了,开朱户,应自待月西厢",词作下片开首二句承上片,主人公更进一步想象对方也正在期待着他。随着时间推移,主人公伫立在池塘旁,见夕阳西下,又见月儿高挂。这时他想象,对方已扮好晚妆,正打开窗户,在月光下等待着他。

以上一系列描写,完全是主人公的想象,却将所眷恋女子的情态、活动刻画得惟妙惟肖,细腻真切,生动感人;也表现了主人公相思之情越来越深切。接下调转笔触写自身,"最苦梦魂,今宵不到伊行"。"梦魂惯得无拘检,又踏杨花过谢桥"。白日既不能相会,那就到梦中去追寻吧。可是今晚竟然连梦魂都不能到她身边,可见是最苦了。写至此,主人公似乎已感到绝望,可是他仍执着地问:"问甚时说与,佳音密耗,寄将秦镜,偷换韩香?"

后二句化用刘禹锡"秦嘉镜鉴前时结,韩寿香销故箧衣"诗意,直率地吐露心曲,盼望能互通佳音,重谐和好。"密耗",即密约。"秦镜",秦嘉的宝镜。《艺文类聚》卷三二,"秦嘉,字士会,东汉陇西人。为郡上掾,与妇徐淑书曰:'顷得此镜,既明且好。形观文彩,世所希有,意甚爱之,故以相与。'淑答书曰:'今君征未还,镜将何施行。素琴之作,当须君归,明镜之鉴,当待君还'。"喻指夫妻或男女间的相爱。"韩香",韩寿从贾充女处所得之香。

《晋书·贾充传》叙韩寿与贾充女私通,"时西域有贡奇香,一著人则经月不歇。帝甚贵之,惟以赐充及大司马陈骞。其女密盗以遗寿。充僚属与寿燕处,闻其芬馥,称之于充。自是充意知女与寿通",后"遂以女妻寿"结末二句,"天便教人,霎时厮见何妨!"主人公在祈祷:祈求上天,让我们短暂相会又何妨呢! 情急渴念迁妄的情态,跃然纸上。

全词叙写一位男子对所爱女子的渴念之情。写法极为别致独特,除上片起首三句写景外,以下全是想象,写来灵活多变,又极有层次;感情随着想象而逐渐加强,最后达到几乎控制不住的境地;由于巧用比喻,刻画细腻,用典贴切,所写虽全是想象,却极其鲜明形象,富于感情。

兰陵王·柳

【创作背景】

这首词是周邦彦写自己离开京华时的心情。此时他已倦游京华,却还留恋着那里的情人,回想和她来往的旧事,恋恋不舍地乘船离去。[宋]张端义的《贵耳集》说周邦彦和名妓李师师相好,得罪了宋徽宗,被押出都门。李师师置酒送别时,周邦彦写了这首词。王国维在《清真先生遗事》中已辨明其妄。但是这个传说至少可以说明,在宋代,人们是把它理解为周邦彦离开京华时所作。

【诗词原文】

兰陵王①·柳

柳阴直②,烟里丝丝弄碧③。

隋堤④上,曾见几番,拂水飘绵送行色⑤。

登临望故国⑥,谁识京华倦客⑦?

长亭⑧路,年去岁来,应折柔条过千尺⑨。

闲寻旧踪迹⑩,又酒趁哀弦⑪,灯照离席⑫。

梨花榆火催寒食⑬。

愁一箭风快⑭,半篙波暖⑮,

回头迢递便数驿⑯,望人在天北⑰。

凄恻⑱,恨⑲堆积!

渐别浦萦回⑳,津堠岑寂㉑,斜阳冉冉春无极㉒。

念月榭携手㉓,露桥㉔闻笛。沉思前事,似梦里,泪暗滴。

【诗词注解】

①兰陵王:词牌名,首见于周邦彦词。一百三十字,分三段。

②柳阴直:长堤之柳,排列整齐,其阴影连缀成直线。

③"烟里"句:烟,薄雾。丝丝弄碧,细长轻柔的柳条随风飞舞,舞弄其嫩绿的姿色。弄,飘拂。

④隋堤:汴京附近汴河之堤,隋炀帝时所建,故称。是北宋时来往京城的必经之路。

⑤"拂水"句:拂水飘绵,柳枝轻拂水面,柳絮在空中飞扬。行色,行人出发前的景象、情状。

⑥故国:指故乡。

⑦京华倦客:作者自谓。京华,指京城,作者久客京师,有厌倦之感,故云。

⑧长亭:古时驿路上十里一长亭,五里一短亭,供人休息,又是送别的地方。

⑨"应折"句:古人有折柳送别之习。柔条,柳枝。过千尺,极言折柳之多。

⑩旧踪迹:指过去登堤饯别的地方。

⑪"又酒"句:又,又逢。酒趁哀弦,饮酒时奏着离别的乐曲。趁,逐,追随。哀弦,哀怨的乐声。

⑫离席:饯别的宴会。

⑬"梨花"句:饯别时正值梨花盛开的寒食时节。唐宋时期朝廷在清明日取榆柳之火以赐百官,故有"榆火"之说。寒食:清明前一天为寒食节。

⑭一箭风快:指正当顺风,船驶如箭。

⑮"半篙"句:指撑船的竹篙没入水中,时令已近暮春,故曰波暖。

⑯迢递:遥远。驿,驿站。

⑰"望人"句:因被送者离汴京南去,回望送行人,故曰天北。望人,送行人。

⑱凄恻:悲伤。

⑲恨:这里是遗憾的意思。

⑳"渐别"句:渐,正当。别浦,送行的水边。萦回,水波回旋。

㉑"津堠"句:津堠,渡口附近供瞭望歇宿的守望所。津,渡口。堠,哨所。岑寂,冷清寂寞。

㉒"斜阳"句:冉冉,慢慢移动的样子。春无极,春色一望无边。

㉓"念月"句:念,想到。月榭,月光下的亭榭。榭,建在高台上的敞屋。

㉔露桥:布满露珠的桥梁。

【诗词译文】

正午的柳荫直直地落下,雾霭中,丝丝柳枝随风摆动。在古老的隋堤上,曾经多少次看见柳絮飞舞,把匆匆离去的人相送。每次都登上高台向故乡瞭望,杭州远隔山水一重又一重。旅居京城使我厌倦,可有谁知道我心中的隐痛?在这十里长亭的路上,我折下的柳条有上千枝,可总是年复一年地把他人相送。

我趁着闲暇到了郊外,本来是为了寻找旧日的行踪,不料又逢上筵席给朋友饯行。华灯照耀,我举起了酒杯,哀怨的音乐在空中飘动。驿站旁的梨花已经盛开,提醒我寒食节就要到了,人们将把榆柳的薪火取用。我满怀愁绪看着船像箭一样离开,梢公的竹篙插进温暖的水波,频频地朝前撑动。等船上的客人回头相看,驿站远远地抛在后面,端的离开了让人愁烦的京城。他想要再看一眼天北的我哟,却发现已经是一片朦胧。

我孤零零地十分凄惨,堆积的愁恨有千万重。送别的河岸迂回曲折,渡口的土堡一片寂静。春色一天天浓了,斜阳挂在半空。我不禁想起那次携手,在水榭游玩,月光溶溶。我们一起在露珠盈盈的桥头,听人吹笛到曲终……唉,回忆往事,如同是一场大梦,我暗中不断垂泪。

【诗词精讲】

这首词的题目是"柳",内容却不是咏柳,而是伤别。古代有折柳送别的习俗,所以诗词里常用柳来渲染别情。隋代无名氏的《送别》:"杨柳青青著地垂,杨花漫漫搅天飞。柳条折尽花飞尽,借问行人归不归。"便是人们熟悉的一个例子。周邦彦这首词也是这样,它一上来就写柳阴、写柳丝、写柳絮、写柳条,先将离愁别绪借着柳树渲染了一番。

"柳阴直,烟里丝丝弄碧",这个"直"字不妨从两方面体会。时当正午,日悬中天,柳树的阴影不偏不倚直铺在地上,此其一。长堤之上,柳树成行,柳阴沿长堤伸展开来,划出一道直线,此其二。"柳阴直"三字有一种类似绘画中透视的效果。"烟里丝丝弄碧"转而写柳丝。新生的柳枝细长柔嫩,像丝一样。它们仿佛也知道自己碧色可人,就故意飘拂着以显示自己的美。柳丝的碧色透过春天的烟霭看去,更有一种朦胧的美。

以上写的是自己这次离开京华时在隋堤上所见的柳色。但这样的柳色已不止见了一次,那是为别人送行时看到的:"隋堤上,曾见几番,拂水飘绵送行色。""拂水飘绵"这四个字锤炼得十分精工,生动地刻画出柳树依依惜别的情态。那时词人登上高堤眺望故乡,别人的回归触动了自己的乡情。这个厌倦了京华生活的客子的怅惘与忧愁有谁能理解呢:"登临望故国,谁识京华倦客?"隋堤柳只管向行人拂水飘绵表示惜别之情,并没有顾到送行的京华倦客。其实,那欲归不得的倦客,他的心情才更悲凄。

接着，词人撇开自己，将思绪又引回到柳树上面："长亭路，年去岁来，应折柔条过千尺。"古时驿路上十里一长亭，五里一短亭。亭是供人休息的地方，也是送别的地方。词人设想，在长亭路上，年复一年，送别时折断的柳条恐怕要超过千尺了。这几句表面看来是爱惜柳树，而深层的含义却是感叹人间离别的频繁。情深意挚，耐人寻味。

上片借隋堤柳烘托了离别的气氛，中片便抒写自己的别情。"闲寻旧踪迹"这一句读时容易忽略。那"寻"字，并不是在隋堤上走来走去地寻找。"踪迹"，也不是自己到过的地方。"寻"是寻思、追忆、回想的意思。"踪迹"指往事而言。"闲寻旧踪迹"，就是追忆往事的意思。当船将开未开之际，词人忙着和人告别，不得闲静；这时船已启程，周围静了下来，自己的心也闲下来了，就很自然地要回忆京华的往事。这就是"闲寻"二字的意味。

现代人也会有类似的经验，亲友到月台上送别，火车开动之前免不了有一番激动和热闹。等车开动以后，坐在车上静下心来，便去回想亲友的音容乃至别前的一些生活细节。这就是"闲寻旧踪迹"。

此时周邦彦想起了"又酒趁哀弦，灯照离席。梨花榆火催寒食"。有的注释说这是写眼前的送别，恐不妥。眼前如是"灯照离席"，已到夜晚，后面又说"斜阳冉冉"，时间就接不上。所以这应是船开以后寻思旧事。在寒食节前的一个晚上，情人为他送别。在送别的宴席上灯烛闪烁，伴着哀伤的乐曲饮酒。

此情此景难以忘怀。这里的"又"字说明，从那次的离别宴会以后词人已不止一次地回忆，如今坐在船上又一次回想起那番情景。"梨花榆火催寒食"写明那次饯别的时间，寒食节在清明前一天，旧时风俗，寒食这天禁火，节后另取新火。唐制，清明取榆、柳之火以赐近臣。"催寒食"的"催"字有岁月匆匆之感。岁月匆匆，别期已至了。

"愁一箭风快，半篙波暖，回头迢递便数驿，望人在天北。"周济《宋四家词选》曰："一愁字代行者设想。"他认定作者是送行的人，所以只好作这样曲折的解释。其实这四句很有实感，不像设想之辞，应当是作者自己从船上回望岸边的所见所感。"愁一箭风快，半篙波暖，回头迢递便数驿"，风顺船疾，行人本应高兴，词里却用一"愁"字，这是因为有人让他留恋着。回头望去，那人已若远在天边，只见一个难辨的身影。"望人在天北"五字，包含着无限的怅惘与凄惋。

中片写乍别之际，下片写渐远以后。这两片的时间是连续的，感情却又有波澜。"凄恻，恨堆积！"船行越远，遗憾越重，一层一层堆积在心上难以排遣，也不想排遣。"渐别浦萦回，津堠岑寂。斜阳冉冉春无极"。从词开头的"柳阴直"看来，启程在中午，而这时已到傍晚。

"渐"字也表明已经过了一段时间，不是刚刚分别时的情形了。这时望中之人早已不见,所见只有沿途风光。大水有小口旁通叫浦,别浦也就是水流分支的地方,那里水波回旋。因为已是傍晚,所以渡口冷冷清清的,只有守望所孤零零地立在那里。

景物与词人的心情正相吻合。再加上斜阳冉冉西下,春色一望无边,空阔的背景越发衬出自身的孤单。他不禁又想起往事:"念月榭携手,露桥闻笛。沉思前事,似梦里,泪暗滴。"月榭之中,露桥之上,度过的那些夜晚,都留下了难忘的印象,宛如梦境似的,一一浮现在眼前。想到这里,不知不觉滴下了泪水。"暗滴"是背着人独自滴泪,自己的心事和感情无法使旁人理解,也不愿让旁人知道,只好暗自悲伤。

统观全词,萦回曲折,似浅实深,有吐不尽的心事流荡其中。无论景语、情语,都很耐人寻味。

苏幕遮·燎沈香

【创作背景】

此词作于宋神宗元丰六年(1083 年)至宋哲宗元祐元年(1086 年)之间,当时周邦彦久客京师,从入都到为太学生到任太学正,处于人生上升阶段。

【诗词原文】

苏幕遮·燎①沈香

燎沈香②,消溽暑③。鸟雀呼晴④,侵晓⑤窥檐语。

叶上初阳干宿雨⑥,水面清圆⑦,一一风荷举⑧。

故乡遥,何日去?家住吴门⑨,久作长安旅⑩。

五月渔郎相忆否?小楫⑪轻舟,梦入芙蓉浦⑫。

【诗词注解】

①燎(liáo):细焚。

②沈香:沈,现写作沉。沈(沉)香,一种名贵香料,置水中则下沉,故又名沉水香,其香味可辟恶气。

③溽(rù)暑:夏天闷热潮湿的暑气。沈约的《休沐寄怀》诗:"临池清溽暑,开幌望高秋。"溽,湿润潮湿。

④呼晴:唤晴。旧有鸟鸣可占晴雨之说。

⑤侵晓:拂晓。侵,渐近。

⑥宿雨:隔夜的雨。

⑦清圆:清润圆正。

⑧"——"句:意味荷叶迎着晨风,每一片荷叶都挺出水面。举,擎起。司空图《王官二首》诗:"风荷似醉和花舞,沙鸟无情伴客闲。"

⑨吴门:古吴县城亦称吴门,即今之江苏苏州,此处以吴门泛指吴越一带。作者是钱塘人,钱塘古属吴郡,故称之。

⑩"久作"句:长年旅居在京城。长安,借指北宋的都城汴京(今河南开封)。旅,客居。

⑪楫(jí):划船用具,短桨。

⑫芙蓉浦:有荷花的水边。有溪涧可通的荷花塘。词中指杭州西湖。唐代张宗昌《太平公主山亭侍宴》诗:"折桂芙蓉浦,吹箫明月湾。"浦,水湾、河流。芙蓉,又叫"芙蕖",荷花的别称。

【诗词译文】

细焚沉香,来消除夏天闷热潮湿的暑气。鸟雀鸣叫呼唤着晴天,拂晓时分鸟儿东张西望地在屋檐下"言语"。荷叶上初出的阳光晒干了昨夜的雨,水面上的荷花清润圆正,荷叶迎着晨风,每一片荷叶都挺出水面。

看到这风景,我想到遥远的故乡,何日才能回去啊?我家本在吴越一带,长久地客居长安。五月,我故乡的小时候的伙伴是否在想我,划着一叶扁舟,在我的梦中来到了过去的杭州西湖荷花塘。

【诗词精讲】

周邦彦的词以富艳精工著称,但这首《苏幕遮》"清水出芙蓉,天然去雕饰",清新自然,是清真词中少数的例外。词以写雨后风荷为中心,引入故乡归梦,表达思乡之情,意思比较单纯。

上片先写室内燎香消暑,继写屋檐鸟雀呼晴,再写室外风荷摇摆,词境活泼清新,结构意脉连贯自然,视点变换极具层次。词中对荷花的传神描写被王国维《人间词话》评为"真能得荷之神理者",为写荷之绝唱。

下片再由眼前五月水面清圆,风荷凌举的景象联想到相似的故乡吴门的五月的风物,小楫轻舟,梦入芙蓉浦,相思之情淋漓尽致。

这首词,上片写景,下片抒情,段落极为分明。一起写静境,焚香消暑,取心定自然凉之意,或暗示在热闹场中服一服清凉剂,两句写境静心也静。

第三、四句写静中有噪,"鸟雀呼晴",一"呼"字,极为传神,暗示昨夜雨,今朝晴。"侵晓窥檐语",更是鸟雀多情,窥檐而告诉人以新晴之欢,生动而有风致。

"叶上"句,清新而又美丽。"水面清圆,一一风荷举",则动态可掬。这三句,实是交互句法,配合得极为巧妙,而又音响动人。大意是:清圆的荷叶,叶面上还留存昨夜的雨珠,在朝阳下逐渐地干了,一阵风来,荷叶儿一团团地舞动起来。这像是电影的镜头一样,有时间性的景致,体现出荷叶的圆与青翠。词句炼一"举"字,全词站立了起来,动景如生,描绘出荷花亭亭玉立的姿态美与荷花的茎的力度美。

这几句构成了一幅恬淡、清丽的美景,再看"燎沉香,消溽暑"的时间,则该是一天的事,而从"鸟雀呼晴"起,则是晨光初兴的景物,然后再从屋边推到室外,荷塘一片新晴景色。再看首二句,时间该是拖长了,夏日如年,以香消之,寂静可知,意义丰富而含蓄,为下片久客思乡伏了一笔。

下片直抒胸臆,语词如话,不加雕饰。己身旅泊"长安",实即当时汴京(今开封)。周邦彦本以太学生入都,以献《汴都赋》为神宗所赏识,进为太学正,但仍无所作为,不免有乡关之思。"故乡遥,何日去"点地点时,"家住吴门,久作长安旅",实为不如归去之意。

紧接"五月渔郎相忆否",不言己思家乡友朋,却写渔郎是否思念自己,主客移位,更加衬托出我对家乡亲朋的思念,这是从对面深一层写法。一结两句,"小楫轻舟,梦入芙蓉浦",即梦中划小舟入莲花塘中了。实以虚构的梦景作结,虽虚而实,变幻莫测。

这首词风格清新活泼,境界淡远高超。周邦彦的词以典雅著称,又被推为集大成词人,其词作固然精工绝伦,而其思想境界之高超,实尤为其词作之牢固基础。

齐天乐·绿芜凋尽台城路

【创作背景】

这首词当是作于金陵(江苏南京),时间当在知溧水县前后。

周邦彦于元祐八年(1093年)三十八岁时调知溧水县,绍圣四年(1097年)升迁国子主簿。周邦彦滞留金陵时,年不过四十左右。北宋新旧党争激烈,对周邦彦的仕宦生活有一定的影响,因为他"不能俯仰取容,自触罢废",他自元祐二年至绍圣四年(1087—1097年),外任庐州教授,滞留荆江,调任溧水,十载漂零,过着"漂流瀚海,来寄修椽……憔悴江南倦客"(周邦彦《满庭芳》)的生活,心情抑郁寡欢,他留金陵时,正是在十载"漂零不偶"的期间之内,所以他在词中惊秋感物,怀念故友,借酒消愁,迟暮之感,都与他的生活遭际有关。

【诗词原文】

齐天乐·绿芜凋尽台城路

绿芜①凋尽台城②路,殊乡③又逢秋晚④。

暮雨⑤生寒,鸣蛩劝织⑥,深阁时闻裁剪⑦。

云窗静掩。叹重拂罗裀,顿疏花簟⑧。

尚有练囊⑨,露萤清夜照书卷。

荆江留滞⑩最久,故人相望处,离思何限。

渭水西风,长安乱叶⑪,空忆诗情宛转,凭高眺远。

正玉液新篘⑫,蟹螯⑬初荐。

醉倒山翁⑭,但愁斜照敛⑮。

【诗词注解】

①绿芜(lǜwú):长得多而乱的杂草。白居易《东南型一百韵》诗句"孤城覆绿芜"。

②台城:旧城名。本三国吴后苑城,晋成帝释改建为建康代官,为东晋和南朝的官省所在,所谓禁城,亦称台城。故址在进南京玄武湖侧。宋代洪迈的《容斋随笔·续笔五》:"晋、宋健谓朝廷禁近为台,故称禁城为台城。"此处用以代指金陵古城(即今南京市)。

③殊乡:异乡、他乡。

④秋晚:深秋。

⑤暮雨:傍晚的雨。

⑥"鸣蛩(míngqióng)"句:蟋蟀的鸣声就像紧促的织布声。蛩:蟋蟀,以其声像织布机响,又名促织。唐孟郊《杂怨》诗:"暗蛩有虚织。"

⑦"深阁"句:化用韩偓的《倚醉》诗句"分明窗下闻裁剪。"这句是说,闺房中的女子正在赶制寒衣。

⑧花簟(diàn):织有花纹图案的竹凉席。

⑨练(shù)囊:练,一种极稀薄之布。囊,袋子。"露萤"句:典出《晋书·车胤转》句"夏日则练囊盛数十萤火以照书,以夜继日焉。"

⑩留滞:搁置;阻塞。

⑪长安乱叶:贾岛《忆江上吴处士》:"秋风生渭水,落叶满长安。"(《全唐诗》卷572)

陈注引贾岛诗,"生"作"吹",并云:"后人传为吕洞宾诗"。美成是否到过长安,也很难定。汲古阁本《片玉词》卷下《西河》词,有长安道:"潇潇秋风时起云云",但毛注云"清真集不载"。今陈元龙注本亦不载。此词真伪尚不可知。既云"空忆诗情宛转",已明说这里引用古诗。词义尽可借指汴梁,追忆少年时在京的朋友,较"荆江留滞"更推进一层,不必拘泥于唐人原句的地名。

⑫篘(chōu):滤酒竹器,亦可作动词。《唐诗纪事》卷 65 引杜荀鹤断句:"旧衣灰絮絮,新酒竹篘篘。"这二字叠用,却非一般的叠字,其上一字均为名词,下一字均为动词。

⑬"蟹螯"句:蟹螯,螃蟹变形的第一对脚。状似钳,用以取食或自卫。《世说新语·任诞》:"毕茂世(卓)云:'一手持蟹螯,一手持酒杯,拍浮酒池中,便足了一声。'"荐,进,进献。指把蟹端上筵席来下酒。

⑭山翁:指晋山简。唐代王维的《汉江临泛》诗句"襄阳好风日,留醉与山翁。"

⑮斜照敛:指太阳落山。敛,收,指太阳隐没到地平线下。

【诗词译文】

秋景萧条,客子秋心寥落,正如杂草凋敝穷竭至极的台城。身处异乡又正逢晚秋心中悲中逢悲,更添伤感。傍晚的雨生起寒意,蟋蟀的鸣声似劝人机织,间歇听闻到闺房中的女子正在赶制寒衣之声。暑去凉来,撤去花簟,铺上罗裀。纵然夏日所用已收藏、疏远,但还留得当时清夜聚萤照我读书之练囊。

荆江停留的时间越久,老友相对,离别后的思绪无限,无边怀念汴京之故人,情绪、兴致辗转周折,登临高处,唯有求得一醉,借酒消愁。忽见夕阳西沉,纵然酩酊大醉,但仍无计逃愁。

【诗词精讲】

此词是清真晚年寄迹江宁(进江苏南京)时所作。词中,将迟暮之悲、羁旅之愁与故人之情融成一片。其可贵处,在于其实这珍惜寸阴之意味。乃清真词中高格调之作。

"绿芜凋尽台城路,殊乡又逢秋晚",在眼前展现一片秋景萧条,客子秋心寥落。台城在金陵,金陵乃六朝旧都,自隋唐以来,文人至此者,每易引起盛衰兴废之感。如唐末诗人韦庄就感到"六朝如梦"(《台城》)。而现在的台城更是草黄叶枯,"草木摇落而变衰。"(宋玉《九辩》)更使人有满目萧然之感。"又"字起递进连接作用。

殊乡作客,已经够使人惆怅了,更何况又遇上晚秋时节,"众芳芜秽",殊乡客子更难以禁受了。词意递进一层。陈廷焯认为"只起二句便觉黯然销魂……沉郁苍凉,太白'西风残照'后有嗣音矣"。起首造境便为全篇意蕴定下基调。

自"暮雨生寒"至上片歇拍全从殊乡秋晚生发开去,一路铺叙,渲染"殊乡又逢秋晚"的惆怅心情。

"暮雨生寒,鸣蛩劝织,深阁时闻裁剪"。蛩,就是促织,因鸣声"唧唧",好似织机声响,故名。晚秋之夜,本已渐凉,加上秋雨,顿觉寒生了。更何况词人情绪低落,更觉周围寒意更深,深阁妇女已在"寒衣处处催刀尺"(杜甫《秋兴》),开始缝制寒衣,准备过冬了。以上是从客观事物层层渲染,使前面所描摹的秋色显得更浓了。从"云窗静掩"起,就作者主观方面进行勾勒。"静掩",没有什么人来往,烘托出一种幽静的孤寂感。这种主观感受又是词人所处客观环境在心理上的反映。

"叹重拂罗裀,顿疏花簟"。罗裀,就是罗绮垫褥。花簟,就是精美的竹席,词中天气正是"已凉天气未寒时"(韩偓《已凉》)。撤去竹席,换上垫褥是必然的,而且年年如此,为什么要"叹"呢?"叹",就是词人惊秋心情的流露,感慨时光流逝,节候变迁,所以撤去"花簟"用"顿疏",换上"罗裀"用"重拂",都透露了词人对光阴迅速的敏感,对自己老大无成的叹息,用辞十分精细。

"尚有綀囊,露萤清夜照书卷",虽然时已晚秋,夏天的生活用品用不上了,但綀囊却还留着,露萤照我读书。綀,音疏,稀薄布料。这里用车胤囊萤典故。《晋书·车胤传》句"(胤)家贫,不常得油,夏月则练囊盛数十萤火以读书。"

当然,周邦彦不比车胤,不至于"不常得油",这只是说,他虽有他乡作客、宦海浮沉之叹,但他志在诗书,不汲汲于富贵,不想"伺候于公卿之门,奔走于形势之途"(韩愈《送李愿归盘谷序》),修身洁行,志趣高尚,书生本色,不负初衷。此乃借古人之高境界以表示自己的高境界,如王国维所云:"借古人之境界为我之境界者也。然非自有境界,古人亦不为我用。"这上片歇拍两句没有将惊秋发展为悲秋,而是荡开一笔,使词意转向高雅旷达,这是一个关键处。

下片转到对故人和往事的追忆。

"荆江留滞最久",周邦彦于哲宗元祐二年(1087年)出任庐州(合肥)教授至调任溧水之前约有七八年时间,他曾留滞荆州。据王国维推断,他在荆江"亦当任教授等职"(《清真先生遗事》),年方三十多岁,他这时在金陵,怀念荆江故旧,但却从对方怀念自己着笔。如果只写自己怀念荆江故旧,则荆江故旧是否怀念词人不得而知。而推想荆江故旧怀念自己,则自己对荆江故旧的怀念便可不言而喻了。言简而意明,笔法巧妙。

"渭水西风,长安乱叶,空忆诗情宛转,"这是化用贾岛诗"秋风吹渭水,落叶满长安"

(《忆江上吴处士》)。长安借指汴京。周邦彦于神宗元丰初以布衣入汴京为太学生。

元丰六年(1083年)升太学正,直到哲宗元祐二年(1087年)始离汴京外任庐州教授,他居留汴京时间长达十年之久,正是二三十岁的青年时期。他任太学正,"居五岁不迁,益尽力于辞章。"(《宋史·本传》)据陈郁《藏一话腴外编》所载邦彦佚诗《天赐白》《薛侯马》都是在汴京时期作的。陈郁称赞他的诗"自经史中流出,当时以诗名家如晁(补之)、张(耒)皆自叹以为不及"。可见其诗才之高超,只是为词名所掩而已。

此时,他想到汴京也正当西风落叶的晚秋,追忆从前这时候二三好友,风华正茂,以文会友,吟诗唱和,诗情婉转,其乐何极,至今回首,乃如电光火石,幻梦浮云,徒增感慨。"凭高眺远"一句从词意看本应放在"渭水西风"之前。"渭水西风"三句正是凭高眺远所见到的想象中景象。而就格律看,只能置于此处,作为补笔,收束上文,以舒积愫。可是关山迢递,可望而不可即,情怀郁郁,唯有借酒消愁,举杯一醉。

"正玉液新篘,蟹螯初荐",玉液,美酒,篘,漉酒的竹器,此处作动词用。"蟹螯"典出(《世说新语·任诞》):"毕茂世(卓)云:'一手持蟹螯,一手持酒杯,拍浮酒池中,便足了一生。'"这是一种不为世用,放荡不羁的行为,作者的意思是说,他也要像毕茂世那样,一手持蟹螯,一手持酒杯,直到醉倒山翁。

"醉倒山翁"中,山翁指山简,晋代竹林七贤之一的山涛之幼子,曾镇守荆襄,有政绩,好饮酒,每饮必醉,人为之歌曰:"山公时一醉,径造高阳池。日暮倒醉归,酩酊无所知。"(《世说新语·任诞》)周邦彦以山简自喻,也可看出他当时心态。"但愁斜照敛",忽作转折,似与上文不相连贯,实则一意承转,他正欲饮玉液,持蟹螯,如山翁之醉倒以求解脱愁思,然而不行,当淡淡的落日余晖洒在"绿芜凋尽"的台城道上时,一片衰草斜阳,暮秋古道的苍茫景色,摇撼着他的心弦。

满庭芳·夏日溧水无想山作

【创作背景】

宋哲宗元祐八年(1093年),周邦彦被贬任溧水县(今江苏溧水)县令,时年三十九岁,此词于游无想山时所作。

【诗词原文】

满庭芳·夏日溧水①无想山作

风老莺雏②,雨肥梅子,午阴嘉树清圆③。

地卑④山近,衣润⑤费炉烟。

人静乌鸢⑥自乐,小桥外,新绿溅溅⑦。

凭栏久,黄芦苦竹,疑泛九江船⑧。

年年。如社燕⑨,飘流瀚海⑩,来寄修椽⑪。

且莫思身外⑫,长近尊前⑬。

憔悴江南倦客,不堪听急管繁弦⑭。

歌筵⑮畔,先安簟枕⑯,容我醉时眠。

【诗词注解】

①溧水:县名,今属江苏省南京市。

②"风老"句:幼莺在暖风里长大了。

③"午阴"句:正午的时候,太阳光下的树影,又清晰,又圆正。

④卑:低。

⑤润:湿。

⑥乌鸢(yuān):即乌鸦。

⑦溅溅:流水声。

⑧"黄芦"句:出自白居易的《琵琶行》诗句"黄芦苦竹绕宅生。"

⑨社燕:燕子当春社时飞来,秋社时飞走,故称社燕。

⑩瀚海:沙漠,指荒远之地。

⑪修椽:长椽子。句谓燕子营巢寄寓在房梁上。

⑫身外:身外事,指功名利禄。

⑬尊:同樽,古代盛酒的器具。

⑭急管繁弦:宋代晏殊《蝶恋花》词:"绣幕卷波香引穗,急管繁弦,共爱人间瑞。"形容各种乐器同时演奏的热闹情景。

⑮筵(yán):竹席。

⑯枕簟(diàn):枕席。

【诗词译文】

风使春季的莺雏长大,夏雨让梅子变得肥美,正午茂密的树下圆形的阴凉笼罩着地面。地势低洼靠近山,衣服潮湿总费炉火烘干。人家寂静,乌鸦无忧自乐翩翩,小桥外边,新涨的绿水湍流激溅。久久凭靠栏杆，遍地黄芦苦竹，竟仿佛我自己像遭贬的白居易泛舟九江边。

年复一年。犹如春来秋去的社燕，飘飞流浪在大漠荒原，来寄居在长长的屋檐。且不去想那身外的功名业绩，还是怡心畅神，常坐酒樽前。我这疲倦、憔悴的江南游子，再不忍听激越、繁复的管弦。就在歌宴边，为我安上一个枕席，让我醉后可以随意安眠。

【诗词精讲】

这首词较真实地反映了封建社会里，一个宦途并不得意的知识分子愁苦寂寞的心情。上片写江南初夏景色，将羁旅愁怀融入景中。下片抒发飘流之哀。此词整体哀怨却不激烈，沉郁顿挫中别饶情味，体现了清真词一贯的风格。

一开头写春光已去，雏莺在风中长成了，梅子在雨中肥大了。这里化用杜牧的"风蒲燕雏老"（《赴京初入汴口》）及杜甫"红绽雨肥梅"（《陪郑广文游何将军山林》）诗意。两句对仗工整，老字、肥字皆以形容词作动词用，极其生动。"午阴嘉树清圆"，则是用刘禹锡的《昼居池上亭独吟》："日午树阴正"句意，"清圆"二字绘出绿树亭亭如盖的景象。

以上三句写初夏景物，体物极为细微，并反映出作者随遇而安的心情，极力写景物的美好，无伤春之愁，有赏夏之喜。但接着就来一个转折："地卑山近，衣润费炉烟。"正像白居易贬官江州，在《琵琶行》里说的"住近湓江地低湿"，溧水也是地低湿，衣服潮润，炉香熏衣，需时良多，"费"字道出衣服之潮，一"费"字既具体又概括，形象袅袅，精练异常，则地卑久雨的景象不言自明。

作者在这里还是感到不很自在吧。接下去又转写：此地比较安静，没有嘈杂的市声，连乌鸢也自得其乐。"人静"句据陈元龙注云："杜甫诗'人静乌鸢乐'。"今本杜集无此语。正因为空山人寂，所以才能领略乌鸢逍遥情态。"自"字极灵动传神，画出鸟儿之无拘无束，令人生羡，但也反映出自己的心情苦闷。

周词《琐窗寒》云："想东园桃李自春"，用"自"字同样有无穷韵味。"小桥"句仍写静境，水色澄清，水声溅溅，说明雨多，这又与上文"地卑""衣润"等相互关联。小桥外，溪不清澄，发出溅溅水声。似乎是一种悠然自得之感。

但紧接着又是一转："凭栏久，黄芦苦竹，疑泛九江船。"白居易既叹"住近湓江地低湿，黄芦苦竹绕宅生"，词人在久久凭栏眺望之余，也感到自己处在这"地卑山近"的溧水，与当年白居易被贬江州时环境相似，油然生出同为天涯沦落人的感慨。由"凭栏久"一句，知道从开篇起所写景物都是词人登楼眺望所见。

下片开头，换头"年年"，为句中韵。《乐府指迷》云："词中多有句中韵，人多不晓，不惟读之可听，而歌时最要叶韵应拍，不可以为闲字而不押，又如《满庭芳》过处'年年，如'社燕'，'年'字是韵，不可不察也。"三句自叹身世，曲折道来。以社燕自比。社燕在春社时飞来，到秋社时飞去，从海上飘流至此，在人家长椽上做巢寄身。瀚海，荒漠。词人借海燕自喻，频年飘流宦海，暂在此溧水寄身。

既然如此，"且莫思身外，长近尊前"，姑且不去考虑身外的事，包括个人的荣辱得失，还是长期亲近酒樽，借酒来浇愁吧。词人似乎要从苦闷中挣脱出去。这里，点化了杜甫"莫思身外无穷事，且尽生前有限杯"（《绝句漫兴》）和杜牧的"身外任尘土，尊前极欢娱"（《张好好诗》）。

"憔悴江南倦客，不堪听急管繁弦"，又作一转。在宦海中飘流已感疲倦而至憔悴的江南客，虽想撇开身外种种烦恼事，向酒宴中暂寻欢乐，如谢安所谓中年伤于哀乐，正赖丝竹陶写，但宴席上的"急管繁弦"，怕更会引起感伤。杜甫《陪王使君》有"不须吹急管，衰老易悲伤"诗句，这里"不堪听"含有"易悲伤"的含意。

结处"歌筵畔"，承上"急管繁弦"。"先安簟枕，容我醉时眠"，则未听丝竹，先拟醉眠。他的醉，不是欢醉而是愁醉。丝竹不入愁之耳，唯酒可以忘忧。萧统的《陶渊明传》："渊明若先醉，便语客：'我醉欲眠，卿可去。'"词语用此而情味自是不同。"容我"二字，措辞婉转，心事悲凉。结语写出了无可奈何、以醉遣愁的苦闷。

花犯·粉墙低

【创作背景】

这首《花犯》咏梅词，当写于其十年的州县宦游生活期间，其较大可能性是写于溧水任上。在溧水时期，周邦彦用长调写了相当数量的咏物词，如《红林擒近·咏雪》《玉烛新·梅花》《三部乐·梅雪》等，其中又以《花犯》咏梅最为著称。此词约作于周邦彦绍圣三年（1096 年）二月溧水任满、奉调进京之时。

【诗词原文】

花犯①·粉墙低

粉墙②低，梅花③照眼④，依然⑤旧风味⑥。

露痕轻缀，疑净洗铅华⑦，无限佳丽⑧。

去年⑨胜赏曾孤倚，冰盘同燕喜⑩。

更可惜⑪，雪中高树，香篝⑫熏素被。

今年⑬对花最匆匆⑭,相逢⑮似有恨,

依依愁悴⑯。吟望久,青苔⑰上旋看飞坠⑱。

相将见脆丸荐酒⑲,人正⑳在、空江烟㉑浪里。

但梦想㉒,一枝潇洒,黄昏斜照水㉓。

【诗词注解】

①花犯:词牌名,为周邦彦首创。双调一百零二字。

②粉墙:涂刷成白色的墙。

③梅花:梅树的花。早春先叶开放,花瓣五片,有粉红、白、红等颜色,是有名的观赏植物。

④照眼:犹耀眼。形容物体明亮或光度强。

⑤依然::依旧。形容思念、依恋的情态。

⑥风味:事物特有的色彩和趣味。

⑦铅华:古代妇女用的黛粉等化妆品。曹植的《洛神赋》:"芳泽无加,铅华不御。"李善注:"铅华,粉也。"这三句是说梅花上面留有露水痕迹,像是洗尽脂粉,显得丽质天生。

⑧"无限"句:无限,没有穷尽。谓程度极深,范围极广。佳丽:俊美;秀丽。代美女。

⑨去年:刚过去的一年。

⑩"冰盘"句:冰盘,指如水一般洁净的白瓷盘。燕,通"宴"。燕喜,节日的宴会。这句用韩愈的"冰盘夏荐碧实脆"诗意,指喜得梅子以进酒。

⑪可惜:值得惋惜,应予爱惜。怜惜;爱惜。可爱之意。

⑫香篝:即熏香之笼。此句喻雪覆盖梅树,像白被放在熏笼上一样。

⑬今年:本年。指说话时的这一年。

⑭匆匆:匆忙的样子。悲哀的样子。纷争的样子。

⑮相逢:彼此遇见;会见。

⑯"依依"句:依依,轻柔披拂的样子。依恋不舍的样子。形容思慕怀念的心情。愁悴,亦作"愁瘁"忧伤憔悴。悴,忧也。这两句是指梅花似亦知恨而含愁。

⑰青苔:苔藓。

⑱旋看飞坠:屡屡看梅花飘飞坠在青苔上面。

⑲"相将"句:相将,行将。脆丸,梅子。

⑳人正:即人元。

㉑江烟:指江上的云气、烟霭。

㉒梦想:梦中怀想。空想;妄想。指理想。

㉓"一支"两句:一枝,一支。一根。用于细长的东西。潇洒,凄清之意。黄昏斜照水,用林逋的《山园小梅》诗句"疏影横斜水清浅,暗香浮动月黄昏"之意。

【诗词译文】

低低的粉墙上,梅花在枝头风采照人,同往年一样。花面上的露水痕迹还在,透明晶莹,如同一位洗净铅华的美人,天生丽质,美丽天然。

去年梅花开放时,我也是一个人独自观赏。我也曾经在酒宴之上,愉快地把玉盘中的青梅品尝。更令人叹息的是,雪中那高高的梅花树上,如同盖上一层雪白的棉被,被里仿佛是一位美人,体内透出一缕怡人的馨香。

今年赏花太匆忙,如同心中有太多的忧伤。我看梅花开得憔悴,我也是这样,依依惜别,满腹愁肠。我对着梅花怅惘叹息,眼看着一片片花瓣,四处飘落。

不久就到了青梅再来下酒的时候,那时我又出发了,在浩如烟海的江面上与风浪为伍。我只愿意自己化作一枝梅花,每当夕阳西下时,静静地安然立在水边。

【诗词精讲】

本词借咏梅以抒发自己宦游无定,到处漂泊的寂寞感伤之情。上片由眼前之梅联想追忆到去年之梅,下片由今年之梅联想到未来的梅子。在赏梅中融进自己游踪不定之憾。

上片前六句写眼前"净洗铅华,无限佳丽"之梅花。"粉墙低"写梅花所在之院落,"照眼"写梅花的晶莹可爱。"净洗铅华"则写出梅花的本色天香之质。后五句回忆去年独自雪中赏梅的情景。"香篝熏素被"描写雪中之梅的形与味,极其精彩。下片五句又回到眼前,写赏梅匆匆,而梅已飘坠,最后四句跳到未来。想象江上以梅荐酒及梦中寻梅的情景。

全篇处处写梅,而又结合自己的行踪,写出飘泊不定的生活。结构圆美流宕,浑化无迹。这首词分成过去、现在、未来三个阶段去写梅花,三个阶段各有不同的情怀,而且以梅花自喻,委婉曲折。

整个词句不仅紧扣梅花,也句句紧扣作者自己,前后呼应,上下串插,迂回反复,井然有序。此词以饱含感情的笔触移情入景,借景抒情,借咏梅抒发了作者在宦迹无常、漂泊不定中所产生的落寞情怀,也有孤芳自赏的慰藉。

起笔"粉墙低,梅花照眼"两句,总领全篇,以下对昔日的回忆、对来日的想象,都由此景生发。次句中的"照眼"二字,出自梁武帝《子夜四时歌·春歌四首》之一中的"庭中花照眼"句。

这里,作者没有具体点明梅花的颜色,略过了花色,只写与粉墙相映照的花光,以光之夺目来显示色之明丽。至于其花色之为红为白,抑或为翠绿,这在作者是个人的认知,不必拘泥。下面"露痕轻缀,疑净洗铅华,无限佳丽"三句,进一步写出了梅花所独具的高出于凡花俗艳的格调。它之照眼,并不靠粉施朱,以嫣红姹紫来炫人眼目,而是丽质天成,自然光艳,别有其吸引人视线的风神韵味。

这三句本是起二句的延伸和补充,但在其间穿插了"依然旧风味"一句,就使前、后五句所写的既是现时景物又带有旧时色彩,在抚今中渗入了思昔的成分。

"去年"二字领起,在时间上与前六句明白划界。"胜赏曾孤倚,冰盘同燕喜"两句是对去年之我的追述,自思去年孤倚寒梅、与花共醉的情事;"更可惜,雪中高树,香篝熏素被"两句是对去年之花的追念,更爱去年梅花在雪中开放的景象。这里写的是:梅花为积雪覆盖,一望皓白,形色难辨,而暗香仍阵阵从雪中传出,有如香篝之熏素被。

过片领以"今年"二字,与上片后四句开头的"去年"二字相对应。上、下片的前半都是写眼前所见的梅花。如此一来上片"粉墙低"以下六句是写梅花的形态与风韵;下片"今年对花"以下五句则是写梅花的情态和愁恨;前者写梅花之盛开,后者写到梅花之凋落。如此一来"对花最匆匆"句就有两重含意:既是自叹,又是叹花;既叹自身去留匆匆,即将远行,又叹梅花开落匆匆,芳景难驻。

"相逢似有恨,依依愁悴"两句,则是以我观物,移情于景,化作者的愁恨为梅花的愁恨,把本是无知无情的寒梅写得似若有知、有情。末尾一个"悴"字已预示花之将落,紧接着承以"吟望久,青苔上旋看飞坠"二句,则进一步写花的深愁苦恨及其飘零身世。

接着"相将见脆丸荐酒,人正在、空江烟浪里"两句,纯从空际落想。上句写梅,但所写的是眼前还不存在的事物,是由眼前飞坠的花瓣驰思于青绿脆圆的梅子;下句写人,但所写的是将出现另一时空之内的人,是预计梅子荐新之时,人已远离去年孤倚、今年相逢之地,而正在江上的扁舟之中,就这样,作者以出人意料之笔,以今日之感昨日之念跳到了明之思,词境再出新意。

结拍"但梦想,一枝潇洒,黄昏斜照水"两句,从林逋《山园小梅》诗中的名句:"疏影横斜水清浅,暗香浮动月黄昏"化出。词人在花开之时,对花之地,把词思在时间上跳到梅子已熟时,在空间上跳到空江烟浪里,再从彼时、彼地又跳回花开时、花开地。

此词以多变的结构和迁徐反复和笔调,把自我的身世之感融入对梅花各个时期和方面的描绘。在今日、昔日、来日间往复盘旋地展开情思。这种跳跃变换、空灵流转、浑化无迹的词笔与词思,确乎令人赞叹不已。

应天长·条风布暖

【创作背景】

孟元老《东京梦华录》里说:"京师以冬至后一百五日为大寒食,寒食第三日即清明节矣。"从篇中"汉宫传烛"来看,当是写汴京之事。故词当是周邦彦重返汴京任国子主簿时缅怀昔游所作。

【诗词原文】

应天长①·条风布暖

条风②布暖,霏雾③弄晴,池台④遍满春色。

正是夜堂⑤无月,沉沉暗寒食。梁间燕,前社⑥客。

似笑我、闭门愁寂。乱花过,隔院芸香⑦,满地狼藉。

长记那回时,邂逅⑧相逢,郊外驻油壁⑨。

又见汉宫传烛⑩,飞烟五侯宅。青青草,迷路陌。

强载酒、细寻前迹。市桥远,柳下人家,犹自相识。

【诗词注解】

①应天长:词牌名,又名"应天长令""应天长慢"。此调有小令、长调两体。小令始于韦庄。五十字,前后片各五句四仄韵。各家用此调字数有增减,但以韦庄词为正体。长调始于柳永,九十四字,前片十句六仄韵,后片十句七仄韵。另有九十八字体,句式与柳永词有出入。

②条风:即春风。

③霏雾:飘浮的云雾。

④池台:有本作"池塘"。池苑楼台。

⑤夜堂:有本作"夜台"。

⑥前社:春社。

⑦芸香:香草名。多年生草本植物,其下部为木质,故又称芸香树。泛指花之香气。

⑧邂逅(xiè hòu):不期而遇。

⑨油壁:油壁车,车壁以油饰之。

⑩"汉宫传烛"句:唐韩翃诗句"春城无处不飞花,寒食东风御柳斜。日暮汉宫传蜡烛,轻烟散入五侯家。"

【诗词译文】

春风吹来,大地回春。薄雾散去,一片晴空。池台亭榭一片生机,到处是美丽的春色。夜色沉沉,空中无月光,我心中愁苦,正是寒夜的节气,我独自一人闷坐屋里。画梁间栖息的双燕,它们是旧客,与我相识熟悉。仿佛在一声一声笑我,一个人在屋门度日,感到孤单。纷乱的花飞过墙去,隔院飘来香气,满地落花堆积。

我经常地记着那一次,在郊游时我们偶然相遇。那时你的小车是油彩画的车壁。如今又到寒食,宫廷中传送蜡烛,王孙的宅院中飘出烟。青草地依旧,却感到迷了路。我仔细寻找往日的旧迹。在柳阴里,寻到了那里的宅院。

【诗词精讲】

此词以回环起伏、跌宕有致的方式抒发了作者沉郁、惆怅和空虚的心境。作者寓情于景,借景物创造出一种空灵深远的境界,深沉淡雅、凝重旷远的意境中,烘托出词人曲折细腻、飘忽不定的复杂心绪。时空错综交织与意脉变化莫测,是此词的特点。

全词分为四层。第一层为起笔三句,写当日寒食白天之景,系追思实写。以下写当日夜色,是现境,系第二层。换头三句写当年寒食之邂逅,是回忆为第三层。以下写当日重寻前迹情景,又是追思实写,为第四层。

第一层大开,第四层大合,中间两层则动荡幻忽,全篇神明变化几不可测,极尽千回百转、刻骨铭心之情,又极尽其郁积深厚之意。整首词写得惊心动魄、荡气回肠、激越凄楚、迷离惝恍、意脉流转。

"条风布暖,霏雾弄晴,池台遍满春色"。条风即调风指春风。春风骀荡,迷雾飘动,逗出一轮晴日,池塘水绿草清,一片春色。起笔三句,一幅春意盎然的图画。可是,这并非此词基调。"正是夜堂无月,沉沉暗寒食。"

"正是"二字,点明当下作词之现境。寒食之夜黯然无月,沉沉夜色笼罩天地,也笼罩独坐堂上的词人心头。原来起笔三句乃追思实实写,追叙寒食白天的情景。"梁间燕,前社客。似笑我、闭门愁寂。"寒食为清明前两日,春社为立春后第五个戊日,寒食前,其时燕子已经归来,故称梁间燕为前社客。上两句以沉沉夜色喻示自己心灵之沉重,这四句则从燕子之眼反观自己一人之孤寂。闭门之意象,更象征着封闭与苦闷。

"乱花过,隔院芸香,满地狼藉。"芸是一种香草,此处芸香借指乱花之香气。乱花飞过。院里院外,一片香气,其境极美,而残花满地,一片狼藉,则又极悲。此三句哀感顽艳,可称奇笔。

"长记那回时,邂逅相逢,郊外驻油壁。"换头以"长记"二字领起遥远的回忆,为全词核心。词人心灵中的这一记忆,正是与天长、共地久的。那回,指双方不期而遇的那一年寒食节。"时",是宋人词气辞,相当于"呵"。词人满腔哀思之遥深,尽见于这一声感喟之中。宋代寒食节有踏青的风俗,女性多乘油壁轻车来到郊外,其车壁用油漆彩饰,故名油壁。

记忆中这美好的一幕,词中仅倏忽而过,正如它人生中倏忽而过那样。以下,全写当日重游旧地情景。"又见汉宫传烛,飞烟五侯宅",此二句化用韩翃《寒食》诗:"日暮汉宫传蜡烛,轻烟散入五侯家。"既点染寒食节气氛,也暗示出本事发生的地点在汴京。下"又见"二字,词境又拉回当日白天的情境,从而引发出下文所写对当年寒食邂逅不可遏止的追寻。

"青青草,迷路陌",沿着当年踏青之路,词人故地重游,然芳草萋萋,迷失了旧路;可是词人却固执不舍,"强载酒、细寻前迹","强"字,道尽词人哀哀欲绝而又强自振作的精神状态。明知重逢无望而仍然携酒往游,而细寻前迹,终于寻到。

"市桥远,柳下人家,犹自相识。"市桥远处,那柳下人家,意与自己相识。可是此时自己只身一人,绝非当年双双而来可比。至此,上片起笔所写之盎然春意,只是当天重寻旧迹之前的一霎感受,其下所写之夜色沉沉、闭门愁寂,才是下片所写白天重寻旧迹之后的归宿。

清真词情深入骨。回忆与追思实写,是这位词人的两大绝技。清真词具备这两个特点,可谓有体有用。此词是作者怀人之作,调名"应天长",实有深意。南宋陈元龙注于调名下引《老子》"天长地久"及《浩歌行》"天长地久无终毕"二语,不愧词人之知音。

此词声情与语言之特色也颇为明显。上片自"梁间燕"之下,下片自"青青草"之下。皆为三、四字短句,此词韵脚为入声,句调既紧促,韵调又激越,全词声情便是一部激厉凄楚的交响乐。

玉楼春·桃溪不作从容住

【创作背景】

词是周邦彦元祐四年(1089 年)自庐州府教授离任时所作。词人将别桃溪,回想起从前的旖旎风流生活,内心无限惆怅,颇是难舍。

【诗词原文】

玉楼春①·桃溪不作从容住

桃溪②不作从容住,秋藕绝来无续处③。

当时相候赤阑桥④,今日独寻黄叶路。

烟中列岫⑤青无数,雁背夕阳红欲暮。

人如风后入江云,情似雨馀粘地絮⑥。

【诗词注解】

①玉楼春:词牌名。词谱谓五代后蜀顾敻词起句有"月照玉楼春漏促""柳映玉楼春欲晚"句;欧阳炯起句有"日照玉楼花似锦""春早玉楼烟雨夜"句,因取以调名(或加字令)亦称"木兰花""春晓曲""西湖曲""惜春容""归朝欢令""呈纤手""归风便""东邻妙""梦乡亲""续渔歌"等。双调五十六字,前后阕格式相同,各三仄韵,一韵到底。

②桃溪:虽说在宜兴有这地名,这里不作地名用。周济《宋四家词选》所谓"只赋天台事,态浓意远"是也。刘晨阮肇天台山故事,本云山上有桃树,山下有一大溪,见《幽明录》《续齐谐记》。韩愈的《梨花发赠刘师命》:"桃溪惆怅不能过。"魏承班《黄钟乐》词:"遥想玉人情事远,音容浑似隔桃溪。"用法均相同。

③秋藕绝来无续处:"秋藕"与"桃溪",约略相对,不必工稳。俗语所谓"藕断丝连",这里说藕断而丝不连。

④赤阑桥:这里似不作地名用。顾况的《题叶道士山房》:"水边垂柳赤栏桥。"温庭筠《杨柳枝》词:"一渠春水赤栏桥。"韩偓的《重过李氏园亭有怀》:"往年同在弯桥上,见倚朱栏咏柳绵,今日独来春径里,更无人迹有苔钱。"诗虽把"朱栏""弯桥"分开,而本词这两句正与诗意相合,不仅关合字面。黄叶路点名秋景,赤阑桥未言杨柳,是春景却不说破。

⑤列岫:陈元龙注引《文选》"窗中列远岫",乃谢朓的《郡内高斋闲望》诗。全篇细腻,这里宕开,远景如画,亦对偶,却为流水句法。类似这两句意境的,唐人诗中多有,如刘长卿、李商隐、马戴、温庭筠。李商隐的《与赵氏昆季燕集》"虹收青嶂雨,鸟没夕阳天",与此更相近。

⑥情似雨馀粘地絮:晏几道《玉楼春》词:"便教春思乱如云,莫管世情轻似絮。"本词上句意略异,取譬同,下句所比亦同,而意却相反,疑周词从晏句变化。

【诗词译文】

桃溪奔流不肯从容留住,秋天的莲藕一断就没有连接之处。回想当时互相等候在赤阑桥,今天独自一人徘徊在黄叶盖地的荒路。

烟雾笼罩着排列耸立的山岫,青苍点点无法指数,归雁背着夕阳,红霞满天,时正欲暮。人生好像随风飘入江天的白云,离别的情绪好比雨后粘满地面的花絮。

【诗词精讲】

此词以一个仙凡恋爱的故事起头,写词人与情人分别之后,旧地重游而引起的怅惘之情。整首词通篇对偶,凝重而流丽,情深而意长。

首句"桃溪"用东汉刘、阮遇仙之事典。传东汉时刘晨、阮肇入天台山采药,于桃溪边遇二女子,姿容甚美,遂相慕悦,留居半年,怀乡思归,女遂相送,指示还路。及归家,子孙已历七世。后重访天台,不复见二女。唐人诗文中常用遇仙、会真暗寓艳遇。

"桃溪不作从容住",暗示词人曾有过一段刘阮入天台式的爱情遇合,但却没有从容地长久居留,很快就分别了。这是对当时轻别意中人的情事的追忆,口吻中含有追悔意味,不过用笔较轻。用"桃溪"典,还隐含"前度刘郎今又来"之意,切合旧地重寻的情事。

第二句用了一个譬喻,暗示"桃溪"一别,彼此的关系就此断绝,正象秋藕(谐"偶")断后,再也不能重新连接一起了,语调中充满沉重的惋惜悔恨情绪和欲重续旧情而不得的遗憾。人们常用藕断丝连譬喻旧情之难忘,这里反其语而用其意,便显得意新语奇,不落俗套。以下两句,侧重概括叙事,揭出离合之迹,遥启下文。

"当时相候赤阑桥,今日独寻黄叶路。"三四两句,分承"桃溪"相遇与"绝来无续",以"当时相候"与"今日独寻"情景作鲜明对比。赤阑桥与黄叶路,是同地而异称。俞平伯的《唐宋词选释》引顾况、温庭筠、韩偓等人诗词,说明赤阑桥常与杨柳、春水相连,指出此词"黄叶路明点秋景,赤阑桥未言杨柳,是春景却不说破。"

同样,前两句"桃溪""秋藕"也是一暗一明,分点春、秋。三、四句正与一、二句密合相应,以不同的时令物色,渲染欢会的喜悦与隔绝的悲伤。朱漆栏杆的小桥,以它明丽温暖的色调,烘托往日情人相候时的温馨旖旎和浓情蜜意;而铺满黄叶的小路,则以其萧瑟凄清的色调渲染了今日独寻时的寂寞悲凉。

由于是在"独寻黄叶路"的情况下回忆过去,"当时相候赤阑桥"的情景便分外值得珍重流连,而"今日独寻黄叶路"的情景也因美好过去的对照而越觉孤寂难堪。今昔之间,不仅因相互对照而更见悲喜,而且因相互交融渗透而使感情内涵更加复杂。

既然"人如风后入江云",则所谓"独寻",实不过旧地重游,记忆中追寻往日的缠绵温柔,孤寂中重温久已失落的欢爱而已,但毕竟寂寞惆怅中还有温馨明丽的记忆,还能有心灵的一时慰藉。今昔对比,多言物是人非,这一联却特用物非人杳之意,也显得新颖耐味。"赤阑桥"与"黄叶路"这一对诗歌意象,内涵已经远远越出时令、物色的范围,而成为一种象征。

换头"烟中列岫青无数,雁背夕阳红欲暮"两句,转笔宕开写景:这是一个晴朗的深秋的傍晚。烟霭缭绕中,远处排立着无数青翠的山峦。夕阳的余晖,照映空中飞雁的背上,反射出一抹就要黯淡下去的红色。两句分别化用谢朓诗句"窗中列远岫"与温庭筠诗句"鸦背夕阳多",但比原句更富远神。

它的妙处,主要不是景物描写刻画的工丽,也不是物本身有什么象征含义;而于情与景之间,存着一种若有若无、若即若离的联系,使人读来别具难以言传的感受。那无数并列不语的青嶂,与"独寻"者默默相对,更显出了环境的空旷与自身的孤寂;而雁背的一抹残红,固然显示了晚景的绚丽,可它很快就要黯淡下去,消逝在一片暮霭之中了。

结拍"人如风后入江云,情似雨馀粘地絮"两句,收转抒情。随风飘散没入江中的云彩,不但形象地显示了当日的情人倏然而逝、飘然而没、杳然无踪的情景,而且令人想见其轻灵缥缈的身姿风貌。雨过后粘着地面的柳絮,则形象地表现了主人公感情的牢固胶着,还将那欲摆脱而不能的苦恼与纷乱心情也和盘托出。

这两个比喻,都不属那种即景取譬、自然天成的类型。而是刻意搜求、力求创新的结果。但由于它们生动贴切地表达了词人的感情,读来便只觉其沉厚有力,而不感到它的雕琢刻画之迹。"情似雨馀粘地絮",是词眼,全词所抒写的,正是这种执着胶固、无法解脱的痴顽之情。

此词纯用对句,从而创造了一种与内容相适应的凝重风格。整首词于排偶中,仍具动荡的笔墨,凝重之外而兼流丽风姿。

解语花·上元

【创作背景】

陈思《清真居士年谱》则以此词为周知明州(今浙江宁波)时作,时在徽宗政和五年,即 1115 年。

【诗词原文】

解语花①·上元②

风消绛蜡③,露浥④红莲⑤,灯市光相射。

桂华⑥流瓦。纤云散,耿耿素娥⑦欲下。

衣裳淡雅。看楚女纤腰一把。

箫鼓喧,人影参差,满路飘香麝。

因念都城放夜⑧。望千门⑨如昼,嬉笑游冶。

钿车⑩罗帕。相逢处,自有暗尘随马。

年光是也。唯只见、旧情衰谢。

清漏移,飞盖⑪归来,从舞休歌罢。

【诗词注解】

①解语花:词牌名。相传唐玄宗太液池中有千叶白莲,中秋盛开,玄宗设宴赏花。群臣左右为莲花之美叹羡不已,玄宗却指着杨贵妃说:"那莲花怎比得上我的解语花呢?"后人制曲,即取以为名。

②上元:正月十五元宵节。

③绛蜡:红烛。

④浥:沾湿。

⑤红莲:指荷花灯。欧阳修的《蓦山溪·元夕》诗句"纤手染香罗,剪红莲满城开遍。"

⑥桂华:代指月亮、月光。传说月中有桂树,故有以桂代月。

⑦素娥:嫦娥。

⑧放夜:古代京城禁止夜行,唯正月十五夜弛禁,市民可欢乐通宵,称作"放夜"。

⑨千门:指皇宫深沉,千家万户。

⑩钿车:装饰豪华的马车。

⑪飞盖:飞车。

【诗词译文】

春风吹得烛泪融消,露水浸湿了花灯的笼罩,花市彩灯粉繁光焰映照。杜月的光华流溢于屋瓦。淡淡的云缕消散,天宇空明,嫦娥翩然欲下。衣裳多么淡雅。看南国娇娃,腰肢苗条恰一把。凤箫锣鼓喧杂,往来的人景杂沓,麝香的气息从满街上的女人的红袖散发。

因而想起每年的元宵节京城开放夜禁,远望皇宫千门彩灯辉煌如同白昼,士女们嬉笑遨游。装饰金花的彩车里香帕传情。多情人相逢,自然会扬起尘埃跟在她的马后。今年光景想必依旧,但只是我旧日的豪情已然衰朽。更漏夜色渐深,飞驰着车返回见情人,任凭歌舞直到罢休!

【诗词精讲】

这是词人漂流他乡,逢元宵节的忆旧感怀之作。周邦彦的这首《解语花》诚不失为佳作。此词既写出了地方上过元宵节的情景,又回顾了汴京上元节的盛况,然后归结到抒发个人身世之感。

上片先写元宵夜的灯节花市,巨大的蜡烛,通明的花灯,露水虽然将灯笼纸打湿,可里面烛火仍旺。月光与花市灯火互相辉映,整个世界都晶莹透亮,嫦娥也想下来参加人间的欢庆。苗条的楚地姑娘在花市嬉戏,箫鼓喧闹,满路溢香。构思巧妙,设想奇特,"箫鼓喧、人影参差,满路飘香麝"二句,更是声、形、味具出。

又写"昔日"京都的元宵。着重从大处着笔。"钿车罗帕"突出都市特点,与上阕"楚女纤腰"及"箫鼓"形成对照,脉络井然。"暗尘随马"写夜市繁华。从"年光是也"开始抒情,抒发今不如昔的际遇和伤感。此作结构缜密,厚重顿挫,极具匠心。

下片抚今追昔,流露出词人晚年抑郁低沉的思想状态。钿车罗帕,相逢处,自有暗尘随马。

"钿车罗帕"三句这一个粘细节嵌入其中,值得注意。"钿花"写车之美,罗帕点明车中人物身份,"相逢处"点明是邂逅相逢,自有暗尘随马,暗示一位骑马之人偶遇国中美女便暗暗相随。这也有可能是作者自己的生活体验,同时也表现出当时的社会习俗。

全词在繁华与热闹中,表现出淡淡的感伤,整个词一气呵成,别具韵味,流露出词人晚年抑郁低沉的思想状态。

过秦楼·水浴清蟾

【创作背景】

此词是周邦彦在溧水县时所作,大概是词人想念汴京的旧情人,感慨千里分隔,不能厮守,写于熙宁七年(1074 年)。

【诗词原文】

过秦楼^①·水浴清蟾

水浴清蟾②,叶喧凉吹,巷陌马声初断。

闲依露井③,笑扑流萤④,惹破画罗轻扇⑤。

人静夜久凭阑⑥,愁不归眠,立残更箭⑦。

叹年华一瞬,人今千里,梦沉⑧书远。

空见说、鬓怯琼梳⑨,容销金镜⑩,渐懒趁时匀染⑪。

梅风⑫地溽⑬,虹雨⑭苔滋,一架舞红⑮都变。

谁信无聊为伊,才减江淹⑯,情伤荀倩⑰。

但明河影下,还看稀星数点。

【诗词注解】

①过秦楼:词牌名。调见《岳府雅词》,作者李甲。因词中有"曾过秦楼"句,遂取以为名。一百零九字,前十一句五平,后十一句四平后,一、二、四、五、九句是领字格。据《词谱》考证,周邦彦《片玉词》,后人把他的《选官子》词刻作《过秦楼》,各谱遂名周词《选官子》为仄韵《过秦楼》。但两体不一,不能将《过秦楼》调另分仄体韵。苏武慢又名"选官子""选冠子""惜余春慢""仄韵过秦楼"。

②清蟾:明月。

③露井:没有覆盖的井。

④笑扑流萤:扑捉萤火虫。

⑤画罗轻扇:用有画饰的丝织品做的扇子。唐杜牧《秋夕》诗句"银烛秋光冷画屏,轻罗小扇扑流萤"。

⑥凭阑:凭栏,身倚栏杆。

⑦更箭:计时的铜壶滴中标有时间刻度的浮尺。

⑧梦沉:梦灭没而消逝。

⑨琼梳:饰以美玉的发梳。

⑩金镜:铜镜。

⑪趁时匀染:赶时髦而化妆打扮。

⑫梅风:梅子成熟季节的风。

⑬溽(rù):湿润。

⑭虹雨:初夏时节的雨。

⑮舞红:指落花。

⑯才减江淹：相传江淹少时梦人授五色笔而文思大进，而后梦郭璞取其笔，才思竭尽。即后世所称"江郎才尽"。

⑰情伤荀倩：荀粲，字奉倩。其妻曹氏亡，荀叹曰："佳人难再得！"不哭而神伤，未几亦亡。

【诗词译文】

圆圆的明月，倒映在清澈的池塘里，像是在尽情沐浴。树叶在风中簌簌作响，街巷中车马不再喧闹。我和她悠闲地倚着井栏，她嬉笑着扑打飞来飞去的流萤，弄坏了轻罗画扇。夜已深，人已静，我久久地凭栏凝思，往昔的欢聚，如今的孤伶，更使我愁思绵绵，不想回房，也难以成眠，直站到更漏将残。可叹青春年华，转眼即逝，如今你我天各一方，相距千里，不说音信稀少，连梦也难做！

听说她相思恹恹，害怕玉梳将鬓发拢得稀散，面容消瘦而不照金镜，渐渐地懒于赶时髦梳妆打扮。眼前正是梅雨季节，潮风湿雨，青苔滋生，满架迎风摇动的蔷薇已由盛开时的艳红夺目，变得零落凋残。有谁会相信百无聊赖的我，像才尽的江淹，无心写诗赋词，又像是伤情的荀倩，哀伤不已，这一切都是由于对你热切的思念！举目望长空，只见银河茫茫，还有几颗稀疏的星星，点点闪闪。

【诗词精讲】

此词通过现实、回忆、推测和憧憬等各种意象的组合，抚今追昔，瞻念未来，浮想联翩，伤离痛别，极其感慨。词中忽景忽情，忽今忽昔，景未隐而情已生，情未逝而景又迁，最后情推出而景深入，给读者以无尽的审美愉悦。

上片"人静夜久凭阑，愁不归眠，立残更箭"是全词的关键。这三句勾勒极妙，其上写现在的句词，经此勾勒，变成了忆旧。一个夏天的晚上，词人独倚阑干，凭高念远，离绪万端，难以归睡。由黄昏而至深夜，由深夜而至天将晓，耳听更鼓将歇，但他依旧倚栏望着，想着离别已久的情人。他慨叹着韶华易逝，天各一方，不要说音信稀少，就是梦也难做啊！

他眼前浮现出去年夏天屋前场地上"轻罗小扇扑流萤"的情景。黄昏之中，墙外的车马来往喧闹之声开始平息下来。天上的月儿投入墙内小溪中，仿佛水底沐浴荡漾。而树叶被风吹动，发出了带着凉意的声响。这是一个多么美丽、幽静而富有诗情的夜晚。她在井栏边，"笑扑流萤"，把手中的"画罗轻扇"都触破了。这个充满生活情趣的细节写活了当日的欢爱生活。

下片写两地相思。"空见说、鬓怯琼梳，容销金镜，渐懒趁时匀染。"是词人所闻有关她对自己的思念之情。由于苦思苦念的折磨，鬓发渐少，容颜消瘦，持玉梳而怯发稀，对菱花而伤憔悴，"欲妆临镜慵"，活画出她别后生理上和心理上的变化。"渐"字、"趁时"二字写出了时间推移的过程。

接着"梅风地溽，虹雨苔滋，一架舞红都变"，三句则由人事转向景物，叙眼前所见。梅雨季节，阴多晴少，地上潮湿，庭院中青苔滋生，这不仅由于风风雨雨，也由于人迹罕至。一架蔷薇，已由盛开时的鲜红夺目变得飘零憔悴了。

这样，既写了季节的变迁，也兼写了他心理的消黯，景中寓情，刻画至深。"谁信无聊为伊，才减江淹，情伤荀倩。"这是词人对伊人的思念。先用"无聊"二字概括，而着重处尤"为伊"二字，因相思的痛苦，自己像江淹那样才华减退，因相思的折磨，自己像荀粲那样不言神伤。双方的相思，如此深挚，以至于他恨不能身生双翅，飞到她身旁，去安慰她，怜惜她。可是不能，所以说"空见说"。

"谁信"二字则反映词人灵魂深处曲折细微的地方，把两人相思之苦进一步深化了。这些地方表现了周词的沉郁顿挫，笔力劲健。歇拍"但明河影下，还看稀星数点"，以见明河侵晓星稀，表出词人凭栏至晓，通宵未睡作结。

通观全篇，是写词人"夜久凭栏"的思想感情的活动过程。前片"人静"三句，至此再得到照应。银河星点，加强了念旧伤今的感情色彩；如此一来，上下片所有情事尽纳其中。

这首词，上片由秋夜景物，人的外部行为而及内心感情郁结，点出"年华一瞬，人今千里"的深沉意绪，下片承此意绪加以铺陈。全词虚实相生，今昔相迭，时空、意象的交错组接跌宕多姿，空灵飞动，越勾勒越浑厚，具有极强的艺术震撼力。

西河·金陵怀古

【创作背景】

这首《西河·金陵怀古》是周邦彦晚年的作品。当时正是北宋末年，宋王朝危机四伏。在宣和二年（1120 年），南方爆发了方腊领导的农民起义，周邦彦仓猝间从杭州历经扬州、天长，一路颠簸来到南京（今河南商丘），切身体会到农民起义对北宋王朝的巨大冲击，这就不由得使词人产生了"故国""孤城"的幽思。同时作者在晚年又遭到一次流放，这更使得词人感慨人世沧桑。这些可能就是这位多写爱情、羁旅词的词人大发怀古幽思的原因吧。

【诗词原文】

西河·金陵^①怀古

佳丽地②,南朝盛事③谁记。

山围故国绕清江,髻鬟对起④。

怒涛寂寞打孤城,风樯⑤遥度天际。

断崖树、犹倒倚,莫愁艇子曾系⑥。

空馀旧迹郁苍苍,雾沉半垒。

夜深月过女墙来,伤心东望淮水⑦。

酒旗戏鼓甚处⑧市? 想依稀、王谢邻里,

燕子不知何世⑨,入寻常、巷陌人家,相对如说兴亡,斜阳里。

【诗词注解】

①西河:词牌名。又名"西河慢""西湖"。《碧鸡漫志》引《脞说》云:"大历初,有乐工取古《西河长命女》加减节奏,颇有新声。"又谓《大石调·西河慢》声犯正平,极奇古。则此调亦是采旧曲而成。词为双调一百零五字,分三叠,各叶四仄韵。《清真集》入《大石调》。相传此调由周邦彦始创。陈本注"大吕"宫,题作"金陵"。

②佳丽地:指江南,更指金陵。用南朝谢朓《入城曲》诗句"江南佳丽地,金陵帝王州"。

③南朝盛事:自东晋灭亡到隋朝统一为止,中国历史上出现南北对峙的局面,南方有宋、齐、梁、陈四个朝代,合称南朝,皆建都于金陵。

④"山围"二句:故国,故都,这里指金陵。金陵城面临长江,四周群山环抱,故云"山围故国"。此二句与下"怒涛"句化用刘禹锡《石头城》诗"山围故国周遭在,潮打空城寂寞回"的句子。髻鬟对起,以女子髻鬟喻在长江边相对而屹立的山。

⑤风樯:指代顺风扬帆的船只。樯,船上张帆用的桅杆。以上寄寓江山依旧而六朝繁华早已消歇的六朝兴亡之感。

⑥"断崖"二句:断崖,临江陡峭的崖壁。莫愁,南朝时的民间女子。乐府《莫愁乐》云:"莫愁在何处,莫愁石城西;艇子打两桨,催送莫愁来"。系,拴缚。

⑦"夜深"二句:女墙,城墙上的矮墙。伤心,一作"赏心",指赏心亭。《景定建康志:"赏心亭在(城西)下水门上,下临秦淮,尽观览之胜。"亭为北宋丁谓建。淮水,指秦淮河。它横贯南京城中,为南朝时都人士女游宴之所。

⑧"酒旗"句:酒旗,挂在酒店的酒招。戏鼓,演戏的场所。甚处,何处。

⑨"燕子"句:刘禹锡的《乌衣巷》:"朱雀桥边野草花,乌衣巷口夕阳斜。旧时王谢堂

前燕,飞入寻常百姓家。"

【诗词译文】

江南佳丽胜地,南朝繁华谁记?山围故都绕清江,秀峰如髻对峙立;怒涛寂寞打孤城,风满船帆驶天际。断崖老树仍斜倚;莫愁游艇曾拴系。林木郁苍空余迹,旧时营垒雾遮蔽。夜深月光越女墙,伤心东望秦淮河。酒楼、戏馆今何在?猜想那破落里巷,大概是王谢两家旧庭院。燕子不知今为何世,飞入寻常百姓人家,斜阳里相对呢喃,似诉说古都兴衰。

【诗词精讲】

这是周邦彦的一首怀古词,作者面对金陵"佳丽地",目睹自然界的沧桑,因而引起人事兴衰的感触,抒发出自己的政治见解和哲理观念,表现了作者追念古昔和寄慨当今的思想情感。这首词隐括了刘禹锡的《金陵五题》中最著名的《石头城》《乌衣巷》和古乐府《莫愁乐》诗意。

一叠从金陵山川形胜说人,便较刘诗华丽雍容。首句采自谢朓的《入朝曲》"江南佳丽地,金陵帝王州",突出金陵之得地利,追起一问,令人遥想其为南朝故都昔日的繁华,已伏后文感慨。

"山围故国"四句化用《石头城》一半诗意,"髻鬟""风樯"二句是添加的新词,从总体上展现的是一幅境界阔大高远,江山景物清华的画面,不为梦得所囿。"孤城"之于"空城",一字之易,极有分寸——宋时金陵虽属废都,到底还是北宋一大城市。

二叠才逐渐聚焦到断崖枯树、孤城女墙等更具有沧桑意蕴的景物上来,这里化用了古乐府"艇子打两桨,催送莫愁来"和《石头城》另一半诗意,写悲凉之雾,遍布秦淮,物是人非,愁上心头。以上两叠所写,都是金陵的外景,有由远推近的趋势。

三叠便写到金陵坊市,寓不胜今昔之感。化用《乌衣巷》诗意,但颇有出新。"酒旗戏鼓甚处市",就很有北宋的时代感,金陵已从六朝帝王之都变成了北宋商业、消费城市,秦淮河上新添了不少勾栏瓦肆,寻欢作乐的红男绿女都是普通市民,而不是旧时以王谢为代表的豪门世族,这是古无今有的新气象(或将此句解为忆昔误)——"想依稀"句中包含有太多的沧桑。"燕子不知"三句从刘诗来,但刘诗只说"飞入寻常百姓家",这里却变为更有意味的一幅情景:屋檐下燕语呢喃,好像饱经沧桑的过来人,在斜阳里闲话兴亡呢。

或云北宋危机四伏,作者外放时值方腊起义,遂有吊古伤今之情。然而此词作年难定,所谓伤今之意,并不像刘诗那样醒豁。周邦彦能事之一,是能融化古人诗句如自己出,《西河》就是最好的实例,对于刘禹锡的《金陵五题》来说,有如李光弼将郭子仪军,号令一新。

该词艺术特点有:一是结构,变虽好却小的绝句为洋洋洒洒的长调,具有与题面相称的气势感;二是具有北宋时代生活气息;三是句法声情,最短的"佳丽地",和最末一韵"入寻常、巷陌人家,相对如说兴亡,斜阳里"(各本断句不同,正因为一气蝉联),相差十余字之多,读来疾徐尽变,更觉声情并茂、姿态横生。

这首词是怀古咏史之作,苍凉悲壮,平易爽畅,笔力遒劲,艺术技巧很高,它没有正面触及重大历史事件,而是通过景物描写作今昔对比,形象地抒发作者的沧桑之感,寓悲壮情怀于空旷境界之中,是怀古词中别具匠心的佳作之一。

瑞鹤仙·悄郊原带郭

【创作背景】

宣和三年(1121年)四月,词人自汴京或顺昌府(今安徽省阜阳一带)赴处州(今浙江丽水一带)途中经扬州(农历四月是扬州红药的盛花期),此词正是写于此时。词人宣和三年(1121年)四月尚在扬州,五月前就已经逝世,所以此词很可能是他所作的最后一首词。

【诗词原文】

瑞鹤仙·悄郊原带郭

悄郊原带郭,行路永,客去车尘漠漠。

斜阳映山落,敛馀红[1]、犹恋孤城阑角[2]。

凌波[3]步弱,过短亭[4]、何用素约[5]。

有流莺[6]劝我,重解绣鞍,缓引春酌[7]。

不记归时早暮,上马谁扶[8],醒眠朱阁。

惊飙[9]动幕,扶残醉,绕红药[10]。

叹西园[11]、已是花深无地,东风何事又恶?

任流光过却,犹喜洞天[12]自乐。

【诗词注解】

①馀红:指落日斜晖。

②阑角:城楼上阑杆一角。

③凌波:形容女子步态轻盈。曹植《洛神赋》句"凌波微步,罗袜生尘。"

④短亭:古时于城外五里处设短亭,十里处设长亭,供行人休息。庾信《哀江南赋》句

"十里五里,长亭短亭。"

⑤素约:先前约定。

⑥流莺:即莺。流,形容其声音婉转。比喻女子声音柔软。

⑦缓引春酌:慢饮春酒。

⑧上马谁扶:李白《鲁中都东楼醉起作》诗句"昨日东楼醉,还应倒接蓠。阿谁扶上马,不省下楼时。"

⑨惊飙:狂风。

⑩红药:红芍药。

⑪西园:曹植《公宴》句"清夜游西园,飞盖相追随。"曹植所言西园在邺城(今河北临漳),此处系用典。

⑫洞天:洞中别有天地之意,道家称神仙所居之地为"洞天",有王爱山等十大洞天、泰山等三十六洞天之说。此处喻自家小天地。

【诗词译文】

郊外的原野挨着城郭舒展开去。长路漫漫,客人已乘车离去,留下一溜迷茫的尘烟。一片寂静落寞。夕阳映照着远山徐徐落下,却迟迟不忍收去它那最后一抹余红,犹如恋恋难舍城楼上那一角栏杆。陪我同去送客的歌妓一路上步态轻盈,这时也感到劳顿,于是来到短亭歇息,不期然竟遇到了我相好的情人,真是有情人何须事前相约。她劝我下马,重解绣鞍,再喝上几杯春酒,她那圆柔悦耳的嗓音、温情体贴的劝说,让我十分舒心。

醒来时发现自己睡在红楼里,不是正在短亭里与情人饮酒吗?是什么时候回来的,是昨晚还是今晨?又是谁扶我上马鞍?我竟然全记不得了。忽然一阵疾风,吹得帘幕飘飞翻动。我带着醉意,急匆匆来到西园,扶起吹倒的芍药,绕着红花长叹,叹我西园已是败花满地,这凶残的东风为何又如此作恶?罢、罢、罢,任凭春光如水般流逝吧,尚可欣喜的是我还有一个洞天福地,还能自得其乐。

【诗词精讲】

此记词人送客遇妓醉饮的一段情事。按时间顺序先写郊原送客,次写归途遇妓欢饮,后写醉归惜花抒感。这段看似是写送客情事,实则是写词人政治失意的郁闷。

上片前三句写郊外的原野,长长的道路伸向远方。行人离去后,词人感到怅然若失,心里空落落的。后两句写孤城和残阳斜照,表达离愁别绪。词人把斜阳比喻成"馀红",相当新颖,并把感情寄托在馀红上,说斜阳由于不舍城楼上的一处栏杆,迟迟不肯收敛起最后的一抹余晖。

用斜阳对栏杆的不舍,来映衬词人对离去之人的不舍。这样,人与景融为一体,都被浓浓的离愁别绪笼罩着。接着,词人笔锋一转,描写陪同送行的歌妓。歌妓极力劝酒,词人大醉。

下片写次日酒醒后的情况。首三句将词人初醒时的睡眼惺忪刻画得入木三分。他已经不太记得昨天的事了,甚至都不知道自己是怎么上的马,头脑里一片恍惚。幸好"惊飙动幕",一阵狂风吹过来,掀起了窗帏,他的醉意立马被吹散了几分,一下子清醒多了,但并未完全清醒。

"扶残醉,绕红药"表达了对春光的深爱之情。只有情深,方才能有下面的"叹"。"东风何事又恶"和上文的"惊飙"二字遥相呼应,结构严谨有序。结句词人暂时抛却烦恼,在无可奈何的情况下只好聊以自慰。

全词布局巧妙,章法一曲三折,直叙中有波澜起伏,顺叙中有插叙,令人回味。词作用比兴的手法,寓情于景,情景交融,委婉动人。

少年游·朝云漠漠散轻丝

【创作背景】

此词作于元祐八年(1093年)周邦彦流寓荆州时。

【诗词原文】

少年游·朝云漠漠散轻丝

朝云漠漠散轻丝①,楼阁淡春姿。

柳泣花啼②,九街泥重③,门外燕飞迟④。

而今丽日明金屋⑤,春色在桃枝。

不似当时,小楼冲雨⑥,幽恨⑦两人知。

【诗词注解】

①"漠漠"句:漠漠,迷蒙广远的样子。轻丝,细雨。

②柳泣花啼:细雨绵绵不断,雨水流下柳花,犹如哭泣落泪。

③"九街"句:九街泥重,街巷泥泞不堪。九街:九陌、九衢,指京师街巷。

④燕飞迟:燕子羽翼被雨水打湿了,飞行艰难。

⑤金屋:华丽的屋子。

⑥冲雨:冒雨。

⑦幽恨:藏在心底的愁怨。

【诗词译文】

一个逼仄的小楼上,漠漠朝云,轻轻细雨,虽然是春天,但春意并不浓。他们就在这样的环境中相会。云低雨密,雨越下越大,大雨把花柳打得一片憔悴,连燕子都因为拖着一身湿毛,飞得十分吃力。两人在如此凄风冷雨的艰难情况下相会,又因为某种缘故不得不分离。小楼连接着阁楼,那是两人约会的处所。但是两人就是冒着春雨,踏着满街泥泞想别离的,他们抱恨而别。门外的花柳如泣如啼,双飞的燕子艰难地飞行。

现在风和日丽,金屋藏娇;桃花在春风中明艳美丽,摇曳多姿,他们现在在这美好的春日幸福地生活在一起。不再像以前那样经历凄风苦雨。回忆起来,那时的小桥冲雨,反倒别有一番滋味。眼前这无忧无虑生活在一起反倒不如当时那种紧张、凄苦、抱恨而别、彼此相思的情景来得意味深长。

【诗词精讲】

这首令词运用现代短篇小说才有的打破时空观念的倒叙和插叙手法,穿插腾挪地向人们诉说自己昔日在汴京的一段爱情经历。所反映的内容十分普通,写法上却有些独特。

上片所写纯然是追忆以前的恋爱故事,表达内心紧张、凄苦又彼此思念的情感。

"朝云漠漠散轻丝,楼阁淡春姿",这是当时的活动环境:在一个逼仄的小楼上,漠漠朝云,轻轻细雨,虽然是春天,但春天的景色并不浓艳,他们就在这样的环境中相会。

"柳泣花啼,九街泥重,门外燕飞迟",三句说云低雨密,雨越下越大,大雨把花柳打得一片憔悴,连燕子都因为拖着一身湿毛,飞得十分吃力。这是门外所见景色。"泣"与"啼",使客观物景染上主观情感色彩,"迟",也是一种主观设想。

门外所见这般景色,对门内主人公之会晤,起了一定的烘托作用。两人在如此难堪的情况下会晤,又因为某种缘故,不得不分离。

下片通过描写两人无忧无虑的生活,表达词人对过去生活的怀念。

"而今丽日明金屋"由"而今"二字转说当前,说他们现在已正式同居:金屋藏娇。"丽日明金屋,春色在桃枝"这十个字,既正面说现在的故事,谓风和日丽,桃花明艳,他们在这样一个美好的环境中生活在一起;同时,这十个字,又兼作比较之用,由眼前的景象联想以前,并进行一番比较。

"不似当时",这是比较的结果,指出眼前无忧无虑在一起反倒不如当时那种紧张、凄苦、怀恨而别、彼此相思的情景来得意味深长。

"小楼冲雨,幽恨两人知。""小楼"应接"楼阁",那是两人会晤的处所,"雨"照应上片的"泣""啼""重""迟",点明当时,两人就是顶着春雨,踏着满街泥泞相别离的,而且点明,因为怀恨而别,在他们眼中,门外的花柳才如泣如啼,双飞的燕子也才那么艰难地飞行。

周邦彦的词作描写,仿佛山水画中的人物:一顶箬笠底下两撇胡子,就算一个渔翁;在艺术的想象力上未受训练的,是看不出所以然的。这是周邦彦艺术创造的成功之处。

贺铸

贺铸(1052—1125年),宋代词人,字方回,自号庆湖遗老,卫州共城(今河南辉县)人。宋太祖孝惠皇后族孙。曾任泗州通判等职。晚居吴下。博学强记,长于度曲,掇拾前人诗句,少加隐括,皆为新奇。又好以旧谱填新词而改易调名,谓之"寓声"。词多刻画闺情离思,也有嗟叹功名不就而纵酒狂放之作。风格多样,盛丽、妖冶、幽洁、悲壮,皆深于情,工于语。尝作《青玉案》,有"梅子黄时雨"句,世称贺梅子。有《庆湖遗老集》《东山词》,又称《东山寓声乐府》。

青玉案·凌波不过横塘路

【创作背景】

贺铸晚年退隐至苏州,并在城外十里处横塘有住所,词人常往来其间。这首词写于此时此地。词中写路遇一女子,而引起了作者对生活的感慨。

【诗词原文】

青玉案·凌波不过横塘路

凌波①不过横塘路,但目送,芳尘去②。

锦瑟华年③谁与度?月台花榭④,琐窗朱户⑤,只有春知处。

飞云冉冉蘅皋暮⑥,彩笔新题断肠句⑦。

试问闲愁都几许⑧?一川⑨烟草,满城风絮,梅子黄时雨⑩。

【诗词注解】

①凌波:形容女子步态轻盈。三国魏曹植《洛神赋》有赋句"凌波微步,罗袜生尘。"

②芳尘去:指美人已去。

③锦瑟华年:指美好的青春时期。锦瑟,饰有彩纹的瑟。唐代李商隐《锦瑟》诗句"锦瑟无端五十弦,一弦一柱思华年。"

④"月台"句:月台,赏月的平台。花榭,花木环绕的房子。一作"月桥花院"。

⑤"琐窗"句:琐窗,雕绘连琐花纹的窗子。朱户,朱红的大门。

⑥"飞云"句:飞,一作"碧"。冉冉,指云彩缓缓流动。蘅皋(hénggāo),长着香草的沼泽中的高地。

⑦"彩笔"句:彩笔,比喻有写作的才华。《南史·江淹传》:"……(淹)尝宿于冶亭,梦一丈夫自称郭璞,谓淹曰:'吾有笔在卿处多年,可以见还。'淹乃探怀中得五色笔一以授之。"断肠句,伤感的诗句。

⑧"试问"句:试问,一说"若问"。闲愁,一说"闲情"。都几许,总计为多少。

⑨一川:遍地,一片。

⑩梅子黄时雨:江南一带初夏梅熟时多连绵之雨,俗称"梅雨"。《岁时广记》卷一引《东皋杂录》:"后唐人诗云:'楝花开后风光好,梅子黄时雨意浓。'"

【诗词译文】

她轻盈的脚步没有越过横塘路,我伤心地目送她的身影渐行渐远。这锦绣华年可和谁共度?是在月下桥边花院里,还是在花窗朱门大户?这只有春风才知道她的居处。

飘飞的云彩舒卷自如,城郊日色将暮,我挥起彩笔刚刚写下断肠的诗句。若问我的愁情究竟有几许,就像那一望无垠的烟草,满城翻飞的柳絮,梅子黄时的绵绵细雨。

【诗词精讲】

这首词通过对暮春景色的描写,抒发作者所感到的"闲愁"。上片写情深不断,相思难寄;下片写由情生愁,愁思纷纷。全词虚写相思之情,实抒悒悒不得志的"闲愁"。立意新奇,能引起人们无限想象,为当时传诵的名篇。

贺铸的美称"贺梅子"就是由这首词的末句引来的。可见这首词影响之大。

"凌波不过横塘路,但目送,芳尘去",横塘,在苏州城外。龚明之《中吴纪闻》载:"铸有小筑在姑苏盘门外十余里,地名横塘。方回往来于其间。"是作者隐居之所。凌波,出自曹植的《洛神赋》:"凌波微步,罗袜生尘。"这里是说美人的脚步在横塘前匆匆走过,作者只有遥遥地目送她的倩影渐行渐远。

基于这种可望而不可即的遗憾,作者展开丰富的想象,推测那位美妙的佳人是怎样生活的。"锦瑟年华谁与度?"用李商隐"锦瑟无端五十弦,一弦一柱思华年"诗意。下句自问自答,用无限婉惜的笔调写出陪伴美人度过如锦韶华的,除了没有知觉的华丽住所,就是一年一度的春天了。这种跨越时空的想象,既属虚构,又合实情。

上片以偶遇美人而不得见发端,下片则承上片词意,遥想美人独处幽闺的怅惘情怀。

"飞云"一句,是说美人伫立良久,直到暮色四合,笼罩了周围的景物,才蓦然醒觉。不由悲从中来,提笔写下柔肠寸断的诗句。蘅皋,生长着香草的水边高地,这里代指美人的住处。

"彩笔",这里用以代指美人才情高妙。那么,美人何以题写"断肠句"?于是有下一句"试问闲愁都几许","试问"一句的好处还在一个"闲"字。"闲愁",即不是离愁,不是穷愁。也正因为"闲",所以才漫无目的,漫无边际,飘飘渺渺,捉摸不定,却又无处不在,无时不有。这种若有若无,似真还幻的形象,只有那"一川烟草,满城风絮,梅子黄时雨"差堪比拟。

作者妙笔一点,用博喻的修辞手法将无形变有形,将抽象变形象,变无可捉摸为有形有质,显示了超人的艺术才华和高超的艺术表现力。清王闿运说:"一句一月,非一时也。"就是赞叹末句之妙。

贺铸一生沉抑下僚,怀才不遇,只做过些右班殿臣、监军器库门、临城酒税之类的小官,最后以承仪郎致仕。将政治上的不得志隐曲地表达在诗文里,是封建文人的惯用手法。因此,结合贺铸的生平来看,这首诗也可能有所寄托。

贺铸为人耿直,不媚权贵,"美人""香草"历来又是高洁之士的象征,因此,作者很可能以此自比。居住在香草泽畔的美人清冷孤寂,正是作者怀才不遇的形象写照。从这个意义上讲,这首词之所以受到历代文人的盛赞,"同病相怜"恐怕也是一个重要原因。

当然,径直把它看作一首情词,抒写的是对美好情感的追求和可望而不可即的怅惘,亦无不可。无论从哪个角度来理解,这首词所表现的思想感情对于封建时代的人们来说,都是"与我心有戚戚焉"。这一点正是这首词具有强大生命力的关键所在。

凌歊·控沧江

【创作背景】

这也是一首登临怀古之作。据王象之《舆地纪胜》卷十八《太平州·景物上》所载,"黄山,在当涂县北五里。相传浮丘翁牧鸡于此山,山巅有凌歊台、怀古台……"贺铸约于徽宗崇宁四年(1105 年)至大观二年(1108 年)通判太平州。这首词当作于这段时间内。

【诗词原文】

凌歊[①]·控沧江

控沧江②,排③青嶂,燕台凉④。

驻彩仗⑤、乐未渠⑥央。

岩花磴蔓,妒千门珠翠⑦倚新妆。

舞闲歌悄,恨风流不管余香。

繁华梦,惊俄顷⑧,佳丽地⑨,指苍茫⑩。

寄一笑、何与兴亡!

量船载酒,赖使君⑪、相对两胡床⑫。

缓调清管⑬,更为侬、三弄斜阳。

【诗词注解】

①凌歊(xiāo):本古台名,在安徽当涂黄山西北五里。贺铸以《铜人捧露盘引》词调咏之,故另立新名"凌歊"。铜人捧露盘引:词牌名,金词注"越调",又名"金人捧露盘""上西平""西平曲""上平南"。双调八十一字,前片五平韵,后片四平韵。前六、后七两句,并以一去声字领下七言句。《词韵》于第三字豆,作上三下五句式。

②控沧江:长江至当涂,江狭水急,悬崖临江,故曰"控"。

③排:水流湍急,推开青山而下,故曰"排"。

④"燕台"句:燕台,本指燕昭王所筑的招贤台,此代称凌歊台。凉,排高台依旧,风流不再,故曰"凉"。

⑤仗:仪卫。彩仗:彩色仪仗。

⑥渠:通"遽",迅速。

⑦千门珠翠:指宫中女子。

⑧俄顷:片刻,突然间。

⑨佳丽地:谓今南京。南齐谢朓《入朝曲》诗句"江南佳丽地,金陵帝王州。"

⑩指苍茫:(如今)手指处一片苍茫。

⑪"赖使"句:赖,依赖。使君,汉代称呼太守刺史,汉以后用做对州郡长官的尊称,这里是作者对友人的尊称。

⑫胡床:交椅,一种可以折叠的轻便坐具,传自西域。

⑬清管:笛子。唐代李郢《江上逢羽林王将军》诗:"唯有桓伊江上笛,卧吹三弄送残阳。"《晋书·桓伊传》载:"王徽之赴召京师,泊舟青溪侧。(伊)素不与徽之相识。伊于岸上过。船中客称伊小字曰:'此桓野王也。'徽之便令人谓伊曰:'闻君善吹笛,试为我一奏。'伊是时已贵显,素闻徽之名,便下车,踞胡床,为作三调。"桓伊曾与谢玄等在淝水之战

中大破苻坚,为东晋政局的稳定,立了大功。此处词人化用古典,抒发自己郁郁之情。

【诗词译文】

江狭水急崖临江,推开青山顺流下,高台依旧人心凉。昔驻彩仗甚繁闹,转瞬即逝尽消亡。宫娥彩女盛装着,山花野蔓妒色失。歌舞停歇,恨此处风流散,仅有凄凉剩。

繁华似锦梦,片刻惊醒;尝为佳丽地,今已苍茫。唯寄兴亡于一笑!量船载酒徜徉游,幸有知音陪相慰。请君缓调清管,吹奏三曲斜阳里。

【诗词精讲】

此词上片由写景引入怀古,下片情中置景,情景交融,怀古伤今,全词把登临怀古与写景抒怀和谐地融合一起,表现了词人对于世事沧桑的深沉感慨和对于人生易逝的遗恨。

上片由写景开始,前三句写登凌歊台而看到的山川形势。与贺铸同时的当涂人郭祥正有诗云:"凌歊古台压城北,天门牛渚遥相连。"长江流至当涂以后,因两岸山势陡峭,夹峙大江,江面变得比较狭窄,形成天门、牛渚两处极为险要的处所,为自古以来的江防重地。所以《姑熟志序》在写到太平州的风俗形胜时说:"左天门,右牛渚,当涂、采石之险,实甲于东南。"方回用一"控"字,写出峭壁临江,形同锁钥;用一"排"字,写出江水排开青山,冲突而下。可谓惜墨如金,言简意赅,山川形胜,尽收眼底。

463年,南朝宋孝武帝刘骏南游,曾登凌歊台,建避暑离宫。以下写当时之盛,及转瞬之衰。燕台消夏,彩仗驻山,随行的妃嫔宫娥,个个盛妆靓饰,千娇百媚,以致山花失色,自愧不如。这里,方回用了一个"妒"字,把本没有感情的"岩花磴蔓"写得像人那样产生了"妒"意,真是写足了宋孝武帝的穷奢极侈,写足了凌歊台当年的盛况。

然而,曾几何时,那个"乐未渠央"的喧闹场面,已经风流云散,只给这里留下了"行殿有基荒荠合,寝园无主野棠开"(许浑《凌歊台》)这样破败荒凉的萧条景象。词人以"舞闲歌悄"一句把昔日极盛一笔揭过,又写出"恨风流不管余香"这无限感慨的结句来。当然,这里的"余香",决不是六百多年以后的词人所真能感觉到的,这是词人由眼前的岩花磴蔓而产生丰富联想的结果。

这些"妒"过"千门珠翠倚新妆"的"岩花磴蔓",是历史的见证。它们在凌歊极盛的当年,也曾被脂水香风所浸润,几百年来,花开花落,今天似乎还残存着余香。然而一代风流,杳如黄鹤,眼前却依然是花红欲燃,蔓翠欲滴,这不是那些醉生梦死之徒所能料到的。词人用一个"恨"字,表示了对统治者奢侈淫逸的谴责,也表示了自己痛感世事沧桑、人生易逝的遗恨,为下片抒怀作引导。

下片抒怀,前四句承上作出总结。当涂紧邻南京,作者叹惜花团锦簇般的繁华岁月,转眼之间就如梦云消散；千古如斯的秀丽江山，依然笼罩在一片烟水迷茫的暮霭之间。这四句，情中置景，情景交融，怀古伤今，打成一片。词人在一"惊"、一"指"之中，表达了自己的无限感慨。

第五句"寄一笑、何与兴亡"是全词之眼，以反说之语点醒了全篇。方回当时，官不过佐贰，人已入暮年。昔日请长缨、系天骄的雄心壮志，已经消磨殆尽，所以只好把千古兴亡，寄之一笑。这里的"笑"，如同苏东坡《念奴娇》"多情应笑我，早生华发"之"笑"，都是痛感壮志未酬，烈士暮年的自嘲、自笑。表面上好像说不关兴亡，实际上让人感到的正是作者心中那壮志未酬的深沉的痛苦。他没有忘怀世事，没有忘却兴亡，也没有超然物外。方回虽然口称"何与"，但他毕竟在这一句之前之后，都清清楚楚地表达出他不仅已经"与"，而且"与"得相当执着。

"量船"以下，故作旷达之语，但字里行间仍然充满着浓郁的感伤情调，与前句一脉相承。既然千古兴亡都可付之一笑，此外就没有什么值得关心的了。词人量船载酒，随波泛舟，徜徉在苍茫的山水之间，所幸还有知心好友与自己相对胡床，差可相慰。在一片凄迷的夕阳残照里，词人请他"缓调清管"，为自己吹奏笛曲三弄，借以宣泄胸中的郁郁不平之气。很明显，方回在词中是以桓伊称许友人的。方回此处的用心，后来宋李之仪《跋〈凌歊引〉后》一文中说得很清楚："凌歊台表见江左，异时词人墨客形容藻绘多发于诗句，而乐府之传则未闻焉。一日，会稽贺方回登而赋之，借《金人捧露盘》以寄其声。于是昔之形容藻绘者奄奄如九泉下人矣……方回又以一时所寓固已超然绝诣，独无桓野王辈相与周旋，遂于卒章以申其不得而已者，则方回之人物，兹可量矣。"由此知道词人在结拍化用古典，依然是抒发自己不得志于时、不能见赏于执政者的郁郁之情。虽是旷达快意语，但它表达的仍是壮志难酬的郁郁寡欢。

总之，这首词把登临怀古与写景、抒怀糅合在一起，反映了比较深刻的思想内涵。这与东坡的同类词极为相似。陈廷焯曾说："方回词极沉郁，而笔势却又飞舞，变化无端……"此词之中，不管艳词丽句也好，淡淡调侃也好，贯穿始终的仍是一股沉郁之气。

踏莎行·杨柳回塘

【创作背景】

《宋史·文苑传》载贺铸"喜谈当世事，可否不少假借。虽贵要权倾一时，少不中意，极口诋之无遗辞。人以为近侠……竟以尚气使酒，不得美官，悒悒不得志"。他出身高贵却长期屈居下僚，其心中的苦楚是一般人难以体会的。这首词的荷花美丽清高，却结局凄惨,作者可能也是在表达对自己早年过于孤高自傲的一种悔恨。

【诗词原文】

踏莎行^①·杨柳回塘

杨柳回塘^②,鸳鸯别浦^③。绿萍涨断莲舟路^④。

断无蜂蝶慕幽香,红衣脱尽芳心苦^⑤。

返照^⑥迎潮^⑦,行云^⑧带雨。依依^⑨似与骚人^⑩语。

当年不肯嫁春风^⑪,无端却被秋风误。

【诗词注解】

①踏莎行:词牌名。又名"柳长春""喜朝天"等。双调五十八字,仄韵。又有《转调踏莎行》,双调六十四字或六十六字,仄韵。

②回塘:环曲的水塘。

③别浦:江河的支流入水口。

④"绿萍"句:这句话是说,水面布满了绿萍,采莲船难以前行。莲舟,采莲的船。

⑤"红衣"句:以上两句说,虽然荷花散发出清香,可是蜂蝶都断然不来,它只得在秋光中独自憔悴。红衣,形容荷花的红色花瓣。芳心苦,指莲心有苦味。

⑥返照:夕阳的回光。

⑦潮:指晚潮。

⑧行云:流动的云。

⑨依依:形容荷花随风摇摆的样子。

⑩骚人:诗人。

⑪不肯嫁春风:语出韩偓《寄恨》诗句"莲花不肯嫁春风。"张先在《一丛花》词里写道:"沉恨细思,不如桃杏,犹解嫁东风。"贺铸是把荷花来和桃杏隐隐对比。以上两句写荷花有"美人迟暮"之感。

【诗词译文】

杨柳围绕着曲折的池塘,偏僻的水渠旁,又厚又密的浮萍,挡住了采莲的姑娘。没有蜜蜂和蝴蝶,来倾慕我幽幽的芳香。荷花渐渐地衰老,结一颗芳心苦涩。

潮水带着夕阳,涌进荷塘,行云夹着雨点,无情地打在荷花上。随风摇曳的她呀,像是向骚人诉说哀肠:当年不肯在春天开放,如今却无端地在秋风中受尽凄凉。

【诗词精讲】

　　此词全篇咏写荷花,借物言情,暗中以荷花自况。诗人咏物,很少止于描写物态,多半有所寄托。因为在生活中,有许多事物可以类比,情感可以互通,人们可以利用联想,由此及彼,发抒文外之意。所以从《诗经》《楚辞》以来,就有比兴的表现方式。词也不在例外。

　　此词起两句写荷花所在之地。"回塘",位于迂回曲折之处的池塘。"别浦",不当行路要冲之处的水口。(小水流入大水的地方叫作浦。另外的所在谓之别,如别墅、别业、别馆)回塘、别浦,在这里事实上是一个地方。就储水之地而言,则谓之塘;就进水之地而言,则谓之浦。荷花在回塘、别浦,就暗示了她处于不容易被人发现,因而也不容易为人爱慕的环境之中。

　　"杨柳""鸳鸯",用来陪衬荷花。杨柳在岸上,荷花在水中,一绿一红,着色鲜艳。鸳鸯是水中飞禽,荷花是水中植物,本来常在一处,一向被合用来作装饰图案,或绘入图画。用鸳鸯来陪衬荷花之美丽,非常自然。

　　第三句由荷花的美丽转入她不幸的命运。古代诗人常以花开当折,比喻女子年长当嫁,男子学成当仕,故无名氏所歌《金缕衣》云:"劝君莫惜金缕衣,劝君惜取少年时。花开堪折直须折,莫待无花空折枝。"而荷花长在水中,一般都由女子乘坐莲舟前往采摘,如王昌龄《采莲曲》所写:"吴姬越艳楚王妃,争弄莲舟水湿衣。来时浦口花迎入,采罢江头月送归。"但若是水中浮萍太密,莲舟的行驶就困难了。这当然只是一种设想,而这种设想,则是从王维《皇甫岳云溪杂题·萍池》"春池深且广,会待轻舟回。靡靡绿萍合,垂杨扫复开"来,而反用其意。以荷花之不见采由于莲舟之不来,莲舟之不来由于绿萍之断路,来比喻自己之不见用于被人汲引之难,被人汲引之难由于仕途之有碍。托喻非常委婉。

　　第四句再作一个比譬。荷花既生长于回塘、别浦,莲舟又被绿萍遮断,不能前来采摘,那么能飞的蜂与蝶该是可以来的吧。然而不幸的是,这些蜂和蝶,又不知幽香之可爱慕,断然不来。这是以荷花的幽香,比自己的品德;以蜂蝶之断然不来,比在上位者对自己的全不欣赏。

　　歇拍承上两譬作结。莲舟不来,蜂蝶不慕,则美而且香的荷花,终于只有自开自落而已。"红衣脱尽",是指花瓣飘零;"芳心苦",是指莲心有苦味。在荷花方面说,是设想其盛时虚过,旋即凋败;在自己方面说,则是虽然有德有才,却不为人知重,以致志不得行,才不得展,终于只有老死牖下而已,都是使人感到非常痛苦的。将花比人,处处双关,而毫无牵强之迹。

　　过片推开一层,于情中布景。"返照"二句,所写仍是回塘、别浦之景色。落日的余晖,返照在荡漾的水波之上,迎接着由浦口流入的潮水。天空的流云,则带着一阵或几点微雨,洒向荷塘。这两句不仅本身写得生动,而且还暗示了荷花在塘、浦之间,自开自落,为时已久,屡经朝暮,饱历阴晴,而始终无人知道,无人采摘,用以比喻在自己的生活经历中,也遭遇过多少世事沧桑、人情冷暖。这样写景,就同时写出了人物的思想感情乃至性格。

"依依"一句,显然是从李白《渌水曲》诗句"荷花娇欲语,愁杀荡舟人"变化而来。但指明"语"的对象为骚人,则比李诗的含义为丰富、深刻。屈原《离骚》诗句"制芰荷以为衣兮,集芙蓉以为裳。不吾知其亦已兮,苟余情其信芳。"正因为屈原曾设想采集荷花(芙蓉也是荷花,见王逸《注》)制作衣裳,以象征自己的芳洁,所以词中才也设想荷花于莲舟不来,蜂蝶不慕,自开自落的情况之下,要将满腔心事,告诉骚人。

但此事究属想象,故用一"似"字,与李诗用"欲"字同,显得虚而又活,幻而又真。王逸《〈离骚经〉章句序》中曾指出:"《离骚》之文,依《诗》取兴,引类譬喻。故善鸟、香草,以配忠贞……宓妃、佚女,以譬贤臣。"从这以后,香草、美女、贤士就成为三位一体了。在这首词中,作者以荷花(香草)自比,非常明显,而结尾两句,又因以"嫁"作比,涉及女性,就同样也将这三者串联了起来。

"当年"两句,以文言,是想象中荷花对骚人所倾吐的言语;以意言,则是作者的"夫子自道"。行文至此,花即是人,人即是花,合而为一了。"当年不肯嫁春风",是反用张先的《一丛花令》"沉恨细思,不如桃杏,犹解嫁东风",一看即知,而荷花之开,本不在春天,是在夏季,所以也很确切。

春天本是百花齐放、万紫千红的时候,诗人既以花之开于春季,比作嫁给春风,则指出荷花之"不肯嫁春风",就含有她具有一种不愿意和其他的花一样争妍取怜那样一种高洁的、孤芳自赏的性格的意思在内。这是写荷花的身份,同时也就是在写作者自己的身份。但是,当年不嫁,虽然是由于自己不肯,而红衣尽脱,芳心独苦,岂不是反而没由来地被秋风耽误了吗?这就又反映了作者由于自己性格与社会风习的矛盾冲突,以致始终仕路崎岖,沉沦下僚的感叹。

南唐中主《浣溪沙》云:"菡萏香销翠叶残,西风愁起绿波间。"王国维的《人间词话》认为:"大有众芳芜秽,美人迟暮之感。"("惟草木之零落兮,恐美人之迟暮""虽萎绝其亦何伤兮,哀众芳之芜秽"均《离骚》句。)这位著名的文学批评家是敏感地察觉到了这个偏安小国的君主为自己不可知的前途而发出的叹息的。晏几道的《蝶恋花》咏荷花一首,可能是为小莲而作。其上、下片结句"照影弄妆娇欲语,西风岂是繁华主"和"朝落暮开空自许,竟无人解知心苦",与这首词"无端却被秋风误"和"红衣脱尽芳心苦"的用笔用意,大致相近,可以参照。

由于古代诗人习惯于以男女之情比君臣之义、出处之节,以美女之不肯轻易嫁人比贤士之不肯随便出仕,所以也往往以美女之因择夫过严而迟迟不能结婚以致贻误了青春年少的悲哀,比贤士之因择主、择官过严而迟迟不能任职以致耽误了建立功业的机会的痛苦。

曹植《美女篇》:"佳人慕高义,求贤良独难……盛年处房室,中夜起长叹。"杜甫《秦州见敕目薛、毕迁官》:"唤人看腰?,不嫁惜娉婷。"陈师道《长歌行》:"春风永巷闭娉婷,长使青楼误得名。不惜卷帘通一顾,怕君着眼未分明。""当年不嫁惜娉婷,抹白施朱作后生。说与旁人须早计,随宜梳洗莫倾城。"虽立意措词有所不同,但都是以婚媾之事,比出处之节。这首词则通体以荷花为比,更为含蓄。

作者在词中隐然将荷花比作一位幽洁贞静、身世飘零的女子,借以抒发才士沦落不遇的感慨。《宋史》"虽要权倾一时,少不中意,极口诋之无遗辞。人以为近侠。竟以尚气使酒,不得美官,悒悒不得志",这些记载,对于理解此词的深意颇有帮助。

鹧鸪天·重过阊门万事非

【创作背景】

这首词是宋徽宗建中靖国元年(1101 年)作者从北方回到苏州时悼念亡妻所作。

贺铸一生辗转各地担任低级官职,抑郁不得志。年近五十闲居苏州三年,其间与他相濡以沫、甘苦与共的妻子亡故,今重游故地,想起亡妻,物是人非,作词以寄哀思。

贺铸妻赵氏,为宋宗室济国公赵克彰之女。赵氏,勤劳贤惠,贺铸曾有《问内》诗写赵氏冒酷暑为他缝补冬衣的情景,夫妻俩的感情很深。

【诗词原文】

鹧鸪天①·重过阊门万事非

重过阊门②万事非,同来何事③不同归?

梧桐半死清霜后④,头白鸳鸯失伴飞。

原上草,露初晞⑤。旧栖新垅两依依⑥。

空床卧听南窗雨,谁复挑灯夜补衣?

【诗词注解】

①鹧鸪天:词牌名。因此词有"梧桐半死清霜后"句,贺铸又名之为"半死桐"。

②阊(chāng)门:苏州城西门,此处代指苏州。

③何事:为什么。

④"梧桐"句:梧桐半死,枚乘《七发》中说,龙门有桐,其根半生半死(一说此桐为连理枝,其中一枝已亡,一枝犹在),斫以制琴,声音为天下之至悲,这里用来比拟丧偶之痛。清霜后,秋天,此指年老。

⑤"原上草"二句,形容人生短促,如草上露水易干。语出《薤露》诗"露晞明朝更复落,人死一去何时归。"晞,(xī)干。

⑥"旧栖"句:旧栖,旧居,指生者所居处。新垅,新坟,指死者葬所。

【诗词译文】

再次来到苏州,只觉得万事皆非。曾与我同来的妻子为何不能与我同归呢?我好像是遭到霜打的梧桐,半生半死;又似白头失伴的鸳鸯,孤独倦飞。

原野上,绿草上的露珠刚刚被晒干。我流连于旧日同栖的居室,又徘徊于垅上的新坟。躺在空荡荡的床上,听着窗外的凄风苦雨,平添几多愁绪。今后还有谁再为我深夜挑灯缝补衣衫!

【诗词精讲】

这是一首情真意切、语深辞美、哀伤动人的悼亡词,是中国文学史上与潘岳《悼亡》、元稹《遣悲怀》、苏轼《江城子·乙卯正月二十日夜记梦》等同题材作品并传不朽的名篇。

上片开头两句用赋,直抒胸臆,写作者这次重回苏州经过阊门,一想起和自己相濡以沫的妻子已长眠地下,不禁悲从中来,只觉得一切都不顺心,遂脱口而出道:"同来何事不同归?"接以"同来何事不同归"一问,问得十分无理,实则文学往往是讲"情"而不讲"理"的,极"无理"之辞,正是极"有情"之语。

"梧桐半死清霜后,头白鸳鸯失伴飞"两句,借用典故,用半死梧桐和失伴鸳鸯比喻自己知天命之年却成为鳏夫,孑然一身的苦状,寂寞之情,溢于言表。"清霜"二字,以秋天霜降后梧桐枝叶凋零,生意索然,比喻妻子死后自己也垂垂老矣。

"头白"二字一语双关,鸳鸯头上有白毛(李商隐《石城》:"鸳鸯两白头。"),而词人此时已年届五十,也到了满头青丝渐成雪的年龄。这两句形象地刻画出了作者的孤独的凄凉。

过片"原上草,露初晞"承上启下,亦比亦兴,既是对亡妻坟前景物的描写,又借露水哀叹妻子生命的短暂。同时这里也是用典,汉乐府丧歌《薤露》:"薤上露,何易晞!"用原草之露初晞暗指夫人的新殁,是为比,紧接上片,与"梧桐半死"共同构成"博喻";同时,原草晞露又是荒郊坟场应有的景象,是为兴,有它寻夫先路,下文"新垅"二字的出现就不显得突兀。

下片最后三句复用赋体。"旧栖新垅两依依。"因言"新垅",顺势化用陶渊明的《归园田居五首》其四:"徘徊丘垅间,依依昔人居"诗意,牵出"旧栖"。居所依依,却天人永隔。下文即很自然地转入到自己"旧栖"中的长夜不眠之思——"空床卧听南窗雨,谁复挑灯夜补衣?"夜间辗转难眠中,昔日妻子挑灯补衣的情景历历在目,却再难重见。这既是抒情最高潮,也是全词中最感人的两句。这两句,平实的细节与意象中表现妻子的贤慧、勤劳与恩爱,以及伉俪间的相濡以沫,一往情深,读来令人哀惋凄绝,感慨万千。

这首词在艺术构思上最突出之处在于将生者与死者紧密联系在一起,作者词笔始终关合自己与妻子双方,其情之深已浸入文章构思当中,如:

"重过阊门万事非,同来何事不同归?"此处上半句写自己所见,下半句抒发对亡妻的思念。"梧桐半死清霜后,头白鸳鸯失伴飞"这是写作者自身。"原上草,露初晞"这是写妻子。"旧栖新垅两依依"这是两个人在一起写。"空床卧听南窗雨,谁复挑灯夜补衣"与开头一样,前一句写自己,后一句写妻子。以夫妻间体贴关怀、情感交融的温馨生活为基础写成;"旧栖新垅"句有夫妻感情已经超越时间,超越生死之感。

"重过阊门万事非,同来何事不同归"借叙事抒情;"梧桐半死清霜后,头白鸳鸯失伴飞"借比喻抒情;"原上草,露初晞,旧栖新垅两依依"借景物抒情;"空床卧听南窗雨,谁复挑灯夜补衣"借行为举止抒情;语言上两次运用反诘句,把情感推向高潮,扣人心弦。

蝶恋花·几许伤春春复暮

【创作背景】

此篇约作于宋哲宗绍圣三年丙子(1096年)三四月间,为伤春怀人之作。绍圣三年二月。贺铸曾到过扬州,稍后又到金陵。这首词很可能是词人身居金陵,同忆扬州情事之作,有同时的《献金杯》一词可相参看。

《阳春白雪》卷二载此词,注云:"贺方回改徐冠卿乡词。"

【诗词原文】

蝶恋花①·几许伤春春复暮

几许伤春春复暮②,杨柳清阴,偏碍游丝③度。

天际小山桃叶步④,白苹花满湔裙⑤处。

竟日⑥微吟长短句,帘影灯昏,心寄胡琴⑦语。

数点雨声风约住,朦胧淡月云来去⑧

【诗词注解】

①蝶恋花:商调曲,原唐教坊曲名,本采用于梁简文帝乐府:"翻阶蛱蝶恋花情"为名,又名"黄金缕""鹊踏枝""凤栖梧""卷珠帘"等。双调,六十字,上下片各四仄韵。词牌作者一般以抒写缠绵悱恻或抒写心中愁的情感为多。

②春复暮:春天又将尽。

③游丝:空气中浮游的蜘蛛所吐之丝。香炉中袅袅飘浮之烟亦称游丝。

④"天际"句:天际小山,形容古代青年女子所画淡眉的颜色像远在天边的小山。桃叶,晋代王献之的妾名,后来成为女子的代称。桃叶步,桃叶山,在今江苏六合。王子敬为其妾(名唤桃叶)作歌曰:"桃叶复桃叶,渡江不用楫。"步,江边可以系舟停船之处,即"埠"。

⑤湔(jiān)裙:洗裙。湔,洗涤。

⑥竟日:整日;整天。

⑦胡琴:唐宋时期,凡来自西北各民族的弦乐器统称胡琴。

⑧"数点"二句:北宋初李冠《蝶恋花·春暮》上片末有此二句。风约住,指雨声被风拦住。约,拦、束。朦胧,模糊不清的样子。

【诗词译文】

多少回伤春又到了春暮,杨柳树浓浓的清阴,妨碍着游丝度过。远处的小山边是桃叶埠,白花盛开的河边是她洗裙的地方。

我整天轻声吟诵诗句,在帘影之下暗灯前,让胡琴声把我心声吐。几点雨声被风止住,月色朦胧,薄云飘来飘去。

【诗词精讲】

这是一首伤春怀人之作。上片写暮春之景。伤春偏逢春暮,浓密的柳荫,已阻碍了游丝的飞度,游丝这里喻指相思心绪。桃花渡口、开满白苹花的水边,那正是两人分手的地方。下片抒写相思之情。终日枯坐,难觅佳句,缭乱胡琴,夹杂风雨,长夜不成眠,唯有淡月相伴。

开篇词人即点明时令及自己的心情,为全词奠定了忧伤的感情基调。暮春时节是多愁之人最难度过的时段之一,正是"惜春长怕花开早,何况落红无数"(辛弃疾的《摸鱼儿·更能消几番风雨》)。

伤心人对伤心景,难免更增几分烦恼。于是见杨柳柔条上缠绕着的几缕游丝,也会生出几许嗔怪,全忘了柳阴清凉的好处。"偏"字把词人如游丝般浮动的烦恼意绪巧妙地寄寓在自然景物之中,是传神之笔。

"天际"二句,抒发了词人对恋人的思念。这两句写天边的小山触发了词人的情思,同时想起与恋人间发生的故事。满怀着王献之对待爱妾桃叶般的深情,望着眼前铺满水面的白苹花,他的脑海中浮现出昔时上巳之日恋人水边湔裙的美好情景。那时的大好春光和愉悦的心情是植根于词人心中的珍贵回忆,其情其景与下片词人感伤春暮的情绪形成了鲜明对比。

上片眼前之景与旧日之事的巧妙融合,把词人多情善感的心绪及对恋人无处不在的思念细腻地呈现在读者面前。"桃叶步"典故的运用尤佳,今古相融、虚实相生中,巧妙而又含蓄。

下片"竟日"三句,词人把春日的感伤、相思的煎熬都寄托在了忧伤的小词和凄苦的胡琴声中。"竟日微吟"道出了愁情的悠远绵长。而当夜幕降临,伴着昏暗的孤灯和偶随风动的帘影,词人的心事逐渐凝重,胡琴如怨如慕的呜咽与敲窗的暮雨正是他心中愁思无言的诉说。

至此,全词的感情达到高潮,最为动人。末二句感情色彩由浓变淡。当清风送走凄雨,流云掩映淡月,作者的愁情也随着景物的变化呈现出月华般的朦胧与苍茫。结尾二句,语虽淡而饶富情味,让人陷入一片清愁之中。

此词写景、叙事,把由日及夜所见之景、所做之事,与旧日之事和伤春之情、相思之苦相结合,跳跃的诗思中蕴含着清新平淡的韵味和真挚深刻的情感,表达含蓄且见波澜,其寄情之景语尤其值得品读。

贺铸词多浓艳之语,多慷慨之词,而这首小词颇显清新淡雅,这正说明作者风格的多样性。

黄庭坚

黄庭坚(1045—1105 年),字鲁直,自号山谷道人,晚号涪翁,又称黄豫章,洪州分宁(今江西修水县)人。北宋诗人、词人、书法家。进士出身。曾任秘书省校书郎,并参加修撰神宗《实》。晚年两次受到贬谪,崇宁四年(1105 年)死于西南荒僻的贬所。早年受知于苏轼,与张耒、晁补之、秦观并称"苏门四学士"。诗与苏轼并称"苏黄"。书法精妙,与苏、米、蔡并称"宋四家"。词与秦观齐名,晚年近苏轼,词风疏宕,深于感慨,豪放秀逸,时有高妙。著有《山谷集》《山谷词》等。

登快阁

【创作背景】

此诗作于宋神宗元丰五年(1082年),时黄庭坚在吉州泰和县(今属江西)任知县,公事之余,诗人常到"澄江之上,以江山广远,景物清华得名"(《清一统治·吉安府》)的快阁览胜。此时作者三十八岁,在太和令任上已有三个年头。

【诗词原文】

登快阁①

痴儿了却公家事②,快阁东西倚晚晴③。

落木④千山天远大,澄江⑤一道月分明。

朱弦已为佳人绝⑥,青眼聊因美酒横⑦。

万里归船弄⑧长笛,此心吾与白鸥盟⑨。

【诗词注解】

①快阁:在吉州泰和县(今属江西)东澄江(赣江)之上,以江山广远、景物清华著称。

②"痴儿"句:意思是说,自己并非大器,只会敷衍官事。痴儿,作者自指。《晋书·傅咸传》载杨济与傅咸书云:"天下大器,非可稍了,而相观每事欲了。生子痴,了官事,官事未易了也,了事正作痴,复为快耳。"这是当时的清谈家崇尚清谈,反对务实的观点,认为一心想把官事办好的人是"痴",黄庭坚这里反用其意,以"痴儿"自许。了却,完成。

③"快阁"句:东西,东边和西边。指在阁中四处周览。倚,倚靠。

④落木:落叶。

⑤澄江:指赣江。澄,澄澈,清澈。

⑥"朱弦"句:《吕氏春秋·本味》记载"钟子期死,伯牙破琴绝弦,终身不复鼓琴,以为世无足复为鼓琴者。"朱弦,这里指琴。佳人,美人,引申为知己、知音。

⑦"青眼"句:《晋书·阮籍传》:"(阮)籍又能为青白眼,见礼俗之士,以白眼对之。及嵇喜来吊,籍作白眼,喜不怿而退。喜弟康闻之,乃赍酒挟琴造焉,籍大悦,乃见青眼。"青眼,黑色的眼珠在眼眶中间,青眼看人则是表示对人的喜爱或重视、尊重,指正眼看人。白眼指露出眼白,表示轻蔑。聊,姑且。

⑧弄:演奏。

⑨与白鸥盟:据《列子·黄帝》:"海上之人有好沤(鸥)鸟者,每旦之海上从沤鸟游,沤

鸟之至者,百住而不止。其父曰:'吾闻沤鸟皆从汝游,汝取来吾玩之。'明日之海上,沤鸟舞而不下也。"后人以与鸥鸟盟誓表示毫无机心,这里是指无利禄之心,借指归隐。

【诗词译文】

我并非大器,只会敷衍官事,忙碌了一天了,趁着傍晚雨后初晴,登上快阁来放松一下心情。举目远望,时至初冬,万木萧条,天地更显得阔大。而在朗朗明月下澄江如练分明地向远处流去。友人远离,早已没有弄弦吹箫的兴致了,只有见到美酒,眼中才流露出喜色。想想人生羁绊、为官蹭蹬,还真不如找只船坐上去吹着笛子,漂流到家乡去,在那里与白鸥作伴逍遥自在,难道不是更好的归宿。

【诗词精讲】

这是黄庭坚在太和知县任上登快阁时所作的抒情诗。诗人说,我这个呆子办完公事,登上了快阁,在这晚晴余晖里,倚栏远眺。前句是用《晋书·傅咸传》所载夏侯济之语;后句用杜甫"注目寒江倚山阁"及李商隐"万古贞魂倚暮霞"之典,还多有翻新出奇之妙。

"痴儿"二字翻前人之意,直认自己是"痴儿",此为谐趣之一;"了却"二字,渲染出了诗人如释重负的欢快心情,与"快阁"之"快"暗相呼应,从而增加了一气呵成之感,此为妙用二;"倚晚晴"三字,超脱了前人的窠臼。

杜诗之"倚",倚于山阁,乃实境平叙;李诗之"倚",主语为"万古贞魂",乃虚境幻生而成;黄诗之"倚",可谓虚实相兼;诗人之"倚",乃是实景,但却倚在无际无垠的暮色晴空。

"倚晚晴"三字,为下句的描写,作了铺垫渲染,使诗人顺势迸出了"落木千山天远大,澄江一道月分明"的绝唱。这是诗人初登快阁亭时所览胜景的描绘,也是诗人胸襟怀抱的写照。

第五、六句,是诗人巧用典故的中句。前句用伯牙摔琴谢知音的故事;后句用阮籍青白眼事。此处"横"字把诗人无可奈何、孤独无聊的形象神情托了出来。

此诗起首处诗人从"痴儿了却官家事"说起,透露了对官场生涯的厌倦和对登快阁亭欣赏自然景色的渴望;然后,渐入佳境,诗人陶醉在落木千山,澄江月明的美景之中,与起首处对"公家事"之"了却"形成鲜明对照。

五、六句诗人作一迭宕:在良辰美景中,诗人心内的忧烦无端而来,诗人感受到自己的抱负无法实现、自己的胸怀无人理解的痛苦。尾句引出了诗人的"归船""白鸥"之想。这一结尾,呼应了起首,顺势作结,给人以"一气盘旋而下之感"。意味隽永,想象无穷。

题竹石牧牛

【创作背景】

此诗作于宋哲宗元祐三年(1088 年)。当时作者在京师任秘书省著作佐郎。黄庭坚与苏轼、李公麟同在京。苏轼与李公麟多次作画,黄庭坚题了好几首诗,这首是最著名的一首。

【诗词原文】

题竹石牧牛

子瞻①画丛竹怪石,伯时②增前坡牧儿骑牛,甚有意态,戏咏。

野次③小峥嵘④,幽篁⑤相倚绿。

阿童⑥三尺箠⑦,御⑧此老觳觫⑨。

石吾甚爱之,勿遣牛砺角⑩。

牛砺角犹可,牛斗残⑪我竹。

【诗词注解】

①子瞻:苏轼。苏轼工画竹石枯木。

②伯时:李公麟,号龙眠居士,善绘人物与马,兼工山水。

③野次:野外。

④峥嵘:山高峻貌。这里代指形态峻奇的怪石。

⑤幽篁:深邃茂密的竹林。语出屈原《九歌》诗句"余处幽篁兮终不见天。"这里代指竹子。

⑥阿童:小童儿。语出《晋书·羊祜传》中吴童谣"阿童复阿童"句。这里代指小牧童。

⑦箠(chuí):竹鞭。

⑧御:驾驭。

⑨觳觫(húsù):恐惧害怕得发抖状。语出《孟子·梁惠王》。这里以动词作名词,代指牛。

⑩砺角:磨角。

⑪残:损害。

【诗词译文】

郊野里有块小小的怪石,怪石边长着一丛竹子,挺拔碧绿。有个小牧童持着三尺长的鞭子,骑在一头老牛背上,怡然自乐。我很爱这怪石,小牧童你别让牛在它上面磨角;磨角我还能忍受,可千万别让牛争斗,弄坏了那丛绿竹。

【诗词精讲】

宋代绘画艺术特别繁荣,题画诗也很发达,苏轼、黄庭坚都是这类诗作的能手。此诗为苏轼、李公麟合作的竹石牧牛图题咏,但不限于画面意象情趣的渲染,而是借题发挥,凭空翻出一段感想议论,在题画诗中别具一格。

诗分前后两个层次。前面八句是对画本身的描绘:郊野间有块小小的怪石,翠绿的幽竹紧挨着它生长。牧牛娃手执三尺长的鞭子,驾驭着这头龙钟的老牛。

四句诗分咏石、竹、牧童、牛四件物象,合组成完整的画面。由于使用的文字不多,诗人难以对咏写的物象作充分的描述,但仍然注意到对它们的外形特征作简要的刻画。

"峥嵘"本用以形容山的高峻,这里拿来指称石头,就把画中怪石嶙峋特立的状貌显示出来了。"篁"是丛生的竹子,前面着一"幽"字写它的气韵,后面着一"绿"字写它的色彩,形象也很鲜明。牧童虽未加任何修饰语,而称之为"阿童",稚气可掬;点明他手中的鞭子,动态亦可想见。尤其是以"觳觫"一词代牛,更为传神。

按《孟子·梁惠王》:"王曰:舍之,吾不忍其觳觫,若无罪而就死地。"这是以"觳觫"来形容牛的恐惧颤抖的样子。画中的老牛虽不必因恐惧而发颤,但老而筋力疲惫,在鞭子催赶下不免步履蹒跚,于是也就给人以觳觫的印象了。

画面是静态的,它不能直接画出牛的觳觫,诗人则根据画中老牛龙钟的意态,凭想象拈出"觳觫"二字,确是神来之笔。诗中描写四个物象,又并不是孤立处理的。石与竹之间着一"倚"字,不仅写出它们的相邻相靠,还反映出一种亲密无间的情趣。

牧童与老牛间着一"御"字,则牧童逍遥徜徉的意态,亦恍然如见。四个物象分成前后两组,而在传达宁静和谐的田园生活气息上,又配合呼应,共同构成了画的整体。能用寥寥二十字,写得这样形神毕具,即使作为单独的题画诗,也应该说是很出色的。

但是,诗篇的重心还在于后面四句由看画生发出来的感想:这石头我很喜爱,请不要叫牛在上面磨角!牛磨角还罢了,牛要是斗起来,那可要残损我的竹子。这段感想又可以分作两层:"勿遣牛砺角"是一层,"牛斗残我竹"另是一层,它们之间有着递进的关系。

关于这四句诗,前人有指责其"何其厚于竹而薄于石"的(见陈衍《石遗室诗话》),其实并没有评到点子上。应该说,作者对于石与竹是同样爱惜的,不过因为砺角对石头磨损较少,而牛斗对竹子的伤残更多,所以作了轻重的区分。

更重要的是,石与竹在诗人心目中都代表着他所向往的田园生活,磨损石头和伤残竹子则是对这种宁静和谐生活的破坏,为此他要着力强调表示痛惜,而采用递进的陈述方式,正足以体现他的反复叮咛,情意殷切。

说到这里,不免要触及诗篇的讽喻问题。诗中这段感想议论,除了表现作者对大自然的爱好和破坏自然美的痛心外,是否另有所讽呢? 大家知道,黄庭坚所处的北宋后期,是统治阶级内部党争十分激烈的年代。由王安石变法引起的新旧党争,在神宗时就已展开。

哲宗元祐年间,新党暂时失势,旧党上台,很快又分裂为洛、蜀、朔三个集团,互相争斗。至绍圣间,新党再度执政,对旧党分子全面打击。统治阶级内部的这种争斗,初期还带有一定的政治原则性,越到后来就越演变为无原则的派系倾轧,严重削弱了宋王朝的统治力量。黄庭坚本人虽也不免受到朋党的牵累,但他头脑还比较清醒,能够看到宗派之争的危害性。诗篇以牛的砺角和争斗为戒,以平和安谧的田园风光相尚,不能说其中不包含深意。

综上所述,这首诗从画中的竹石牧牛,联想到生活里的牛砺角和牛斗,再以之寄寓自己对现实政治的观感,而一切托之于"戏咏",在构思上很有曲致,也很有深度。

宁静的田园风光与权诈的官场角逐,构成鲜明的对比。通篇不用典故,不加藻饰,以及散文化拗体句式(如"石吾甚爱之"的上一下四,"牛砺角犹可"的上三下二)的使用,给全诗增添了古朴的风味。后四句的格调,前人认为是摹仿李白《独漉篇》的"独漉水中泥,水浊不见月;不见月尚可,水深行人没"(《陵阳先生室中语》引韩驹语),但只是吸取了它的形式,词意却翻新了,不仅不足为病,还可看出诗人在推陈出新上所下的功夫。

定风波·次高左藏使君韵

【创作背景】

宋哲宗绍圣二年(1095 年),黄庭坚以修《神宗实录》不实的罪名,贬为涪州(今重庆涪陵)别驾,黔州安置,开始他生平最艰难困苦的一段生活。在黔州贬所时候作此词。

【诗词原文】

定风波① · 次高左藏②使君韵

万里黔中一漏天③,屋居终日似乘船。

及至重阳天也霁④,催醉,鬼门关⑤外蜀江前。

莫笑老翁犹气岸⑥,君看,几人黄菊上华颠⑦?

戏马台南追两谢⑧,驰射,风流犹拍古人肩。

【诗词注解】

①定风波:词牌名。

②左藏(cáng):古代国库之一,以其在左方,故称左藏。

③"万里"句:黔(qián)中,即黔州(今四川彭水)。漏天,指阴雨连绵。

④"乃至"句:及至,表示等到某种情况出现;直至。霁(jì),雨雪之止也。

⑤鬼门关:即石门关,今重庆市奉节县东,两山相夹如蜀门户。

⑥"莫笑"句:老翁(wēng),老年男子,含尊重意。气岸,气度傲岸。

⑦华颠:白头。

⑧"戏马"句:戏马台,一名掠马台,项羽所筑,今江苏徐州城南。晋安帝义熙十二年,刘裕北征,九月九日会僚属于此,赋诗为乐,谢瞻和谢灵运各赋《九日从宋公戏马台集送孔令》一首。两谢,即谢瞻和谢灵运。

【诗词译文】

黔中阴雨连绵,仿佛天漏,遍地都是水,终日被困家中,犹如待在一艘破船上。久雨放晴,又逢重阳佳节,在蜀江之畔,畅饮狂欢。

不要取笑我,虽然年迈但气概仍在。请看,老翁头上插菊花者有几人呢?吟诗填词,堪比戏马台南赋诗的两谢。骑马射箭,纵横驰骋,英雄直追古时风流人物。

【诗词精讲】

《定风波·次高左藏使君韵》为黄庭坚贬谪黔州期间的作品。该词主要通过重阳即事,写出了黄庭坚在穷困险恶的处境中,不向命运屈服的博大胸怀,抒发了一种老当益壮、穷且益坚的乐观奋发精神。

上片首二句写黔中气候,以明贬谪环境之恶劣,前两句起调低沉,起篇为抑。黔中秋来阴雨连绵,遍地是水,人终日只能困居室内,不好外出活动。不说苦雨,而通过"一漏天""似乘船"的比喻,形象生动地表明秋霖不止叫人不堪其苦的状况。

"乘船"而风雨喧江,就有覆舟之虞,所以"似乘船"的比喻是足不出户的意思,又影射着环境的险恶。联系"万里"二字,又有去国怀乡之感。下三句是一扬,写重阳放晴,登高痛饮。说重阳天霁,用"及至""也"二虚词呼应斡旋,有不期然而然、喜出望外之意。久雨得晴,又适逢佳节,真是喜上加喜。遂逼出"催醉"二字。"鬼门关外蜀江前"回应"万里黔中",点明欢度重阳的地点。"鬼门关"这里是用其险峻来反衬一种忘怀得失的胸襟,颇有几分傲兀之气。

下片三句承上意写重阳赏菊。古人重阳节有簪菊的风俗,但老翁头上插花却不合时宜，即所谓"几人黄菊上华颠"。作者借这种不入俗眼的举止，写出一种不服老的气概。"君看""莫笑"云云，全是自负口吻。这比前写纵饮就更进一层，词情再扬，此为二扬。

最后三句是高潮。此三句说自己重阳节不但照例饮酒赏菊，还要骑马射箭，吟诗填词，其气概直追古时的风流人物，更将豪迈气概表现到极致，此为三扬。此处巧用晋诗人谢瞻、谢灵运戏马台赋诗之典。

末句中的"拍肩"一词出于郭璞《游仙诗》"右拍洪崖肩"，即追踪的意思。下片从"莫笑老翁犹气岸"到"风流犹拍古人肩"彼此呼应，一气呵成，将豪迈气概表现得淋漓尽致。

全词结构一抑三扬，笔力豪迈，抒发了作者虽被贬黔州、身居恶劣环境，却穷且益坚、老当益壮，不屈于命运的摆布的乐观精神和博大胸怀。

水调歌头·游览

【创作背景】

此词为黄庭坚春行纪游之作。黄庭坚曾参加编写《神宗实录》，以文字讥笑神宗的治水措施，后来又被诬告为"幸灾谤国"，因此他晚年两次被贬官西南。此诗大约写于作者晚年被贬谪时期。

【诗词原文】

水调歌头①·游览

瑶草②一何碧，春入武陵溪③。

溪上桃花无数，枝④上有黄鹂。

我欲穿花寻路，直入白云深处，浩气展虹霓⑤。

只恐花深里，红露湿人衣⑥。

坐玉石，倚⑦玉枕，拂金徽⑧。

谪仙⑨何处？无人伴我白螺杯⑩。

我为灵芝⑪仙草，不为朱唇丹脸，长啸亦何为？

醉舞下山去，明月逐人归⑫。

【诗词注解】

①水调歌头：词牌名，又名"元会曲""台城游""凯歌""江南好""花犯念奴"等。双调九十五字，平韵（宋代也有用仄声韵和平仄混用的）。相传隋炀帝开汴河自制《水调歌》，唐人演为大曲，"歌头"就是大曲中的开头部分。

②瑶草:仙草。汉东方朔《东方大中集·与友人书》记载"不可使尘网名鞅拘锁,怡然长笑,脱去十洲三岛,相期拾瑶草,吞日月之光华,共轻举耳。"

③武陵溪:陶渊明的《桃花源记》称:晋太元中武陵郡渔人入桃花源,所见洞中居民,生活恬静而安逸,俨然另一世界。故常以"武陵溪"或"武陵源"指代幽美清净、远离尘嚣的地方。武陵,郡名,大致相当于今湖南常德。桃源的典故在后代诗词中又常和刘晨、阮肇入天台山遇仙女的传说混杂在一起。

④枝:一作"花"。

⑤"我欲"三句:元李治《敬斋古今红》卷八:"东坡《水调歌头》:'我欲乘风归去,又恐琼楼玉宇,高处不胜寒。起舞弄清影,何似在人间?'一时词手,多用此格。如鲁直云:'我欲穿花寻路,直入白云深处,浩气展虹蜺。只恐花深里,红露湿人衣。'盖效坡语也。"

⑥"红露"句:化用唐代王维的《山中》诗句"山路元无雨,空翠湿人衣"。

⑦倚:依。一作"敧"。

⑧金徽:金饰的琴徽,用来定琴声高下之节。这里指琴。

⑨谪仙:谪居人间的仙人。李白《对酒忆贺监》诗序:"太子宾客贺公(知章)于长安紫极宫一见余,呼余为谪仙人。"

⑩白螺杯:用白色螺壳雕制而成的酒杯。

⑪灵芝:菌类植物。古人以为灵芝有驻颜不老及起死回生之功,故称仙草。

⑫"醉舞"二句:李白《下终南山过斛斯山人宿置酒》诗句"暮从碧山下,山月随人归。"

【诗词译文】

瑶草多么碧绿,春天来到了武陵溪。溪水上有无数桃花,花的上面有黄鹂。我想要穿过花丛寻找出路,却走到了白云的深处,彩虹之巅展现浩气。只怕花深处,露水湿了衣服。

坐着玉石,靠着玉枕,拿着金徽。被贬谪的仙人在哪里?没有人陪我用田螺杯喝酒。我为了寻找灵芝仙草,不为表面繁华,长叹为了什么。喝醉了手舞足蹈地下山,明月仿佛在驱逐我回家。

【诗词精讲】

此词情景交融,词人采用幻想的镜头,描写神游"桃花源"的情景,反映了他出世、入世交相冲撞的人生观,表现了他对污浊的现实社会的不满以及不愿媚世求荣、与世同流合污的品德。

开头一句,词人采用比兴手法,热情赞美瑶草(仙草)像碧玉一般可爱,使词作一开始就能给人一种美好的印象,激起人们的兴味,把读者不知不觉地引进作品的艺术境界中去。从第二句开始,则用倒叙的手法,逐层描写神仙世界的美丽景象。

"春入武陵溪",具有承上启下的作用。这里,词人巧妙地使用了陶渊明《桃花源记》的典故。陶渊明描写这种子虚乌有的理想国度,表现他对现实社会的不满。黄庭坚用这个典故,其用意不言自明。这三句写词人春天来到"桃花源",那里溪水淙淙,到处盛开着桃花,树枝上的黄鹂不停地唱着婉转悦耳的歌。

"我欲穿花寻路"三句,写词人想穿过桃花源的花丛,一直走向飘浮白云的山顶,一吐胸中浩然之气,化作虹霓。这里,词人又进一步曲折含蓄地表现对现实的不满,幻想能找到一个可以自由施展才能的理想世界。

然而"制恐花深里,红露湿人衣"两句,曲折地表现他对纷乱人世的厌倦但又不甘心离去的矛盾。词人采用比喻和象征手法很富有令人咀嚼不尽的诗味。

"红露湿人衣"一句,是从王维的诗句:"山路元无雨,空翠湿人衣"脱化而来,黄庭坚把"空翠"换成"红露",化用前人诗句,天衣无缝,浑然一体。

下片继写作者孤芳自赏、不同凡俗的思想。词人以丰富的想象,用"坐玉石、倚玉枕、拂金徽(弹瑶琴)"表现他的志行高洁、与众不同。"谪仙何处? 无人伴我白螺杯"两句,表面上是说李白不在了,无人陪他饮酒,言外之意,是说他缺乏知音,感到异常寂寞。他不以时人为知音,反而以古人为知音,曲折地表达出他对现实的不满。

"我为灵芝仙草"两句,表白他到此探索的真意。"仙草"即开头的"瑶草","朱唇丹脸"指第三句"溪上桃花"。苏轼咏黄州定惠院海棠诗云:"朱唇得酒晕生脸,翠袖卷纱红映肉。"花容美艳,大抵略同,故这里也可用以说桃花。这两句是比喻和象征的语言,用意如李白《拟古十二首》之四所谓"耻掇世上艳,所贵心之珍"。"长啸亦何为"意谓不必去为得不到功名利禄而忧愁叹息。

这首词中的主人公形象,高华超逸而又不落尘俗,似不食人间烟火者。词人以静穆平和、俯仰自得而又颇具仙风道骨的风格,把自然界的溪山描写得无一点尘俗气,其实是在想象世界中构筑一个自得其乐的世外境界,自己陶醉、流连于其中,并以此与充满权诈机心的现实社会抗争,忘却尘世的纷纷扰扰。

念奴娇·断虹霁雨

【创作背景】

宋哲宗绍圣年间,黄庭坚被贬涪州别驾黔州安置,后改移地处西南的戎州(今四川宜宾)安置。据任渊《山谷诗集注》附《年谱》,宋哲宗元符二年(1099 年)八月十七日,黄庭

坚与一群青年人一起赏月、饮酒,有个朋友名叫孙彦立的,善吹笛,月光如水,笛声悠扬。于此情此境中,黄庭坚援笔写下这首词

【诗词原文】

念奴娇①·断虹霁雨

八月十七日,同诸生步自永安城楼②,过张宽夫③园待月。

偶有名酒,因以金荷④酌众客。客有孙彦立,善吹笛。

援笔作乐府长短句,文不加点⑤。

断虹⑥霁雨,净秋空,山染修眉新绿⑦。

桂影扶疏⑧,谁便道,今夕清辉不足?

万里青天,姮娥⑨何处,驾此一轮玉。

寒光零乱,为谁偏照醽醁⑩?

年少从我追游,晚凉幽径,绕张园森木。

共倒金荷,家万里,难得尊前相属。

老子⑪平生,江南江北,最爱临风笛⑫。

孙郎微笑,坐来声喷霜竹⑬。

【诗词注解】

①念奴娇:词牌名。

②"同诸"句:诸生,一作"诸甥"。此据《渔隐丛话后集》卷三十一改。永安,即白帝城,在今四川奉节县西长江边上。

③张宽夫:作者友人,生平不详。

④金荷:金质莲花杯。

⑤文不加点:谓不需修改。

⑥断虹:一部分被云所遮蔽的虹,称断虹。

⑦"山染"句:谓山峰染成青黛色,如同美人的长眉毛。

⑧"桂影"句:桂影,相传月中有桂树,因称月中阴影为桂影。扶疏,繁茂纷披貌,意为枝叶繁茂。

⑨"姮娥"两句:姮娥,月中女神娥。汉时避汉文帝刘恒讳,改称嫦娥。一轮玉,指圆月。

⑩醽醁(línglù):酒名。湖南衡阳县东二十里有酃湖,其水湛然绿色,取以酿酒,甘美,名酃渌,又名醽醁。

⑪老子:老夫,作者自指。

⑫临风笛:一作"临风曲"。

⑬"坐来"句:坐来,马上。霜竹,指笛子。《乐书》诗句"剪云梦之霜筠,法龙吟之异韵。"

【诗词译文】

雨后新晴,天边出现一道彩虹,万里秋空一片澄明。如秀眉般的山峦经过雨水的冲刷,仿佛披上了新绿的衣服。月中的桂树还很茂密,怎么能说今夜的月色不明亮呢?万里的晴天,嫦娥在何处?她驾驭着这一轮圆月,在夜空驰骋。月光寒冷,为谁照射在这坛美酒上?

一群年轻人伴我左右,在微凉的晚风中踏着幽寂的小径,走进长满林木的张家小园,畅饮欢谈。让我们斟满手中的金荷叶杯,虽然离家万里,可是把酒畅饮的欢聚时刻实在难得。老夫我一生漂泊,走遍大江南北,最喜欢听临风的霜笛。孙郎听后,微微一笑,吹出了更加悠扬的笛声。

【诗词精讲】

词中以豪健的笔力,展示出作者面对人生磨难时旷达、倔强、伟岸的襟怀,表达了荣辱不萦于怀、浮沉不系于心的人生态度。整首词笔墨酣畅淋漓,洋溢着豪迈乐观的情绪。

开头三句描写开阔的远景:雨后新晴,秋空如洗,彩虹挂天,青山如黛。词人不说"秋空净",而曰"净秋空",笔势飞动,写出了烟消云散、玉宇为之澄清的动态感。"山染修眉新绿",写远山如美女的长眉,反用《西京杂记》卓文君"眉色如望远山"的典故,已是极妩媚之情态,而一个"染"字,更写出了经雨水洗刷的青山鲜活的生命力。

接着写赏月。此时的月亮是刚过中秋的八月十七的月亮,为了表现它清辉依然,词人用主观上的赏爱弥补自然的缺憾,突出欣赏自然美景的娱悦心情,他接连以三个带有感情色彩的问句发问。三个问语如层波叠浪,极写月色之美和自得其乐的骚人雅兴。嫦娥驾驭玉轮是别开生面的奇想,历来诗人笔下的嫦娥都是"姮娥孤栖","嫦娥倚泣"的形象,此处作者却让她从寂寞清冷的月宫中走出来,并兴高采烈地驾驭一轮玉盘,驰骋长空。旧典翻新,非大手笔不能为也。

此下转而写月卜游园、欢饮和听曲之乐。"年少从我追游,晚凉幽径,绕张园森木",用散文句法入词,信笔挥洒,写洒脱不羁的词人,正带着一群愉快的年轻人,在张园密茂的树林中徜徉。"共倒金荷,家万里,难得尊前相属",离家万里,难得今宵开怀畅饮。

"老子平生,江南江北,最爱临风笛"三句把词人豪迈激越之情推向顶峰。这三句是此词最精彩之处。《世说新语》记载东晋庾亮在武昌时,于气佳景清之秋夜,登南楼游赏,庾亮曰:"老子于此处兴复不浅。"老子,犹老夫,语气间隐然有一股豪气。

作者说自己这一生走南闯北,偏是最爱听那临风吹奏的曲子。"最爱临风笛"句,雄浑潇洒,豪情满怀,表现出词人处逆境而不颓唐的乐观心情。

最后一笔带到那位善吹笛的孙彦立:"孙郎微笑,坐来声喷霜竹。"孙郎感遇知音,喷发奇响,那悠扬的笛声回响不绝。

此词以惊创为奇,其神兀傲,其气崎奇,玄思瑰句,排斥冥筌,自得意表,于壮阔的形象中勃发出一种傲岸不羁之气。作者自诩此篇"或可继东坡赤壁之歌",确乎道出了此词的风格所在。黄庭坚与苏轼一样,饱经政治风雨的摧折,却仍保持着那种倔强兀傲、旷达豪迈的个性,这一点,充分体现他的诗词创作中。

虞美人·天涯也有江南信

【创作背景】

黄庭坚因作《承天院塔记》,朝廷指为"幸灾谤国",被除名,押送宜州编管。词作于宋徽宗崇宁三年(1104 年)到达宜州的当年冬天。他初次被贬是宋哲宗绍圣元年(1094 年),至此恰好十年。

【诗词原文】

虞美人①·天涯也有江南信

宜州②见梅作。

天涯也有江南信③,梅破知春近④。

夜阑⑤风细得香迟,不道⑥晓来开遍向阳枝⑦。

玉台弄粉花应妒,飘到眉心住⑧。

平生个里愿杯深,去国十年老尽少年心⑨。

【诗词注解】

①虞美人:词牌名。源于唐教坊曲。取名于项羽爱姬虞美人,后用作词牌。又名"虞美人令""玉壶冰""一江春水"等。双调五十六字,上下阕均两仄韵转两平韵。

②宜州:今广西宜山县一带。

③江南信:信,信使,此指春之信使,化用吴陆凯《赠范晔诗》诗句"折梅逢驿使,寄与陇头人。江南无所有,聊赠一枝春。"

④"梅破"句:梅花绽破花蕾开放,预示着春天的来临。

⑤夜阑:指夜深。

⑥不道:不知不觉,没料到。

⑦开遍向阳枝:南枝由于向着太阳,故先开放。

⑧"玉台"二句:相传南朝宋寿阳公主人日卧于含章殿檐下,梅花落其额上,成五出之花,拂之不去,自后有梅花妆。见《岁华纪丽》。玉台,玉镜台,传说中天神的居处,也指朝廷的宫室。唐王昌龄《朝来曲》:"盘龙玉台镜,唯待画眉人。"弄粉,把梅花的开放比作天宫"弄粉"。

⑨"平生个里愿杯深"两句:年轻时遇到良辰美景,总是尽兴喝酒,可是经十年贬谪之后,再也没有这种兴致了。个里:个中、此中。去国:离开朝廷。去国十年,作者自绍圣元年(1094 年)被贬出京,至本年正十年。

【诗词译文】

在宜州看到梅花开放,知道春天即将来临。夜尽时,迟迟闻不到梅花的香味,以为梅花还没有开放;早晨起来,才发现在面南的枝条上已开满了梅花,真是没有想到。

女子在镜台前化妆,引起了梅花的羡妒,就飘落在她的眉心上。要在平常见到这种景象,便希望畅怀酣饮;现在就不同了,自从被贬离开汴京,十年来,那种青年人的情怀,兴致已经不存在了。

【诗词精讲】

全词以咏梅为中心,把天涯与江南、垂老与少年、去国十年与平生作了一个对比性总结,既表现出天涯见梅的喜悦,朝花夕拾的欣慰,又抒写不胜今昔之慨,表现出作者心中郁结的不平与愤懑。

"天涯也有江南信,梅破知春近"。宜州地近海南,去京国数千里,说是"天涯"不算夸张。到贬所居然能看到江南常见的梅花,作者很诧异。"梅破知春",这不仅是以江南梅花多冬末春初开放,意谓春天来临;而且是侧重于地域的联想,意味着"天涯"也无法隔断"江南"与我的联系(作者为江西修水人,地即属江南)。"也有",是始料未及、喜出望外的口吻,显见环境比预料的好。

紧接二句则由"梅破",写到梅开。梅花开得那样早,那样突然,夜深时嗅到一阵暗香,没能想到什么缘故,及至"晓来"才发现向阳的枝头已开繁了。

虽则"开遍",却仅限于"向南枝",不失为早梅,令人感到新鲜、喜悦。"夜阑(其时声息俱绝,暗香易闻)风细(恰好传递清香)"时候才"得香",故云"迟"。此处用笔细致。"也有"表现出第一次惊喜,"不道"则表现出又一次意外,作者惊喜不迭之情,溢于言表。

至此,作者已满怀江南之春心。一个关于梅花的浪漫故事,遂见于作者笔端。《太平御览·时序部》引《杂五行书》:"宋武帝女寿阳公主人日卧于含章殿檐下。梅花落公主额上,成五出花,拂之不去。"一句"玉台弄粉花应妒,飘到眉心住"不但将旧典翻出新意,而且还表现出一个被贬的老人观梅以致忘怀得失的心情,暗伏下文"少年心"三字。

想到往日赏梅,对着如此美景,总想把酒喝个够;但现在不同了,经过十年的贬谪,宦海沉沦之后,不复有少年的兴致了。结尾词情上是一大兜转,"老"加上"尽"的程度副词,更使拗折而出的郁愤之情得到充分表现。用"愿杯深"来代言兴致好,亦形象有味。

这首词写得极为深挚,是山谷孤清抑郁的人格风貌的写照。全词由景入手,婉曲细腻;以情收结,直抒胸臆。整首词风格疏宕,颇具韵味。

作者先写在边地宜州看到梅含苞欲放,接着写夜晚微风中传来梅花幽香,最后写早晨梅花开满枝头。由"梅破"到"得香"再到"开遍",作者很有层次地描写了梅花。

望江东·江水西头隔烟树

【创作背景】

这首词写于黄庭坚被贬谪西南时。从字面上来看,此词完全可以看作一首吟咏恋思之作,但结合词人的身世,方知这实是一首抒情寄慨之词,表达的是词人被远谪的无奈及盼东归而无望的痛楚之情。黄庭坚位列"苏门四学士"之一,因坐元祐党籍,于新党得势时被贬谪涪州别驾,安置黔州等地。此词便是在这种背景下写成的。

【诗词原文】

望江东·江水西头隔烟树

江水西头隔烟树①,望不见、江东路②。

思量只有梦来去,更不怕、江阑住③。

灯前写了书④无数,算⑤没个、人传与。

直饶⑥寻得雁分付⑦,又还是、秋将暮⑧。

【诗词注解】

①烟树:烟雾笼罩的树林。

②江东路：指爱人所在的地方。

③阑（lán）住：即"拦住"。

④书：信。

⑤算：估量，这里是想来想去的意思。

⑥直饶：当时的口语，犹尽管、即使的意思。

⑦分付：交付。

⑧秋将暮：临近秋末。

【诗词译文】

站在西岸向东岸眺望，视线被如烟似雾的树林隔断，看不到江东路上走来的情人。我想只有在梦中往来相会，才不怕被江水阻拦。灯下写了无数封情书，但想来想去找不到传递的人。即使想托付鸿雁传信，可是已是秋末了，时间太晚了。

【诗词精讲】

这首词寄托了深刻的离愁和相思，表现了梦幻与现实的矛盾。全词以一种相思者的口气说来，由不能相会说起，至遥望，至梦忆，至对灯秉笔，终至传书无由。通过一段连贯的类似独白的叙述，用"望""梦""写书"等几个发人想象的细节，把一个陷入情网者的复杂心理和痴顽情态表现得淋漓尽致。

词的上片，写相思者想见对方而又不得见、望不见，只好梦中相会的情景。首句开门见山，交代出"江水""烟树"等重重阻隔，在一片迷蒙浩渺的艺术境界中，反映出主人公对远方亲人的怀念。

她极目瞭望，茫无所见，"江水""烟树""江东路"等客观自然景象，揭示了人物的思想感情。"隔"字把遥望一片浩渺江水、迷蒙远树时的失望惆怅的心境呈现出来。"望不见江东路"是这种惆怅情思的继续。

接着，作者把特定的强烈感情深化，把满腔的幽怨化为深沉的情思："思量只有梦来去，更不怕、江阑住。"梦，是遂愿的手段，现实生活中无从获得的东西，就企望在梦中得到。

"思量"，是主人公遥望中沉思获得了顿悟："只有梦来去"，这是一种复杂的情绪，在雾霭迷蒙的客观美的衬托下，这种仿佛、模糊的潜意识，渴望离别重逢，只有梦中才能自由地来去："更不怕江阑住"，从"江水西头隔烟树"到"不怕江阑住"是一个回合，似乎可以冲破时空，跨越浩浩的大江，实现自己的愿望，飞到思念中的亲人身边。但这个"梦"还没有做,只是"思量",即打算做。

下片通过灯前写信的细节,进一步细腻精微地表达主人公感情的发展。梦中相会终是空虚的,她要谋求现实的交流与联系。"灯前写了书无数",以倾诉对远方亲人的怀念深情,但"算没个、人传与"一念中,又使她陷入失望的深渊。

"直饶寻得雁分付",词中的主人公想到所写的信无人传递,一转念间,鸿雁传书又燃烧起她的希望;然而又一想,纵然"寻得"传书的飞雁,"又还是秋将暮",雁要南飞了,因此连托雁传书的愿望也难达到。

由此可知,她写的信是要传送到北方去。灯下写信这一感情细腻的刻画,女主人公的直觉、情绪、思想、梦境、幻境等全部精神活动,以及"写了书"又"没人传","寻得雁"又"秋将暮"那回环曲折的描摹过程中"算""直绕、还是"等表现心声的口语化语言,把一个至情女子的婉曲心理刻画得细致感人、魅力无穷。

此词以纯真朴实的笔调书写相思之情,全词明朗率真、情真意切,确乎具有民间词的意味,给人耳目一新之感。全词淡雅中见清新,朴素中见真情,通过多种意境淋漓尽致地抒写了离情。